Schwarz wie die Nacht – böse Kurzgeschichten

Michael Gick

Schwarz wie die Nacht

- böse Kurzgeschichten

Engelsdorfer Verlag

Bibliografische Information durch
Die Deutsche Bibliothek:
Die Deutsche Bibliothek verzeichnet diese
Publikation in der Deutschen
Nationalbibliografie; detaillierte
bibliografische Daten sind im Internet über
http://dnb.ddb.de abrufbar.

ISBN 3-938873-53-1

Hergestellt in Leipzig, Germany (EU)
www.engelsdorfer-verlag.de

(D) 13.95 Euro

Inhaltsverzeichnis:

gewidmet
meiner Frau und meinen Kindern

„bitte habt Geduld mit mir“

Der Chauffeur

Albert Schuster liebte seinen Beruf. Er liebte ihn schon seit mehr als einundvierzig Jahren und würde dies auch noch für drei weitere Jahre tun, bis er in Rente ging. Ihm war egal, dass er sieben Tage in der Woche bereitstehen musste, eben immer, wenn man ihn brauchte. Er verdiente kein Vermögen. Schließlich war er nur ein Fahrer. Das Geld reichte gerade einmal aus, um seine Zweieinhalb-Zimmer-Wohnung am Rande von München zu bezahlen und um sich und die beiden Kater, Oberon und Puck, vor dem Verhungern zu bewahren. Viel mehr Geld, das er hätte ansparen können, blieb auch schon nicht übrig. Außerdem, für wen hätte Albert denn ein Sparkonto führen sollen? Eine Frau gab es in seinem Leben nicht, ebenso wenig Kinder. Die einzige noch lebende Verwandte war eine Schwester in der Schweiz. Der Kontakt zu ihr war aber schon vor vielen Jahren gänzlich abgebrochen. Große Wünsche, die er sich erfüllen wollte, hegte Albert Schuster mit 62 Jahren auch nicht mehr. Unter sozialen Aspekten betrachtet, gehörte er wohl eher zu dem unteren Drittel der Gesellschaft, war aber nichtsdestotrotz mit seinen bescheidenen Lebensumständen sehr zufrieden. Wenn er jedoch seine Arbeitskleidung trug, den eleganten, anthrazitfarbenen Zweireiher mit den silbernen Manschettenknöpfen, die Seidenkrawatte, das weiße, gestärkte und gebügelte Hemd, sowie die gepflegten, glänzenden Schuhe, so wäre er ohne Zweifel auch als ein Gentleman der gehobenen Schicht durchgegangen.

Albert Schuster stand vor seinem Dienstfahrzeug. Ein herrlicher Wagen. Sehr exquisit, in tiefem Schwarz und auf Hochglanz poliert. In den vielen Jahren hatte er die verschiedensten Modelle gefahren, diverse Mercedes, VWs, Bentleys und einmal sogar einen Rolls-Royce. Wenn er es recht bedachte, so hatte sein Beruf schon ernorm viel Stil und Klasse. Diesmal war es wieder ein Mercedes. Schuster hauchte noch einmal über eine Stelle auf der Motorhaube und strich vorsichtig mit dem Ärmel darüber. Bevor er in den Wagen stieg, betrachtete er kurz sein Spiegelbild in dem glänzenden Lack. Dies war ein Ritual. Diese Prozedur gehörte einfach zu seinem Tagesablauf dazu. Als er auf den Fahrersitz rutschte und die Tür hinter sich schloss, war es, als habe er eine eigene Welt betreten. Der Geruch der teuren Ledersitze, das Holz des Armaturenbrettes, der silberne Knauf des Schalthebels, all diese Dinge gehörten dazu. Der vordere Bereich des Wagens war durch eine Trennwand vom hinteren Teil abgeschottet, somit waren diese wenigen Kubikmeter hinter dem Steuer sein ganz persönliches Königreich. Ein Bürojob wäre für ihn niemals in Frage gekommen. Stets unter der Aufsicht eines Vorgesetzten, der wahrscheinlich jede seiner Tätigkeiten beurteilen würde. Hier am Steuer des Wagens war er sein eigener Chef. Er selbst setzte die Maßstäbe, die er einzuhalten und zu wahren hatte.

Er hatte in den vergangenen Jahren schon so einige Prominente gefahren. Schauspieler, Sänger und einmal sogar einen echten Grafen. Heute war es ein Rockstar. Der Name der Band – THE SWORDS – sagte Albert überhaupt nichts. Er war sich jedoch sicher, dass Namen wie Zarah Leander, Marlene Dietrich oder Sam-

my Davis Jr. den Fans seines Fahrgastes genauso wenig sagen würden. Sämtliche Ausgaben übernahm diesmal die Agentur des Rockstars – alles sehr pompös und luxuriös.
Die Tür hinten wurde geöffnet und dann wieder geschlossen. Alle an Bord. Okay, dann konnte es ja losgehen. Schuster drehte den Zündschlüssel und mit einem zufriedenen Brummen lebte der Motor auf. Deutsche Autos waren einfach die besten. Albert spürte kaum die Bewegung der laufenden Maschine. Er legte den ersten Gang ein und fuhr von dem kleinen Hof hinaus auf die Straße. Die Fahrt würde nicht lange dauern. Schon nach der ersten Kurve reihten sich die Fans rechts und links des Weges.

Wie es wohl ist, so berühmt zu sein?, fragte sich der Chauffeur. Für ihn wäre das jedenfalls nichts. Man könnte nicht mal eben in die Stadt zum Einkaufen fahren, könnte nicht unbeschwert irgendwo spazieren gehen. Stets würde man von einer Traube von Fans umgeben sein. Man müsste auch immer auf die Etikette achten, immer den Anstand wahren und dürfte sich nie gehen lassen, auch wenn es einem noch so sehr danach stand. Gut, eine positive Seite der Medaille gäbe es natürlich auch. Es wäre für einen sicherlich einfacher, so manches Ziel im Leben zu erreichen. Mal könnte man eine Gefälligkeit oder Gunst einfordern, ein andermal ein wenig den Einfluss spielen lassen. Auch der finanzielle Aspekt wäre natürlich sehr reizvoll. Man müsste sich keine Sorgen mehr machen, könnte sich alles leisten, was man begehrte, von Luxusgütern, über Frauen, bis hin zu Drogen. Ja, meist endete es mit Drogen.
Nein, für Albert Schuster wäre das überhaupt nichts.

Im ersten Gang fuhr er den Wagen durch die Straßen. Immer schön langsam, schließlich waren die ganzen jungen Leute erschienen, um zumindest einen kurzen Blick ins Wageninnere auf ihr Idol zu erhaschen. Natürlich wusste Schuster, dass all die Menschen nicht wegen ihm gekommen waren, sondern für seinen Fahrgast hinten im Wagen. Dennoch fühlte er die ungeheure Bedeutsamkeit seiner Tätigkeit, als spiele er eine ebenso wichtige Hauptrolle in der ganzen Inszenierung – schließlich fuhr er das Auto, in dem sich der Rockmusiker befand. Vorsicht war die Mutter der Porzellankiste. Er war sich zwar sicher, dass die Stoßdämpfer des Mercedes jede Unebenheit der Straße kompensieren würden, aber man musste ja kein unnötiges Risiko eingehen. Darüber hinaus würden die kostbaren Kissen im Fond des Wagens zusätzlich jede Erschütterung abfangen. So war das. Hier sparte man an nichts. *There is no business like show-business.* Meist waren die Kissen mit glänzender Seide oder Satin, manchmal auch mit kostbarem Brokat bezogen – für jeden Geschmack und für jedes Portemonnaie das Richtige.

Was für eine Verschwendung, dachte sich Schuster. Normale Kissenbezüge hätten es doch auch getan. Na ja, er musste das alles ja nicht bezahlen. Die Agentur schien genug Geld mit der Rock-Band zu verdienen, dass sie sich diese Dinge leisten konnte. Auch all das Gold und Messing ... War das wirklich notwendig? Albert hielt es für mehr als überflüssig, aber, wie gesagt, so war es nun einmal. Er war nur der Fahrer. Er würde durch seine Meinung sowieso nichts daran ändern. Bei der nächsten Fahrt, dem nächsten Fahrgast, wäre es doch wieder der gleiche Luxus.

Es war nun nicht mehr weit. In der Ferne konnte Albert Schuster schon den Zielort ausmachen, wo die anderen Bandmitglieder warteten. Mein Gott, wie viele Menschen dort an den Straßenrändern standen und durch die großen Scheiben des Wagens gafften. Zielgenau und mit der Präzision eines Schweizer Uhrwerkes stoppte Albert den Wagen. Er drehte den Zündschlüssel und der Motor erstarb. Wieder einmal hatte er seinen Job ohne Zwischenfälle ausgeführt. Er stieg aus und sah, wie die Heckklappe geöffnet wurde. Die vier Musiker der Band zogen den Sarg aus dem Leichenwagen und trugen ihren Bandkollegen zu seiner letzten Ruhestätte.

Der Lastwagen

Dieses Jahr bestimmt eben sie, sagte er sich nun schon zum hundertsten Mal, doch sein Missmut wollte nicht recht verschwinden. Ihre Entscheidung gefiel ihm ganz und gar nicht, dennoch akzeptierte er sie. So hatten sie es schließlich abgesprochen und abgemacht war nun mal eben abgemacht. Robert Gruber war jemand, der sich an Versprechen hielt. Er schnürte sich die Senkel der Schuhe zu, erhob sich und griff nach dem Anorak an der Garderobe. Seine Frau Sandra und er waren auf dem Weg zu Klaus und Silke Hauser, gute Freunde, mit denen sie heute Abend gemeinsam die Silvesternacht feiern würden.

„Nun mach' nicht so ein Gesicht", sagte Sandra. „So schlimm wird es schon nicht werden. Ich dachte immer, du und Klaus würdet euch so gut verstehen."

„Tun wir ja auch. Aber müssen wir unbedingt den Silvesterabend mit Gesellschaftsspielen und Raclette verbringen? Wann bekommen wir denn schon mal wieder die Gelegenheit, dass Sean bei deinen Eltern übernachten darf und wir bis morgen Mittag ungestört im Bett liegen bleiben können?"

„Erstens freuen sich meine Eltern jederzeit, ihren Enkel zu sich zu nehmen und zweitens hat mir diese schreckliche Hip-Hop-Disco letztes Silvester auch nicht gefallen. Komm schon, Robert. Du durftest im letzten Jahr entscheiden, was wir machen, und dieses Mal bin eben ich dran." Sandra machte einen Schmollmund und ein Gesicht wie ein trauriger Bernhardiner, von dem sie wusste, dass es bei Robert immer wirkte. Er nahm das Hundegesicht in seine Hände und küsste sie zärtlich auf den Mund.

„Ist ja schon gut", ergab er sich seinem Schicksal. „Ich weiß, was ich versprochen habe. Wie du siehst, bin ich ja auch schon startklar für diesen *aufregenden* Abend." Das Adjektiv setzte er dabei pantomimisch in Anführungszeichen, worauf seine Frau ihm gespielt böse den Ellenbogen in die Rippen stieß.
Robert und Sandra lebten mit ihrem Sohn Sean im fünften Stock einer Plattenbausiedlung am Rande von Münster. Die Wohnung war nichts Besonderes, eben das, was sich die beiden als Student und Teilzeit-Bürokraft leisten konnten. Wenn sie ganz ehrlich waren, hätten sie sich die eigenen vier Wände ohne die monatlichen Finanzspritzen seitens Sandras Eltern eigentlich überhaupt nicht leisten können. Als Konsequenz missten Roberts Schwiegereltern es aber auch nicht, ihn dies von Zeit zu Zeit deutlich spüren zu lassen. Er schwor sich, ihnen jeden überlassenen Cent, mit Zins und Zinseszins, wenn es sein musste, zurückzuzahlen, sobald er sein Studium zum Diplom-Chemiker beendet und eine Top-Anstellung in einem Pharmaunternehmen gefunden hatte.

Die Autofahrt zu Klaus und Silke würde nicht länger als eine halbe Stunde dauern. Die Scheiben des zwölf Jahre alten Ford Fiestas wollten nicht so recht auftauen, obwohl die Lüftung auf höchster Stufe warme Luft in das Wageninnere blies. Im Laufe der Zeit war das Auto so undicht geworden, dass sich das Eis sogar an den Innenseiten der Fenster bildete. Für eine Neuanschaffung reichten die Ersparnisse jedoch nicht aus. Erst recht nicht, nachdem vor drei Jahren ihr Sohn Sean zur Welt gekommen war. Bei dem permanenten, finanziellen Notstand lag Robert schon jetzt die Heimfahrt mit dem Taxi schwer im Magen.

„Vielleicht sollte ich heute Abend auf Alkohol verzichten und selbst zurückfahren, was meinst du?“
„Ach, komm schon, Robert.“ Wieder das Bernhardiner-Gesicht. „Meine Eltern haben doch gesagt, dass sie uns das Taxi spendieren wollen. Genau das ist es, was sie befürchten - du könntest darauf bestehen, noch mit dem Wagen zurückzufahren, obwohl du doch etwas getrunken hast, nur um ein wenig Geld zu sparen. Du weißt doch, was mein Vater immer sagt. Es würden so viele Unfälle passieren, nur weil unverantwortliche junge Leute immer noch mit dem Auto fahren, obwohl sie es eigentlich besser wissen sollten.“
„Ja, ja. Was ich definitiv weiß, ist die Tatsache, dass sie mich noch eine ganze Weile an ihre Großzügigkeit erinnern werden“, erwiderte Robert und diesmal schmollte er wirklich.
„Jetzt bist du aber unfair! Meine Eltern meinen es doch nur gut mit uns.“
Robert wusste, dass es besser war, dieses Thema nicht weiter zu vertiefen und ersparte sich deshalb einen bitteren Kommentar.
„Du wirst schon sehen. Das wird heute bestimmt richtig lustig“, wechselte Sandra das Thema. Sie hoffte, ihn ein wenig mit ihrer eigenen Vorfreude auf den kommenden Abend anstecken zu können.
„Bestimmt sogar. Mit Papierhüten, Käsehappen und – zu allem Überfluss – wahrscheinlich auch noch mit Bleigießen. Das ganze Programm einer gelungenen Silvesterparty.“
„Ach, Robert. Manchmal kannst du wirklich eine Spaßbremse sein, weißt du das? Ich habe nun mal entschieden, dass wir dieses Jahr Silvester gemütlich mit Freunden verbringen werden und dem musst du dich nun mal fügen. Ende der Diskussion ...“

Klaus öffnete den beiden die Tür. In der rechten Hand balancierte er ein Tablett mit Käsehappen, das er gerade ins Wohnzimmer bringen wollte. Mit dem freien, linken Arm drückte er Sandra herzlich an sich. Die beiden Männer begrüßten sich auf ihre ganz eigene Art und Weise. Sie stießen ihre linken Fäuste zweimal frontal zusammen und hakten dann die kleinen Finger ihrer Hände kurz ineinander. Sandra verdrehte die Augen. Männer konnten manchmal so albern und kindisch sein.
„Hallo, Bob", meinte Klaus, „ohne deinen Laborkittel hätte ich dich beinahe nicht wiedererkannt."
„Seltsam, dass du das erwähnst, ich dich nämlich auch nicht. Mit den Käsehappen wirkst du wie ein vollkommen anderer Mensch", frotzelte Sandras Mann zurück.
Klaus und Robert studierten nun schon seit sechs Semestern zusammen an der Universität von Münster. Zwischen den beiden Männern hatte sich eine tiefe Freundschaft entwickelt, die sich in den vergangenen Jahren auch auf ihre Frauen übertragen hatte. In unzähligen, durchfeierten Nächten hatten die beiden Chemie-Studenten die Straßen Münsters unsicher gemacht, dabei aber von Anfang an nie ihre ambitionierten Ziele aus den Augen verloren. Klaus, obwohl zwei Jahre jünger als Robert, war ein absolutes Genie und Naturtalent im theoretischen Teil seines Studienfaches. Robert hingegen besaß mehr das Fingerspitzengefühl für die praktischen Anwendungen und Versuchsreihen, musste sich dafür aber wiederum sehr mühen, nicht den Anschluss in der trockenen Theorie zu verlieren. Alles in allem war aber immer der eine für den anderen da und half, wo er konnte.
„Lass mich das mal machen", sagte Sandra, nachdem sie ihre Jacke abgelegt und Klaus das Tablett aus der

Hand genommen hatte. „Gib' Robert doch schon mal eine Flasche Bier und sag' ihm, was für einen riesigen Spaß wir heute Abend haben werden, okay?" Mit diesen Worten war sie auch schon zum Wohnzimmer unterwegs und lies die Männer allein. Robert zuckte mit den Schultern, als sein Freund ihn fragend anblickte.
„Sie durfte dieses Jahr über den Silvesterabend entscheiden, hab ich Recht?", folgerte Klaus, reichte seinem Freund eine Flasche Bier aus dem Kühlschrank und führte ihn dann auch ins Wohnzimmer. „Bei uns hatte Silke das letzte Wort."
Sie erreichten den Wohnraum und fanden die beiden Frauen vor, die sich zur Begrüßung gerade herzlich umarmten. Klaus und Robert zwangen ihre Mundwinkel nach oben und präsentierten Sandra und Silke ihr strahlendstes Lächeln.
„Kopf hoch, Bob. Wir sitzen im gleichen Boot", flüsterte Klaus seinem Freund aus dem Mundwinkel zu, sodass es die Frauen aber nicht hören konnten.

Robert war wirklich überrascht, wie viel Mühe sich Silke mit dem Essen gegeben hatte. Der Tisch war festlich gedeckt und die zahlreichen Speisen ließen ihm das Wasser im Mund zusammenlaufen. Während der Raclette-Käse in den kleinen Pfannen schmolz, tauschten die Frauen das übliche Maß an Tratsch und Gerüchten aus. Die Männer unterhielten sich hingegen über Sport und Autos, das maskuline Pendant an Nichtig- und Belanglosigkeiten. Silke Hauser war 26 und im gleichen Alter wie ihr Mann. Obwohl beide gleichermaßen den Wunsch nach einem Kind hegten, wollten sie zumindest noch so lange abwarten, bis Klaus das Studium beendet hatte. So war es eigentlich auch von Robert und Sandra geplant gewesen, aber Unfälle passierten eben manchmal, insbesondere, wenn man mit dem Thema *Verhütung* nur sehr oberflächlich umging. Wie auch immer. Sandra und Robert hatten die Verantwortung für die neunundvierzig Zentimeter große und sieben Pfund schwere Konsequenz zu übernehmen gewusst und sich zudem sehr schnell in ihre Elternrolle eingefunden.

„Wie geht's eurem kleinen Quälgeist?", fragte Klaus und fing sich damit einen strafenden Blick seiner Frau ein.

„Sean geht es gut. Besonders heute, wo er der kleine Prinz bei Oma und Opa ist."

Diesmal war es Sandra, die ihren Mann mit einem bösen Blick zurechtwies.

„Ach, übrigens", warf Silke ein, „ich hoffe, ihr habt nichts dagegen, dass ich noch eine weitere Freundin von mir eingeladen habe. Sie kommt ein wenig später, wenn sie ihr Geschäft geschlossen hat."

„Kenne ich sie?", fragte Sandra neugierig.

„Ja, ich glaube schon. Habe ich dir nicht schon einmal von Celine erzählt?"

„Was? Diese Flower-Power-Frau mit dem Okkult-Laden?"

„Esoterik-Store", verbesserte Silke.

„Moment mal. Nur damit ich das richtig verstehe ..." Robert spielte den Verdutzten. „Willst du uns gerade ernsthaft erzählen, dass sich gleich noch eine Voodoo-Zauberin zu uns gesellen wird?" Er zwinkerte Klaus verschmitzt zu.

„Auszeit, Robert, okay?", sagte Sandra.

„Du bekommst in ihrem Laden alles, was mit Naturheilkräutern, alternativen Therapien, Heilpraktiken und

eben auch mit übernatürlichen, spirituellen Dingen zu tun hat“, erklärte Silke.
„Dann ist sie heute Nacht Tausenden von anderen Menschen gegenüber deutlich im Vorteil ...“, sagte Klaus. Die anderen blickten ihn fragend an, wussten nicht, worauf er hinaus wollte.
„... na, sie braucht sich ja wohl sicherlich keine Gedanken zu machen, mit ihrem Hexenbesen in eine Verkehrskontrolle zu kommen, oder?“
Robert brach in schallendes Gelächter aus, das von dem Läuten der Türglocke unterbrochen wurde.
„Wenn man vom Teufel spricht“, kicherte er noch immer und hielt sich seinen vom Lachen schmerzenden Bauch.
Wenn man sich im Vorfeld von einer Person, die man nur vom Hörensagen kannte, ein von Vorurteilen und Klischees beherrschtes Bild machte und dieses dann zu guter Letzt tatsächlich bestätigt fand, war man seltsamerweise mehr als überrascht. Celine Roggemann war in ein langes, buntes und wehendes Batik-Gewand gekleidet und wirkte wie die ultimative Reinkarnation eines Hippies der Woodstock-Generation. Die langen, lockigen Haare im Farbton jungen Kupfers wurden durch ein Stirnband nach hinten gehalten. Unter dem Haaransatz kam ein blasses, schmales Gesicht mit markanten Wangenknochen zum Vorschein. Als Celine zur Begrüßung in die Runde ging und Robert und Sandra ihren Namen entgegenflüsterte, war ihr Händedruck kaum mehr als ein Lufthauch.

Bis Mitternacht vertrieben sich die fünf die Zeit mit Gesellschaftsspielen und Plaudereien. Celine blieb dabei eher still und passiv, als bevorzuge sie eine beobachtenden Position. Ihr Blick verweilte dabei wieder-

holt auf jedem der anderen und schien bis in deren Innerstes vorzudringen. Zum Feuerwerk stießen sie gemeinsam mit Sekt an und wünschten sich gegenseitig ein frohes, gesundes, neues Jahr. Jeder Einzelne erzählte von den Vorsätzen, die er sich persönlich für das kommende Jahr vorgenommen hatte und die er wahrscheinlich wieder nicht, wie jedes Jahr, verwirklichen würde.
Celines Singsang überraschte die Gruppe unerwartet. „Wenn ihr möchtet, können wir unser Schicksal beim Bleigießen deuten ..."
Robert schien plötzlich einen starken Hustenreiz zu verspüren. Er räusperte sich wiederholt lautstark, wobei sein Blick den seiner Frau fand und er dann die Augen theatralisch in die Stirn verdrehte.
„Ich habe ein Set aus meinem Laden mitgebracht", blieb Celine hartnäckig, da sie noch immer auf eine Antwort wartete.
„Warum nicht?", sagte Silke. „Das wird bestimmt ganz lustig. Schließlich möchte ich doch wissen, ob ich mit Klaus die richtige Wahl getroffen habe."
Alle versammelten sich um den Tisch und trafen die nötigen Vorbereitungen. Ein Stück Blei wurde auf einem Löffel über einer Kerze so lange erhitzt, bis es flüssig wurde. Dann musste jeder der Anwesenden nacheinander das Blei in eine Wasserschüssel gießen, wo es erstarrte. Aus der entstandenen Form konnte man dann das Schicksal der jeweiligen Person deuten, so behauptete es zumindest Celine. Als Robert an der Reihe war, schüttete er gelangweilt das flüssige Blei in die Wasserschüssel. Es erstarrte unter lautem Zischen.
„Und? Was siehst du?", fragte Celine mit mystischem Unterton in der Stimme.

„Einen Klumpen Blei“, sagte Robert und musste sich ein Lachen verkneifen.
„Hey, wartet mal ...“, unterbrach Klaus. „Schaut euch das doch mal genau an. Das sieht doch wie die Frontseite eines Lastwagens aus, wenn ihr mich fragt. Was meint ihr?“
Die anderen beugten sich vor. Jetzt, nachdem Klaus es angesprochen hatte, konnte man mit einiger Fantasie tatsächlich dort den Führerstand eines Lastwagens erkennen.
„Herzlichen Glückwunsch, Schatz“, sagte Robert. „Wir tauschen unseren Ford Fiesta gegen einen Schwerlasttransporter ein ...“
Klaus lachte. Manchmal war Bob wirklich zum Schreien komisch.
Jeder kam der Reihe nach zum Zuge. Das Herausfordern des Schicksals, das Streifen des Unerklärlichen und Rätselhaften, schien insbesondere Silke beflügelt zu haben.
„Celine, du hast mir doch schon einmal aus der Hand gelesen. Wie wär’s? Kannst du uns nicht etwas von unserer Zukunft verraten?“
„Die Verbindung zur Sphärenwelt lässt sich nicht auf Wunsch wie eine Telefonverbindung herstellen ...“, erklärte Celine mit seriösem Ton, als sei dies das alltäglichste Thema der Welt. *Gott sei Dank*, dachte Robert und hoffte, die Sache hätte sich damit erledigt.
„... aber ich kann es ja dennoch einmal versuchen, wenn ihr darauf besteht.“
Ach, wer hätte das gedacht? Robert lachte spöttisch in sich hinein.
„Vielleicht möchte unser ungläubiger Robert beginnen?“, meinte die Ladenbesitzerin zuckersüß.

Robert fühlte sich ertappt und vorgeführt. „Das hat nichts mit Ungläubigkeit zu tun", setzte er zu seiner Verteidigung an. „Hellsehen ist rein wissenschaftlich betrachtet unmöglich. Vielleicht habt ihr schon mal was von einem Paradoxon gehört?"
„Es gibt mehr Dinge zwischen Himmel und Erde, als die Wissenschaft zu erklären vermag", erwiderte Celine herausfordernd. „Außerdem sehe ich nicht, was ein Paradoxon mit Zukunftsdeutung zu tun haben soll."
Robert räusperte sich. Jetzt würde er diesen Hippie-Verschnitt sprichwörtlich an die Wand spielen. Nach einer bedeutsamen und wirkungsvollen Pause setzte er zu einer Erklärung an. „Okay. Lasst uns die Sache einmal durchspielen. Nehmen wir also mal an, Celine wird in meiner Zukunft vorhersehen, dass ich an einem bestimmten Tag auf der Straße erschossen werde ..."
„Tolles Beispiel", maulte Sandra.
„Das ist doch nur eine hypothetische Annahme, um meinen Standpunkt deutlich zu machen, Schatz." Er gab seiner Frau einen kurzen, zärtlichen Kuss auf die Stirn.
„Also, Celine hat mir gerade meine schreckliche Zukunft vorhergesagt. Was tue ich nun? Ich bleibe natürlich an dem besagten Tag in meiner Wohnung, folglich kann ich nicht auf der Straße erschossen werden. Was bedeutet das nun hinsichtlich der Vorhersage? Ich bin nicht erschossen worden, also kann Celine dieses Ereignis auch nicht in meiner Zukunft gesehen haben." Robert holte noch einmal tief Luft vor dem unausweichlichen Schachmatt für die Esoterikerin. „Jetzt kommt der Kniff der ganzen Geschichte. Da Celine das Ereignis nicht in meiner Zukunft sehen wird, kann sie mir davon natürlich auch nichts in ihrer ursprünglichen Voraussage mitteilen. Folglich bin ich

an dem unheilschwangeren Tag also doch auf der Straße und werde erschossen. Der unendliche Kreis schließt sich, versteht ihr? Der gewaltsame Tod wäre nun wieder ein Teil meiner Zukunft. Celine hätte dies vorausgesehen ..."
„... und dir davon erzählt", vervollständigte Klaus verblüfft die Ausführungen, erstaunt über die philosophischen Kapazitäten, zu denen sein Freund im Stande war.
„Bingo! Das Paradoxon", beendete Robert seine Ausführungen und gab Celine pantomimisch den Gnadenschuss mit dem zu einer Pistole geformten Daumen und Zeigefinger der linken Hand. Celines Gesichtszüge blieben unberührt, als änderten Roberts Ausführungen nicht das Geringste an der Möglichkeit der Präkognition. Fragend zog sie schließlich die Augenbrauen hoch. „Und? Möchtest du nun etwas über deine Zukunft erfahren oder nicht?"
Alle übrigen Augenpaare folgten Celines Blick und richteten sich auf Robert. *Sei kein Hasenfuß. Ist alles sowieso Mumpitz.* Robert streckte seine Hand vor, die Celine mit der Handfläche nach oben in die eigenen nahm. Für einige Augenblicke starrte sie gebannt auf die Innenseite seiner Hand und Robert wurde die erwartungsvolle Stille, die sich im Wohnzimmer ausbreitete, allmählich unbehaglich. Plötzlich zuckte Celine merklich zusammen, ließ seine Hand wie nach einem elektrischen Schlag los.
„Was ..., was ist passiert?", wollte Silke wissen, die nicht verstand, was gerade vor sich ging.
Celine war leichenblass geworden. „Ich ..., äh ..., ich...", stammelte sie. „Es ..., es ..., äh ..., es kommt keine Verbindung in die Sphärenwelt zustande", sagte

sie dann lapidar und es klang mehr denn je nach einer Ausrede.
Als sie jedoch keine weiteren Anstalten machte, etwas zu erklären und auch nicht anbot, es noch einmal bei einem der anderen Anwesenden zu versuchen, schlug die Stille im Raum von erwartungsvoller Spannung in peinliche Betroffenheit um.
„Ich hol' noch schnell ein paar Getränke aus dem Keller", sagte Klaus und verließ das Wohnzimmer, die eleganteste Lösung, der unangenehmen Situation zu entkommen. Robert stand ebenfalls auf und suchte das Badezimmer auf. Er ließ dort eiskaltes Wasser ins Handwaschbecken laufen und stob sich davon etwas ins Gesicht.
Dumme Kuh, dachte er sich. Sollte sie ihren Esoterik-Scheiß doch für sich selbst behalten. Ein Disco-Besuch wäre definitiv die bessere Wahl für heute Abend gewesen.
Vor der Tür waren Schritte und dann das Rascheln von Kleidungsstücken zu hören. Durch die Badezimmertür konnte Robert zwei Frauenstimmen im Flüsterton ausmachen. Er wusste nicht warum, legte jedoch neugierig sein Ohr an die Tür und lauschte.
Celine: „Wo ist er?"
Silke: „Ich glaub', er ist mit Klaus in den Keller gegangen, um Getränke raufzuschleppen. Willst du wirklich schon gehen? Was ist denn passiert? Hast du etwas in seiner Hand, in seiner Zukunft gesehen?"
Ein kleine Pause, in der nicht gesprochen wurde.
Celine: „Ich ..., ich hatte eine Vision. Sie war so deutlich ..., so deutlich wie noch nie zuvor. Es war entsetzlich."
Silke: „Willst du ihm denn nichts davon sagen?"

Celine: „Du hast doch selbst gesehen und gehört, wie er über diese Dinge denkt. Meinst du wirklich, er würde mir glauben, wenn ich ihm sagte, ich hätte eine Vision seines Todes gehabt?“
Jemand zog entsetzt die Luft ein.
Silke: „Oh, mein Gott! Was hast du denn gesehen?“
Celine: „Es waren nur Einzelbilder, nicht wie ein Film oder ein Traum. Aber diese Bilder waren so unglaublich intensiv. Ich sah ein Kalenderblatt, das den 16. März zeigte, dann noch einen Lastwagen und zuletzt sein blutüberströmtes Gesicht. Es war schrecklich. Der ganze Kopf war irgendwie zerschmettert.“
Stille.
Celine: „Es ist besser, wenn ich jetzt gehe. Ich glaube, sie kommen aus dem Keller zurück. Mach's gut. Wir hätten das Schicksal niemals herausfordern dürfen ...“
Robert hörte, wie die Haustür geöffnet und dann wieder geschlossen wurde. Er harrte noch einen Augenblick länger aus, bis er Silkes Schritte hörte, die sich wieder ins Wohnzimmer entfernten. Erst dann verließ er das Badezimmer und wartete im Flur auf Klaus, sodass es aussah, als wäre er tatsächlich mit ihm im Keller gewesen. Die Stimmung des Abends war definitiv hinüber. Nach zehn Minuten riefen Sandra und Robert ein Taxi, das von seinen Schwiegereltern bezahlt und sie endlich nach Hause bringen würde.

***

Der Wecker fiepte und die Digitalziffern zeigten mit mattem Leuchten 06:45 Uhr. Robert streckte und rekelte sich. Er stellte den Wecker ab, schlug die Decke zurück und schlüpfte so leise wie möglich aus dem

Bett, um Sandra nicht aufzuwecken. Nach dem Aufenthalt im Bad zog er sich an und ging in die Küche, um einen Kaffee zu trinken, bevor er sich auf den Weg zur Uni machen würde. Vor der Wohnungstür lag im Hausflur die Tageszeitung auf der Fußmatte. Roberts Nachbar brachte sie jeden Morgen bei seiner Rückkehr von der Nachtschicht aus dem Briefkasten mit nach oben. Nichts Interessantes. Der Leitartikel auf der Titelseite berichtete von dem Skandal eines unbekannten Hollywood-Stars und auch im Sportteil stand nichts Weltbewegendes. Er rollte die Zeitung zusammen und wollte sich gerade auf den Weg machen, als sein Blick auf das Datum fiel. Heute war der 16. März. *Scheiße!* Seit Neujahr hatte er nicht mehr an diese Voodoo-Hexe und ihre peinliche Darbietung gedacht. Nun fiel ihm alles wieder ein. Die heimlich belauschten Worte durch jene Badezimmertür kamen, wie der Boden des Wattenmeeres bei Ebbe, unausweichlich an die Oberfläche seines Bewusstseins zurück. Heute war sein Todestag, der Tag, an dem er sterben würde, weil Celine Roggemann es so in ihrer Vision gesehen hatte ... *wie gruselig!* Robert schob den Gedanken mit einem Schmunzeln beiseite, nahm den Autoschlüssel von der Kommode, zog Schuhe und Jacke an und ging hinunter zu seinem Fiesta. Es war noch dunkel und zudem lag auch ein wenig Nebel über der Vorstadt. Robert stieg in den Ford, schnallte sich an und startete den Wagen. Am Ende der kleinen Nebenstraße bog er auf die Hauptstraße, die nach wenigen hundert Metern in einer abknickenden Vorfahrt weiter nach rechts führte. In die Kurve mündete von links eine weitere Nebenstraße, in der ein LKW wartete. Roberts Wagen hielt auf die Abbiegung zu. Fünfzig Meter bevor er sie erreichte, setzte sich der Lastwagen plötzlich und unerwartet in Bewegung. Robert stieg auf die Bremse und der Wagen schlitterte über den Asphalt. Nur um wenige Zentimeter entkam er einem Zusammenstoß mit dem LKW. Wütend drückte er auf die Hupe, worauf der Fahrer des Trucks vor Schreck förmlich zusammenzuckte, als würde er den Fiesta erst jetzt zum ersten Mal wahrnehmen. *Oh, mein Gott!* Robert wurde bewusst, was geschehen war. Er hatte ganz vergessen, die Scheinwerfer seines Wagens einzuschalten. Der Fahrer des Lastwagens hatte ihn überhaupt nicht sehen können und war völlig unschuldig an dem knapp entronnenen Desaster. So war das eben mit Prophezeiungen. In den meisten Fällen trafen sie nicht zu, weil sie tatsächlich Bilder aus der Zukunft waren, die den Weg irgendwie in die Vergangenheit gefunden hatten. Prophezeiungen erfüllten sich vielmehr aus dem einfachen Grunde, weil die Person, die die Vorhersage erhalten hatte, dermaßen verunsichert war, dass sie das Zutreffen meist selbst verschuldete. Selbsterfüllende Prophezeiung – so hieß der Fachbegriff für dieses Phänomen. Robert atmete tief durch und schaltete die Scheinwerfer des Fords ein. An der nächsten Ampel hatte er den LKW eingeholt, der links neben ihm auf der Abbiegespur zum Halten gekommen war. Das Fahrgestell und die Karosserie waren so nah, dass Robert nicht in die viel höher gelegene Führerkabine hineinblicken konnte. Die Räder sahen aus dieser Entfernung und Perspektive unnatürlich groß aus, beinahe wie riesige, altertümliche Mühlsteine. Robert nahm alle Einzelheiten der öligen Kardanwelle wahr, die sich unter dem Laster drehte und die Feuchtigkeit des frühen Morgens in ihrer Nähe verdampfen ließ. Tropfte da nicht eine Flüssigkeit auf die Straße? An der hinteren Achse des großen Fahr-

zeugs schwang zudem etwas bedrohlich hin und her. Ein Kabel oder eine gerissene Schlauchleitung? Die Abgase des Zwölftonners bliesen direkt gegen den kleinen Fiesta und drangen durch die Lüftung ins Wageninnere. Robert wurde übel und schwindelig von dem Gestank. Der Lastwagenfahrer gab zudem immer wieder kleine Gasschübe, so wie Rennfahrer es zum Start eines Formel-Eins-Rennens taten.
Ein schrilles Hupen riss Robert aus seiner Reverie. Das Signal der Ampel für die geradeausführende Spur war längst auf Grün umgesprungen und der nachfolgende Verkehr hatte nicht das geringste Verständnis für Roberts kleine Pause.
Ohne weitere Zwischenfälle erreichte er nach zwanzig Minuten das Gelände der Uni, wo er den Wagen auf dem zentralen Parkplatz abstellte. In Münster erreichten die meisten Studenten die Universität mit dem Fahrrad. Nur wenige hatten das Geld, ein Auto zu kaufen, geschweige denn zu unterhalten. Robert genoss diesen Luxus den anderen Studenten gegenüber, denn für nichts in der Welt hätte er bei diesem saukalten Wetter mit einem der anderen tauschen wollen.
Im Chemietrakt traf er auf Klaus, der schon auf ihn wartete. Faust auf Faust, Ineinanderhaken der kleinen Finger.
„Du bist spät dran, Bob“, rügte Klaus seinen Freund.
„Wieso? Bis zur Vorlesung ist es doch noch gut eine halbe Stunde.“
„Hat unser junger Einstein es also tatsächlich vergessen ...“
„Oh, Scheiße! Die Lieferung der Chemikalien. Ist das wirklich heute?“

„Und ob! Ich werde auf gar keinen Fall die Kartons allein ausladen und ins Labor schleppen, nur weil du dir keine Termine merken kannst.“

„Nun mach dir mal nicht in die Hose. Schließlich bin ich ja jetzt da.“

Nur wenige Minuten später betraten die beiden Freunde das Labor, von dem eine Tür in das dahintergelegene Chemikalienlager führte. Professor Schneider hatte sie um diese Gefälligkeit gebeten. Sie sollten heute, in seiner Abwesenheit, für ihn die Lieferung entgegennehmen, da er einen anderen, unverschiebbaren Termin wahrnehmen musste. Da sich Klaus und Robert gut im Lager auskannten und zudem das Vertrauen des Professors genossen, sahen sie darin kein Problem. Ein Rolltor im hinteren Bereich des Lagers führte hinaus auf die Laderampe. Dort wartete bereits der Lieferwagen der Firma EUROCHEM.

„Lass schon mal die Ladeklappe am Laster runter“, rief Klaus Robert zu. „Der Betätigungshebel befindet sich unterhalb der Luke, hinten am LKW.“

Robert sprang in den Spalt zwischen dem Lieferwagen und der Laderampe. Im Halbdunkel der Morgendämmerung suchte er nach dem verfluchten Hebel. *Hoffentlich hat der Fahrer die Handbremse angezogen, sonst kann das hier böse enden*, dachte sich Robert. Kaum hatte er den Gedanken formuliert, als ihm wieder Celines Prophezeiung einfiel. Ein flaues Gefühl bildete sich in seiner Magengrube. Irritiert suchte er weiter und fand den Hebel schließlich. Er zog daran, aber nichts passierte. Er versuchte es noch einmal mit dem gleichen Ergebnis, bis ihm dämmerte, dass die Zündung des LKWs wohl eingeschaltet sein musste, damit sich die Luke öffnete. Aus dem Spalt brüllte er nach vorne und bat Klaus, die Zündung des

Lasters zu starten. Er spürte, wie der LKW leicht hin und her schwang, als jemand in das Führerhaus des Wagens kletterte, dann flackerten die Rückleuchten des Fahrzeugs auf und tauchten Robert in blutrotes Licht. Die Laderampe senkte sich augenblicklich mit elektrischem Surren auf ihn herab. Vorsichtig zog Robert den Kopf ein. Langsam glitt die Luke weiter hinunter. Der Hohlraum, in den sich Robert zurückziehen konnte, schrumpfte zusehends weiter, bis sich die Heckklappe in einer Ebene mit der Laderampe befand. Erleichtert kletterte Robert aus dem dunklen Spalt.

Schnell war der Laster entladen, der Empfang quittiert und die Chemikalien ins Lager einsortiert. Klaus und Robert schafften es gerade noch rechtzeitig zur ersten Vorlesung.

Der Tag an der Uni verlief schleppend. Um halb fünf war Robert mehr als froh, dass er sich auf dem Weg zu seinem Fiesta befand, um nach Hause zu fahren. Der Weg über die Autobahn „A1“ würde wohl schneller sein als der Hinweg durch die Innenstadt. Fünf Minuten später befand er sich auch schon auf der Autobahn, im Strom der dahinrasenden Fahrzeuge. Da der alte Ford die weitaus besseren Tage längst hinter sich gelassen hatte, blieb Robert meist auf der rechten Spur. Vor ihm fuhr ein besonders langsamer und inspektionsreifer Lastwagen osteuropäischer Herkunft. Robert setzte den Blinker und zog auf die Überholspur. Hinter ihm nutzte ein Tankwagen die gleiche Gelegenheit und wechselte ebenso hinüber auf die linke Spur. Als Robert mit dem baufälligen Transporter auf gleicher Höhe war, scherte vor ihm unerwartet ein Tiefkühlkostwagen aus. *Na, wunderbar! Erst rausziehen und dann nicht aus dem Quark kommen*, fluchte er in

sich hinein. Der Tanklaster hinter ihm drängelte auf unverschämte Weise. Er fuhr so dicht auf, dass Robert nicht einmal mehr die Scheinwerfer im Rückspiegel sehen konnte. Die Lücke, in die der Fiesta eingekeilt war, wurde immer kleiner.
„Spinnt der, oder was?“ Diesmal schimpfte Robert laut vor sich her.
In tausend Metern müsste er eigentlich rechts raus, aber da war ja der polnische Laster. An drei Seiten von den großen Fahrzeugen und an der vierten Seite von der Fahrbahnbegrenzung zur Mitte hin eingeklemmt ging die Fahrt weiter. Achthundert Meter bis zur Ausfahrt.
Robert wurde unruhig. „Na los, mach schon.“
Fünfhundert Meter. Dreihundert. Zweihundert. Die Lücke zwischen dem vorausfahrenden Kühlwagen und dem polnischen Transporter auf der rechten Seite entsprach nicht mehr als einer Wagenlänge. Für den relativ kleinen Fiesta sollte sie gerade groß genug sein. Robert fasste einen Entschluss. Er riss das Steuer nach rechts. Die hintere Stoßstange verfehlte nur um Haaresbreite den schrottreifen Transporter, dessen Fahrer wild hupte und obszöne Gesten durch die Windschutzscheibe machte. Robert fuhr von der Autobahn ab und hielt mit dem Wagen wenige Minuten später auf dem Parkplatz des Mietshauses.

Erschöpft stieg er die Stufen des Treppenhauses hinauf und erreichte seine Wohnung. Er schloss auf, streifte die Schuhe ab und zog seine Jacke aus.
„Hallo, Schatz, bin wieder da“, rief er in die Wohnung.
„Hallo, Bärchen. Ich bin in der Küche. Das Essen braucht noch zwanzig Minuten“, erwiderte Sandra. „Sean ist im Wohnzimmer und spielt ...“

Robert ging zum Wohnzimmer. Wie sah das denn hier aus? Hatte hier eine Bombe eingeschlagen? Das war etwas, was Robert wirklich hasste. Sean saß inmitten eines Berges von Spielzeug auf dem Boden. Der Junge hatte doch sein Kinderzimmer. Warum musste auch noch das Wohnzimmer auf diese Art und Weise belagert werden?

„Sandra, hast du eigentlich mal gesehen, wie es hier aussieht?"

„Er spielt doch nur. Lass ihn doch. Ich habe zu Hause auch immer lieber im Wohnzimmer gespielt."

Robert beugte sich zu seinem Sohn hinunter und gab ihm einen Kuss auf die Stirn. Er wollte jetzt nur noch in den Sessel und einen Moment entspannen. Mit einem großen Schritt sprang er über einen riesigen Plüschteddy. Noch ehe er wusste, wie ihm geschah, glitt sein Bein unter ihm weg. Mit aller Verzweiflung und mit den Armen rudernd, versuchte er die Balance wiederzufinden, geriet dabei aber noch mehr in die Rücklage. Brutal schlug er gegen die Fensterscheibe, die durch die Wucht des Aufpralls nachgab und in tausend Scherben zersprang. Der Schwung reichte aus, ihn über die Fensterbank zu schleudern. In einem Regen aus Glasscherben stürzte Robert fünf Stockwerke in die Tiefe. Der Fall endete jäh, als sein Gesicht auf dem harten Betonboden aufschlug und sein Schädel dabei zerschmettert wurde.

Sean weinte. Papa hatte gerade sein Lieblingsspielzeug kaputt gemacht. Er war einfach draufgetreten. Nun hatte Sean keinen roten Laster mehr, den er doch immer so gerne über den Boden geschoben hatte.

Rendezvous

Entschlossen kämpften die Scheibenwischer des Jeeps gegen den strömenden Regen und doch war ihr Bemühen zum Scheitern verurteilt. Der bleigraue Himmel hatte seine Schleusen geöffnet und schien, den Boden bis ins Erdinnere aufweichen zu wollen.
Graham Smith rückte wiederholt seine Brille zurecht und versuchte, die Straße zwanzig Meter vor ihm, jenseits des Regenschleiers, im Halbdunkel der Umgebung auszumachen. Zu beiden Seiten des Asphalts wuchsen meterhohe Saguaro-Kakteen im lehmigen Wüstenboden. Ihre verzweigten Arme reckten sich Smith wie knochige Finger aus dem Grau des Unwetters entgegen.

Graham war achtundvierzig Jahre alt. Sein Körper war nicht mehr ganz so in Form, wie er es selbst gerne gesehen hätte, dennoch war er sich ziemlich sicher, dass er nicht das schlechteste Exemplar seiner Gattung und Altersklasse repräsentierte. Der Beruf als Außendienstmitarbeiter einer Firma, die Pumpenanlagen für Swimmingpools herstellte, brachte des Öfteren tagelange Reisen im Auto mit sich. Diese hatten eben eine gewisse Bequemlichkeit und Schlaffheit des Körpers zur Folge. Umso mehr war er bemüht, die physiognomische Katastrophe durch regelmäßige Spaziergänge und Besuche im Fitness-Studio zumindest etwas in Grenzen zu halten.
Julia, Grahams Frau, hatte ihre Prioritäten auf ganz andere Dinge des Lebens verschoben. Sie schien seine Anstrengungen, einen gewissen Grad an Attraktivität zu erhalten, überhaupt nicht zu bemerken. Stattdessen

verbrachte sie jeden zweiten Abend in der Woche mit Gleichgesinnten beim Bingo-Spiel im Gemeindehaus des kleinen Kaffs, in dem sie lebten. Rund achthundert Seelen zählte der winzige Ort, unweit von Phoenix, der nicht einmal einen Punkt auf der Landkarte wert war. Hier besaßen sie ein kleines, bescheidenes Haus, in dem ihr Sohn Mike das Licht der Welt erblickt und sie weitaus glücklichere Jahre als die letzten verbracht hatten. Julias Veränderung hatte vor drei Jahren mit Mikes Entscheidung, das Elternhaus zu verlassen, begonnen. Graham konnte seinen Sohn verstehen. Mit achtzehn Jahren wollte man allmählich dem Nestschutz der Eltern entfliehen. Vielleicht hatte gerade Julias Beharrlichkeit, ihren Sohn mit aller Macht zu halten, dazu geführt, dass Mike nun sein eigenes Leben in Illinois, weit weg von den Fängen und dem Einfluss seiner Mutter, zu beginnen suchte. Julia hatte sich in ihr Schneckenhaus zurückgezogen, hatte die wahre Lust am Leben verloren und suchte nun in der Kirche nach einem Ersatz, der ihrem Drang nach Fürsorge gerecht werden würde. Aber musste Graham zwangsläufig die Entscheidung und das unausweichliche Schicksal seiner Frau teilen? Nein, er war noch nicht bereit für dieses soziale Abstellgleis. Er konnte sich einfach nicht vorstellen, dass das jährliche BBQ der Kirchengemeinde, neben dem traditionellen Erntedank- und Weihnachtsfest die einzigen Höhepunkte seines Lebens bedeuten sollten. Graham sehnte sich noch immer nach einem gewissen Maß an sexueller Aktivität. Julia hingegen schien mit diesem Thema schon gänzlich abgeschlossen zu haben.
Vor einem Jahr hatte er dann Veronica kennen gelernt. Stand Julia für die Farbe Schwarz, dann verkörperte Veronica ein strahlendes Weiß; bedeutete Julia *kalt*,

dann stand Veronica für die glühende Hitze; war Julia ein Begriff für die Langeweile, so war Veronica ein Synonym für das pure Abenteuer.

Sie war Kellnerin in einem kleinen Diner an der Interstate. Die erste Begegnung war wie eine Explosion. In ihren Augen konnte Graham eine Vertrautheit finden, die er seit langem bei Julia vermisste. Seit Monaten hatte er nicht mehr so unbefangen und frei mit einer anderen Frau reden können und es überraschte ihn selbst, wie selbstverständlich und ehrlich sein Charme auch auf sie zu wirken schien.
Aus wiederholten Besuchen in dem kleinen Restaurant wurde schnell eine tiefe Freundschaft. Aus der Freundschaft entwickelte sich Passion. In einem kleinen Motel, zehn Meilen tiefer in der Wüste gelegen, verbrachten sie viele leidenschaftliche Nächte. Alle Worte waren gesagt. Reden war überflüssig. Jeder schien die Wünsche des anderen zu kennen. Jeder war des anderen Lehrer und wies ihm bis dahin noch unerforschte Wege zu erfüllenden Höhepunkten.
Veronica war zwanzig Jahre jünger als er – Herrgott im Himmel, sein Sohn Mike war eben erst 21 Jahre alt geworden und gerade dieser Vergleich machte den Altersunterschied deutlicher und prägnanter, als ihm lieb war – und doch schrumpften die Lebensjahre, die sie trennten, zu einem Nichts zusammen. Er fühlte sich so jung und lebendig, wenn er mit ihr gemeinsam die Zeit verbrachte. Dies waren die Dinge, nach denen er sich mehr als alles andere sehnte.
Warum hätte er Julia etwas von dieser Affäre beichten sollen? Sie hatte schon für sich selbst entschieden, wie ihre Zukunft aussehen sollte und das hatte er eben auch für sich getan. Julia war finanziell versorgt. Sein Sohn

stand auf eigenen Beinen und beruflich hatte sich Graham eine Position erarbeitet, die gesichert war. Jegliche Verantwortung war von ihm genommen. Warum sollte er sich denn nun nicht auf den Rest seines Lebens konzentrieren und jeden einzelnen Moment davon genießen?

Ein gleißender Blitz schlug unweit entfernt in den Wüstenboden. Der einhergehende Donner schien den Jeep zerreißen zu wollen. Es war beinahe so, als wolle Gott höchstpersönlich *Seine* Meinung zu Grahams fragwürdiger Moralvorstellung kundtun. Zu dem sintflutartigen Regen gesellte sich nun auch noch ein peitschender Wind. Die Regentropfen schmetterten mit brachialer Gewalt gegen die Windschutzscheibe, sodass sich ein durchgehender Wasserfilm auf dem Glas bildete, dem die Wischer nicht mehr gewachsen waren. Die Wolken hingen so tief, dass der Horizont zwischen Himmel und Erde nicht mehr auszumachen war. Aus dem Grau des Unwetters schwebte, nahezu schwerelos, das Neon-Schild eines Spirituosenladens auf Graham zu und half ihm, sich zu orientieren. Er befand sich demnach bereits in der kleinen Ortschaft, die keine zwei Meilen vor dem Motel lag, das er zu erreichen suchte. Spontan kam ihm eine Idee. Veronica liebte einen guten Wein. Auch ihm behagte die Vorstellung, einen edlen Tropfen, in inniger Umarmung mit der Frau seiner Träume, unter flauschigen Decken zu genießen. Er hielt den Wagen rechts am Bordstein vor dem Laden, betätigte die Handbremse und zog den Zündschlüssel aus dem Schloss. Schnell klappte er das Revers seines Jacketts hoch, um zu verhindern, dass der Regen in seinen Kragen dringen würde. Dann

sprang er aus dem Fahrzeug und schlug die Tür hinter sich zu.
Der Kauf des Jeeps war auch so eine spontane Idee von ihm gewesen. Seinem Alter nicht angemessen, so hatte es Julia formuliert. Was verstand sie schon davon, was für sein Alter angemessen war? Sie war es doch, die ihr aktives Leben bereits als beendet betrachtete. Einfach lächerlich. Nicht angemessen ... Eine Bingo-spielende, lebendige Leiche – *das* war nicht angemessen ...
Als er das schützende Vordach erreichte, schüttelte er die dicken Regentropfen von seiner Jacke und betrat das Geschäft. Die rechte und rückseitige Wand wurden von hohen Regalen gesäumt, die mit Flaschen der verschiedensten Spirituosen vollgestellt waren. Die Frontseite wurde von dem großen Fenster zur Straße eingenommen, in dessen Mitte ein Budweiser-Reklameschild aus Leuchtstoffröhren hing. Zwei schulterhohe, freistehende Regale, die parallel zur Seitenwand aufgestellt waren, teilten den Laden in drei winzige Gänge. Unter der Decke drehten sich träge die Flügel eines Ventilators in der Luft. Die Auswahl an Weinen war gar nicht mal zu verachten. Graham entschied sich nach kurzer Überlegung für einen Kalifornischen Chardonnay und begab sich zum Verkaufstresen, der sich an der linken Wand des Geschäfts befand. Hinter der Holztheke stand ein grauhaariger, freundlichblickender Verkäufer indianischer Abstammung.
„Hallo! Ganz schönes Sauwetter draußen, was?“, begann Graham das Gespräch.
„Kann man wohl sagen. Haben Sie’s noch weit?“, fragte der Alte besorgt zurück.
„Nein, nur noch ein paar Meilen.“

„Man ist bei einem Gewitter besser nicht da draußen in der Wüste. Die Blitze, wissen Sie? Die scheinen einen zu finden ...“

„Wie gesagt, ich fahr’ nicht mehr weit ...“

Donner schlug mit aller Kraft gegen das Schaufenster des Geschäfts und ließ das Glas vibrieren. Der Verkäufer schüttelte nachdenklich den Kopf und blickte hinaus in den sterbenden Tag.

„Irgendetwas anderes ist da noch in diesem Gewitter ... Es ist besser, Sie fahren nicht mehr allzu weit ...“ Wie es schien, hatte der Kassierer gar nicht richtig zugehört. Graham folgte dem Blick des Alten durch das Schaufenster hinaus in das Unwetter. Der Himmel glomm mit letzter Kraft in einem schwefeligen Ockergelb. Es war Zeit, aufzubrechen.

„Ich nehme zwei Flaschen von dem Chardonnay.“

„Acht Dollar und fünfundsiebzig Cents“, verkündetete der Kassierer.

Graham holte das Portemonnaie hervor und reichte dem Verkäufer eine Zehn-Dollar-Note. „Stimmt so.“ Die Vorfreude auf Veronica versetzte ihn in Geberlaune.

Als der Verkäufer das Geld nicht sofort einstrich, bemerkte Graham, dass dieser wie erstarrt dastand und gebannt auf ein kleines Fernsehgerät blickte, das an einer Wandhalterung oberhalb des Holztresens befestigt war. Es gab kein Geschäft in den USA, in dem nicht ein Fernsehgerät flimmerte, auch wenn der Ort und der Laden noch so klein und unbedeutend waren wie dieser. Das war eben „Infotainment“ in Reinkultur. Der eingestellte Sender strahlte eine Nachrichtensendung aus, in der ein gestylter Moderator soeben von einem Ausbruch berichtete, der vor zehn Tagen in New Mexico stattgefunden hatte.

„Der flüchtige Häftling ist aller Wahrscheinlichkeit nach über die Grenze nach Arizona entkommen. Augenzeugenberichten zufolge wurde die verdächtige Person in der Nähe von Phoenix gesehen“, sagte der Sprecher.

Graham hatte bereits zuvor von dcm Vorfall gehört, ihn aber nur oberflächlich im Fernsehen und Radio verfolgt. Seitdem der Sträfling aus der Haftanstalt geflohen war, zog er eine blutige Spur hinter sich her, in dessen Verlauf schon acht Todesopfer zu beklagen waren. Der Täter wählte und tötete seine Opfer willkürlich. Zu allem Übel tat er dies auch noch auf außergewöhnlich bestialische Weise mit einem riesigen Fleischermesser.

„In der Nähe von Phoenix hat er gerade gesagt ...“, grummelte der Alte nachdenklich, nahm nun doch noch die Geldnote vom Ladentisch und verstaute sie in der Kasse.

Das Bild des Moderators wich einer MAZ-Einspielung, die die Zuschauer mit den neuesten Informationen zum Fall versorgte. Der Täter hatte sich demnach erst vor kurzem eines dunkelgrünen Chevrolet Pickups bemächtigt. Ein eingeblendetes Foto präsentierte das Fahrzeug in Nahaufnahme, das auch den Aufkleber „KING OF THE ROAD“ auf der hinteren Ladeklappe in allen Einzelheiten zeigte.

„Das Auto ist ja nicht gerade unauffällig“, meinte Graham, der sich auch von der Reportage in den Bann hatte ziehen lassen.

„Vielleicht will er ja gerade das. Auffallen, meine ich.“

„Sie glauben, er wünscht sich ein Publikum für die Grausamkeiten, die er anstellt?“

„Hm? Wer weiß schon, was in so einem kranken Gehirn vor sich geht ...?“

Ein besonders heftiger Blitz tauchte die Straße vor dem Laden in gleißendes Licht. Statische Entladungen verzerrten das Bild in dem kleinen Fernseher.
„Es wird höchste Zeit, dass ich weiterkomme“, sagte Graham und blickte auf den Chardonnay, der noch immer auf dem Verkaufstisch stand. Der Verkäufer verstand den dezenten Hinweis und packte die Flaschen in eine braune Papiertüte. Graham wünschte dem alten Mann noch einen schönen Tag, verließ den Laden und sprintete von dem schützenden Vordach zu seinem Wagen. Er versuchte vergebens, die Tüte mit den Weinflaschen unter seinem Jackett vor dem Aufweichen durch den Regenguss zu bewahren. Die wenigen Sekunden, die er benötigte, um einzusteigen, reichten aus, ihn völlig zu durchnässen. Augenblicklich beschlugen die Scheiben von innen. Den Wein legte Graham auf den Beifahrersitz.
Nur noch zwei lächerliche Meilen, dann hatte er es ja geschafft, sprach er sich Mut zu. Er drehte die Lüftung des Jeeps voll auf und schaltete das Radio ein. Im Äther erklang das schnulzige „True Love“ von Cole Porter, das ab und zu von statischem Knacken sich entladender Blitze begleitet wurde.
„Na bitte. Endlich scheint mich doch noch jemand zu verstehen“, sagte Smith laut zu sich selbst, schaute dabei aber vage gen Himmel, als wolle er Gott doch noch etwas auf *Seine* Meinungsäußerung von vorhin erwidern.
Im Schleichtempo quälte sich Graham seinem Rendezvous entgegen und ertrug letztendlich auch noch die verbleibenden zwei Meilen. Geisterhaft schälte sich das Motel aus der hereingebrochenen Nacht. *NAVAJO-INN – Zimmer frei*, blinkte es bläulich von einer großen Werbetafel am Straßenrand. Viele *Native*

Americans, die im Volksmund schlicht als *Indianer* bezeichnet wurden, gab es in Arizona eigentlich gar nicht mehr. Fairerweise erinnerte aber der Name des Motels an die rechtmäßigen Bewohner des Landes. Die Blitze zuckten nun in so rascher Folge, dass der Effekt auch von Stroboskop-Strahlern, wie sie in den riesigen Discotheken verwendet wurden, die sein Sohn Mike so sehr liebte, hätte stammen können. Die Ecken des Gebäudes warfen scharfumrissene, hüpfende Schatten in dem grellweißen Licht der Blitze. Das Haus schien dadurch in der Dunkelheit zu tanzen. Der Parkplatz vor dem Motel war vollkommen überflutet und bildete eine einzige, spiegelnde Wasseroberfläche. Zur Zeit standen nur drei weitere Fahrzeuge vor dem Gebäude. Veronicas alter VW-Käfer war nicht darunter. Vielleicht fuhr sie heute bei dem Unwetter auch etwas vorsichtiger als sonst, überlegte Graham. So hatte er wenigstens noch Gelegenheit, sich ein wenig vor ihrer Ankunft frisch zu machen. Sein Blick verweilte kurz auf der Tüte mit den Flaschen. Die konnte er auch immer noch aus dem Wagen holen, nachdem er sich an der Rezeption des Motels angemeldet hatte. Eigentlich war Alkohol auf den Zimmern nicht erlaubt, aber wer sollte das denn überprüfen? Über der Tür zur Anmeldung leuchtete matt eine blanke Glühlampe und das Schild „Rezeption“ war nur schwerlich neben der Tür auszumachen. Smith wusste natürlich auch so, wo er hin musste, schließlich war das nicht das erste Mal, dass er sich mit Veronica in diesem Motel zum Rendezvous traf. Der kurze Weg vom Wagen zur Rezeption reichte aus, dass er die Nässe nun bis auf die Haut spürte. Das Jackett klebte unangenehm an seinem Oberkörper, von der triefnassen Hose und der Unterwäsche gar nicht zu sprechen.

Das Büro war klein und zweckdienlich eingerichtet. An der Wand hinter dem Tresen reichten Fächer, die mit den Zahlen von eins bis zwanzig versehen waren, bis hinauf an die Decke. Darin lagen die Schlüssel zu den Zimmern. Außerdem wurde hier die Post für die Gäste einsortiert. Nicht, dass irgendein Gast in diesem Motel wirklich Post erwartet hätte. Links der Fächerwand führte eine schmale Tür in ein weiteres Hinterzimmer. Auf der Theke lag ein altes, abgegriffenes Gästebuch. Zudem befand sich dort auch eine altmodische Rezeptionsglocke aus Messing. Rechts daneben, am Rande des Tresens, plärrte ein portables TV-Gerät. Der 22-jährige Jimmy Hanslow saß kippelnd auf einem Holzstuhl hinter dem Tisch. Die Beine hatte er auf einem weiteren Schemel hochgelegt und übereinander geschlagen. In der hohlen, linken Hand hielt er einen Vorrat an Erdnüssen, die er sich von Zeit zu Zeit mit der rechten in hohem Bogen und mit der Behändigkeit eines Jongleurs in den Mund warf.

„Hey, Jimmy, alles klar?“, grüßte Graham locker.

Jimmy streckte zur Antwort den Daumen in die Höhe, nur um dann mit seinem Jongleurakt fortzufahren.

„Das neue Semester hat noch nicht angefangen, oder?“, versuchte Smith es weiter.

Ein kurzes Kopfschütteln.

„Was studierst du noch mal? Sprachwissenschaften, oder?“

Daumen-hoch.

„Aha. Ich hätte gern ein Zimmer für heute Nacht.“

Mit einer Gewandtheit, wie man sie sonst nur von einem Kraken mit acht Armen erwartet hätte, schob ihm Jimmy das Gästebuch entgegen und tippte kurz mit dem Finger unter den letzten Eintrag. Er geriet

dabei nicht auch nur ansatzweise aus dem Gleichgewicht.
„Hier unten, meinst du ...?“ Graham trug seine Personalien ein. „Übrigens, ich erwarte später noch Besuch. Das ist doch kein Problem, oder?“
Daumen-hoch.
Im Fernsehen wurde schon wieder über den entflohenen Häftling berichtet. Nein! Diesmal wollte er sich nicht die Stimmung durch grausame Berichte über verstümmelte Leichen verderben lassen. Er legte den Stift zur Seite, nachdem alle Daten vollständig ins Gästebuch eingetragen waren.
„Äh, wenn du noch so gut wärst und mir den Zimmerschlüssel reichen könntest, bitte.“
Mit dem Können eines routinierten Equilibristen langte ein Arm des Studenten in das Fach mit der Nummer sieben und zog einen Schlüssel mit gleichlautendem Anhänger hervor. Es war jedes Mal dasselbe Zimmer. Jimmy legte den Schlüssel auf den Tresen, von dem Graham ihn entgegennahm und sich auf den Weg zu seinem Zimmer machte. An der Tür blieb er noch einmal stehen und wandte sich zu dem Studenten um.
„Sag mal, Jimmy. Ist vielleicht irgendetwas vorgefallen? Eine neue Freundin oder so?“
Der Blick des Jungen verließ kurz den Fernsehschirm und richtete sich auf Graham, die Augenbrauen zur Frage gehoben.
„Ach, ich meine nur, weil du heute so gesprächig bist wie selten.“ Er zog die Tür hinter sich zu.

Eine überdachte Veranda führte längs des Motels von der Rezeption zu den Zimmern, deren Türen in dem winkelförmigen Gebäude alle zum Parkplatz hinauswiesen. Der Sturm presste gegen die Holzwände und

brachte sie zum Ächzen und Knacken. Der Regen fiel nun nahezu horizontal und peitschte gegen die Zimmertüren. Die Nässe machte die Holzdielen der Veranda gefährlich rutschig. Das Zimmer mit der Nummer sieben befand sich, genau wie die Rezeption auch, in dem kurzen Schenkel des abgewinkelten Gebäudes. In der Dunkelheit und dem zuckenden Licht war es gar nicht so einfach, den Schlüssel in den Schlitz des Schlosses zu führen. Nach einigen Fehlversuchen bewältigte Graham aber auch diese Aufgabe. Erleichtert betrat er das Zimmer und stemmte die Tür gegen den andrückenden Wind hinter sich zu. Einen Augenblick verschnaufte er in der Dunkelheit des Raumes und betätigte erst dann den Lichtschalter. Das Zimmer war schlicht, aber dennoch geschmackvoll und atmosphärisch eingerichtet. Ein Quilt bedeckte ein breites Doppelbett, dessen beiden Seiten von kleinen Nachttischchen, auf denen Lampen mit Lederschirmen standen, gesäumt wurden. Ein passender Kleiderschrank, ein gepolsterter, mit Leder bespannter Stuhl und ein kleiner Sekretär, auf dem sich ein altmodisches Wählscheibentelefon befand, rundeten das Mobiliar ab. Die Wände waren holzvertäfelt und mit Büffelfällen behangen. Über dem Bett hing ein prachtvolles Gemälde in dunklem Holzrahmen an der Wand. Es stellte eine Jagdszene dar, in der berittene NavajoIndianer einer Herde fliehender Büffel folgten. Vom Schlafraum gingen zwei weitere Türen ab, die zum einen in ein kleines Badezimmer und andererseits in eine separate Toilette führten.
Graham betrachtete kurz seine vom Regen durchnässte Gestalt im Spiegel, der über dem Sekretär an der Wand hing. Dann streifte er sich die triefenden Sachen vom Leib und hing sie zum Trocknen über die Stuhllehne.

Im Badezimmer drehte er das Duschwasser auf, damit es Gelegenheit hatte, richtig heiß zu werden, bevor er in die Dusche steigen würde. Dampfschwaden stiegen auf. Das heiße Wasser lief wohlig an seinem Körper hinab. Dann ging das Licht aus ...

Graham zögerte einen Moment in der Dunkelheit, versuchte die Situation zu analysieren. Er kam zu dem Schluss, dass aller Wahrscheinlichkeit nach ein Blitz in eine der Hochspannungsleitungen eingeschlagen war und dabei das lokale Stromnetz vorübergehend lahmgelegt hatte. Vorsichtig stieg er aus der Dusche, tastete nach dem Badetuch und begab sich in den Hauptraum. Er nahm den Hörer von der Gabel des Telefons. Die Leitung war tot. Die Rechtecke der Fenster hinter den Vorhängen leuchteten im Licht der Blitze. Graham hatte das unverdrängbare Gefühl, dass etwas nicht stimmte. Er vermochte nicht genau zu sagen, was es war, das ihn störte. Dann dämmerte es ihm. Draußen war es so still geworden. Kein Sturm mehr, der gegen die Wände des Gebäudes drückte, keine Regentropfen, die an die Fensterscheiben schlugen. Graham rubbelte sich die Haare trocken, ging ans Fenster und schob den Vorhang ein Stück zur Seite, um auf den Parkplatz sehen zu können. Nicht ein einziges Licht brannte in der Finsternis. Die Schwärze presste sich nahezu spürbar, wie Pech, gegen das Fenster. Im nächsten Moment wurde der Hof in kaltes, weißes Licht sich entladender Elektrizität gehüllt und Donner rollte über den Landstrich. Der alte Mann im Laden hatte also Recht gehabt, als er sagte, dass da noch etwas anderes in dem Gewitter verborgen sei. Ein Wirbelsturm hatte sich – vom Sturm des Unwetters verhüllt – unbemerkt herangeschlichen und befand sich nun genau über ihnen. Das kleine Motel lag mitten im Auge des Wirbelsturms. Der durchtränkte Wüstenboden schwitzte die Feuchtigkeit in wabernden Nebelschwaden wieder aus, die auf unheimliche Weise zu glühen schienen. Hatte sich da nicht eben ein Schatten bewegt? Graham war bestimmt nicht der Typ, der sich von einem Gewitter verängstigen ließ, die seltsame Stille und Finsternis brachten seine Nackenhaare jedoch zum Stehen. Im nächsten Aufbäumen des Wetterleuchtens war der Schatten verschwunden. Stattdessen fiel Grahams Blick auf seinen Jeep und er erinnerte sich wieder an den Chardonnay, den er auf dem Beifahrersitz hatte liegen lassen.

„Vielleicht die beste Gelegenheit, den Wein zu holen, bevor der Sturm wieder losbricht", sagte er laut zu sich selbst und erschrak vor seiner eigenen Stimme.

Schnell schlüpfte er in die noch klammen Sachen, suchte nach dem Fahrzeugschlüssel in der Hosentasche und machte sich auf den Weg zum Jeep. Die Zimmertür fiel in der seltsamen Stille hinter ihm mit einem unnatürlich lauten „Klick" ins Schloss. Er wartete bis zum nächsten Aufblitzen, um sich orientieren zu können, und schlug dann den Weg zu seinem Fahrzeug ein. Er erreichte es einige Schritte früher als erwartet und schlug schmerzhaft mit dem Bein gegen den vorderen Kotflügel. Blind wie ein Maulwurf ertastete er das Türschloss und führte den Schlüssel in den Schlitz. Mit dem Öffnen der Fahrzeugtür erglomm die Innenbeleuchtung des Jeeps. Graham beugte sich hinüber auf die Beifahrerseite, griff nach der Papiertüte mit dem Wein und schlug dann die Tür wieder zu. Die Dunkelheit erfasste ihn augenblicklich, um schon im nächsten Moment von einer besonders heftigen Entladung am Himmel abgelöst zu werden. Durch die

Seitenfenster seines Fahrzeugs hindurch sah Graham, dass nun ein fünftes Auto vor dem Motel parkte. Sein Blut verwandelte sich in Eiswasser. Im flackernden Licht des Wetterleuchtens starrte Graham auf einen dunkelgrünen Chevrolet Pickup. Dunkelheit hüllte ihn abermals ein. Die Tüte glitt aus seiner Hand.
Nur keine Panik. Es gibt Tausende von dunkelgrünen Pickups, versuchte er sich selbst zu beruhigen. Trotzdem pochte sein Herz wie verrückt, waren seine Beine wie aus Gummi geformt. Langsam tastete sich Graham um den Jeep herum und hielt auf den Chevrolet zu, zumindest dorthin, wo er ihn in der Dunkelheit vermutete.
„KING OF THE ROAD“ spie ihm der Aufkleber auf der Heckklappe, nur eine knappe Armeslänge entfernt, im nächsten Aufleuchten eines Blitzes entgegen. Langsam torkelte Smith zurück. Als seine Beine unerwartet nachgaben, schlug er hintenüber und landete auf dem Rücken im Schlamm.
„SHIT! Grundgütiger!“
Seine Kehle schnürte sich zu, als die Panik weiter in ihm aufstieg.
„SHIT, SHIT, SHIT“, keuchte er das Wort wie ein Mantra vor sich her.
Sheriff. Ich muss die Highway-Patrol alarmieren, dachte er. Dann fiel ihm wieder das tote Telefon ein. *Shit! Jimmy - das ist die Lösung! Junge Leute haben doch immer ein Handy dabei. Zumindest kann Mike nicht mehr ohne eins leben.* Mühsam erhob er sich auf die Beine. Die Nässe schien er gar nicht zu spüren. Er wollte sich gerade zur Rezeption aufmachen, als er mitten in der Bewegung erstarrte. Was, wenn der Typ ihn gerade beobachtete? Was, wenn er ihm in der Rezeption auflauerte? Plötzlich erschien Graham die

Dunkelheit noch bedrohlicher als zuvor. Hier draußen ausharren konnte er jedenfalls nicht, soviel war ihm schon mal klar. Im nächsten Wetterleuchten sah er, dass er noch immer ganz allein auf dem Parkplatz stand und Erleichterung durchflutete ihn. Diese währte jedoch nur kurz und wurde sogleich wieder hinweggespült, als ihm klar wurde, dass er hier aber auch aus jedem der Zimmer gut zu sehen war und quasi auf dem Präsentierteller stand. Mit zittrigen Beinen erreichte er die Tür des Büros und lauschte auf Geräusche aus dem Inneren. Nichts. Langsam drehte er den Knauf und öffnete die Tür, die sich knarrend fügte.
„Jimmy?"
Keine Antwort.
„Jimmy, wo steckst du?"
Graham betrat die Anmeldung. Die Tür fiel hinter ihm wieder zu. Als der nächste Blitz die Nacht erhellte und zuckendes Licht durch das Fenster neben der Tür auf den gegenüberliegenden Tresen fiel, sah er, dass der Stuhl hinter der Rezeption unbesetzt war. Der kleine Fernseher war den Tod eines jeden Elektrogerätes bei Stromausfall gestorben und klaffte nun mit der dunklen Bildröhre wie ein schwarzes Loch auf dem Tresen. Wo steckte der Junge nur? Vielleicht im Hinterzimmer? Graham ging auf die hintere Tür zu, als er das schmatzende Geräusch realisierte, das jeden seiner Schritte begleitete. Erst jetzt bemerkte er auch den kupferartigen Geruch, der in der Luft zu hängen schien.
„Was zum Teufel ...?"
Wie an Fäden gezogen, rotierte sein Körper in Zeitlupe herum, zurück zur Eingangstür. Elektronen entluden sich in der Nacht zu einem gigantischen Blitz-Feuerwerk. Im fahlen, tanzenden Licht erblickte

Graham den jungen Jimmy. Da, wo eigentlich sonst ein Regenmantel am Haken an der Eingangstür hing, baumelte nun der Student. Der Haken war von hinten tief ins Genick getrieben. Die Lider der Leiche waren halb geöffnet und die Augen teilweise in die Stirnhöhle verdreht. Ein Schwall Blut, vermischt mit Erbrochenem, hatte sich aus dem im Schrei erstarrten Mund auf sein Sweatshirt ergossen. Das Türblatt war in dunkelrotes Blut getaucht. Unter dem Körper hatte sich bereits eine beachtliche Lache gebildet, durch die eine Reihe von Fußabdrücken, Grahams eigene Spuren, führten. Er sackte in die Knie und erbrach sich. Als er nur noch Gallenflüssigkeit heraufwürgte, wischte er mit dem Handrücken über seine Lippen und versuchte sich zu erheben. Er musste aus diesem Raum, bevor der nächste Blitz noch einmal das schaurige Szenario enthüllte. Als Graham die Tür mit Schwung aufzog, pendelte der Arm der Leiche gegen ihn und kam auf makabre Art auf seiner Schulter zum Liegen, beinahe so, als wolle Jimmy ihm zu guter Letzt noch einmal Mut zusprechen - wie immer ohne Worte. Graham hielt mit Mühe einen Schrei zurück und war nur noch darauf bedacht, ins Freie zu gelangen. Panisch stolperte er durch die Dunkelheit und fand sich einen Moment später vor seinem Wagen wieder. Sein Fuß stieß gegen ein Objekt, das auf dem Boden lag. Die Tüte mit den zerbrochenen Weinflaschen. Er bückte sich und griff nach dem abgebrochenen Flaschenhals, dessen Unterseite in spitzen Zacken endete. Besser als nichts, dachte er. Nachdem er die Fahrertür geöffnet hatte, schaltete er die Scheinwerfer des Jeeps ein, die nun die Tür zu seinem Zimmer in gelbliches Licht tauchten. Seine Füße trugen ihn zu Nummer sieben,

ohne dass er wirklich hätte sagen können, was er als nächsten zu tun gedachte.
Als er die Hand ausstreckte, um die Tür zu öffnen, bemerkte er, dass diese einen Spalt breit offen stand. Hatte er die Tür nicht hinter sich verschlossen, als er zum Wagen gegangen war? War das tatsächlich erst vor fünf Minuten gewesen? Ihm schien es nun, als wäre es vielmehr Bestandteil eines ganz anderen Lebens gewesen. Im konvexen Spiegelbild des Türknaufes erblickte Graham sein von Panik verzerrtes Antlitz. Das von hinten einfallende Licht umgab ihn wie einen Heiligenschein, so, wie man es von alten Gemälden kannte, auf denen Maria oder Jesus dargestellt wurden. Den zerbrochenen Flaschenhals vor sich haltend, drückte Graham die Tür ein wenig weiter auf und schlüpfte vorsichtig in den Raum. Nasse Fußspuren führten von der Eingangstür zum Badezimmer. Der Mörder war hier. Er hatte sich im Badezimmer verschanzt, schoss es Graham durch den Kopf. Erst jetzt wurde er sich der Bedeutung der Situation bewusst. Hier, in diesem Raum, würde es sich entscheiden. Er war kein Held, wie man ihn aus dem Fernsehen kannte, der sich heroisch dem Bösewicht stellen würde, einen coolen Spruch auf den Lippen, ganz der Situation gewachsen. Er war vielmehr ein 48-jähriger Verkäufer von Swimmingpool-Pumpen, dem die Angst bis zur Kehle stand und der sein letztes Mittagessen auf den Teppich in das Blut eines jungen Studenten gekotzt hatte.
So vorsichtig wie nur möglich schlich er durch das Zimmer, jedes Geräusch vermeidend, bis er die hintere Wand neben der Tür des Badezimmers erreicht hatte. Die Scheinwerfer des Jeeps warfen eine helle Raute durch die geöffnete Tür auf den Boden. Nebelschwa-

den zogen langsam heran. Graham lauschte. Er konnte deutlich die gehetzten Atemzüge des Killers hinter der Tür hören. Auf seiner Stirn bildeten sich kleine Schweißperlen und seine Handflächen wurden rutschig. Das Auge des Sturms zog weiter. Erst mit einem kleinen Windhauch, dann mit Böen nahm der Wind wieder an Stärke zu. Die Eingangstür begann in den Scharnieren zu schwingen, bis letztendlich ein heftiger Luftzug sie ergriff und zuschlug. Die jähe Dunkelheit kam unerwartet für Graham. Er sah nichts mehr, war nur noch auf seine Ohren angewiesen. Er hörte, wie die Tür des Badezimmers aufgerissen wurde, spürte eher den Luftzug des sich nähernden Killers, als dass er ihn wirklich kommen sah. Graham stieß zu. Die Spitzen des Flaschenhalses bohrten sich tief in die Kehle. Warmes Blut schoss in einem pulsierenden Schwall über seine Hand. Entsetzen und Übelkeit packten ihn abermals, dann floh er schreiend aus dem Zimmer. Draußen sackte er erschöpft zusammen.

Am Horizont flackerten blaue, weiße und rote Lichter. Die Highway-Patrol war auf dem Weg und kam zur Rettung. Graham verstand nicht. Wie war das nur möglich? Die Telefonleitungen waren doch tot. Rutschend kamen die Einsatzfahrzeuge auf dem Parkplatz, unweit von der Stelle, an der er saß, zum Stehen. Er erhob sich und wich ein wenig zurück. Officers sprangen heraus, die Waffen im Anschlag. Alles verlief sehr koordiniert. Die Polizisten formierten sich kurz, dann traten sie die Tür zu dem Zimmer mit der Nummer zehn ein und stürmten den Raum. Die Lichtkegel der Taschenlampen hüpften durch das Dunkel des Zimmers.
„Alles gesichert. Wir haben ihn“, rief eine Stimme.

Der Einsatzleiter verschwand ebenfalls im Inneren des Motels, um ein paar Augenblicke später einen Mann in Handschellen hinauszuführen. Grahams Blick verschwamm. Das war nicht möglich! Unmöglich! Der entflohene Häftling aus dem Gefängnis in New Mexico, der Mann, der den dunkelgrünen Chevrolet Pickup entwendet hatte, der Mann, der neun Menschen getötet hatte und über die Grenze nach Arizona geflohen war, genau dieser Mann wurde gerade zu einem der Einsatzfahrzeuge abgeführt.
Graham sackte zusammen und sofort eilte ihm ein Deputy zu Hilfe.
„Kann ich Ihnen helfen? Was ist mit Ihnen, Sir?"
„Wie ..., die Telefone waren tot ..., woher ...?", stammelte Graham.
„Ein Gast aus diesem Motel hat den Wagen des Täters wiedererkannt und sofort per Handy einen Notruf abgesetzt. Der Anrufer selbst wird sich, nachdem er uns alarmiert hatte, sicherlich in seinem Zimmer, aus Angst vor dem Mörder, verbarrikadiert haben. Aber jetzt ist ja alles vorbei. Sie sollten ihm bei nächster Gelegenheit danken, dass er so geistesgegenwärtig war und umgehend die Highway-Patrol gerufen hat", erklärte der Polizist.
Die Lichter des Motels gingen wieder an. Der Stromausfall war behoben.
„Na bitte. Alles wieder in Ordnung", meinte der Officer zufrieden. „Sie sollten meiner Meinung nach nun auch besser aus dem Regen gehen, sonst holen Sie sich noch den Tod."

Graham Smith stand auf. Er fühlte nur noch eine große Taubheit in seinem Körper. Er musste zurück in sein Zimmer. Er musste wissen, was er getan hatte.

Langsam schwang die Tür des Raumes auf. Das Licht war wieder an. Vor der Badezimmertür lag der Körper in einer Blutlache. Diesmal hatte Veronica den Wein nicht so sehr genossen ...

Happy End

Tamara schaute auf ihre Armbanduhr. Es war fünf Minuten nach acht. Der Vorfilm hatte nun sicherlich schon begonnen. Nachdem sie durch die gläserne Eingangstür geblickt und sich versichert hatte, dass das Foyer menschenleer war, fasste sie sich ein Herz und lief mit eiligen Schritten auf die Absperrung zu den Kinosälen zu. Tamara war im Besitz eines Movie-Fan-Tickets. Dieses Angebot des Kinos war genau das Richtige für ihre Situation und Bedürfnisse. Man kaufte die Eintrittskarte für den stolzen Preis von 120 Euro und konnte dann für einen ganzen Monat beliebig oft das Kino besuchen. Getränke waren natürlich nicht inbegriffen, aber darauf kam es Tamara sowieso nicht an. Als sie dem Kartenkontrolleur das Ticket hinhielt, senkte sie den Blick so weit wie eben möglich zu Boden. Er sollte ihre vom Weinen geröteten Augen nicht sehen. Der Abreißer schien sich dafür auch nicht im Geringsten zu interessieren und ließ sie gelangweilt passieren, ohne sie überhaupt eines weiteren Blickes zu würdigen.

Das Plakat rechts der Tür warb für den gezeigten Klassiker *Der Zauberer von Oz*. Eine Leuchtanzeige oberhalb des Eingangs zum Saal wies darauf hin, dass der Vorfilm bereits lief. Tamara schlüpfte vorsichtig in die schützende Dunkelheit des Kinos und suchte sich einen freien Sitzplatz in der letzten Reihe. Das kleine Kino war bis auf drei weitere Personen leer. Keiner wollte diesen alten Film mehr sehen. Tamara verstand das nicht, denn für sie war *Der Zauberer von Oz* einer der reizendsten Filme, den sie kannte. Es ging los. Tamara mochte den Anfang nicht so sehr, der in

Schwarzweiß gefilmt war. Sie wusste zwar, dass das ein notwendiges Stilmittel war, um den Moment, wenn Dorothy das erste Mal das Zauberland von Oz sah, umso prächtiger erscheinen zu lassen, aber gefallen musste es Tamara deshalb ja noch lange nicht. Auch der Tornado flößte ihr immer wieder Angst ein. Sie sah in ihm eher eine lebendige Person als eine bloße, körperlose Naturgewalt, denn er verfolgte Dorothy mit finsterer und tödlicher Absicht. Und dann war da noch diese schreckliche Miss Gulch, die Dorothys Hund Toto etwas anhaben wollte. Dieser böse Mensch. Hoffentlich war Dorothy bald in Oz, fort von der realen Welt, fort von allen Sorgen ...

***

Der Untersuchungsraum war unangenehm kalt. Das Licht der Neonröhren wurde von den lindgrünen, sterilen Wandfliesen reflektiert. Die junge Frau saß mit freiem Oberkörper auf einer Untersuchungsliege in der Mitte des Raumes und fröstelte. Die OP-Lampe darüber war schon längst wieder ausgeschaltet. Nervös schaute sich die Frau um. An mehreren Wänden befanden sich große Edelstahlschränke mit medizinischen Instrumenten und Tinkturen. An einer anderen waren eine Reihe von klinischreinen Handwaschbecken installiert. Darüber hing ein riesiges Wandplakat mit der Darstellung eines menschlichen Skelettes. Wo war der Arzt nur hingegangen? Er war nun schon mehr als zehn Minuten fort. Kaum hatte sie den Gedanken beendet, als die Tür aufging und der Doktor, der sie behandelt hatte, mit einem Klemmbrett in der Hand wieder den Raum betrat. Das Namensschild auf seinem Kittel verkündete, dass es sich um „Reinold

Schwarz, Dr. med." handelte. Einen halben Meter von ihr entfernt blieb er stehen, den Blick noch immer auf das Formular vor sich gerichtet.

Dann legte er das Klemmbrett kurz auf die Liege und tastete noch einmal die frischversorgte Wunde an ihrer Schulter ab.

„Sie können sich jetzt wieder anziehen", sagte er schließlich und schaute sie an.

„Danke", murmelte sie fast unverständlich und schlüpfte von der Liege. Sie zog ihre Bluse an und war darauf bedacht, dem fragenden Blick des Arztes stets auszuweichen.

„Und Sie sagten, Sie haben sich diese Verletzung zugezogen, als Sie in der Dusche ausgerutscht sind?"

Sie verharrte einen Moment in der Bewegung. „Ja genau. Manchmal bin ich schon sehr ungeschickt, wissen Sie?"

„Hm", erwiderte der Doktor nachdenklich. „Ich habe schon des Öfteren ähnliche Verletzungen gesehen, glauben Sie mir. Meist hatten diese jedoch eine andere Ursache ..." Er ließ den Sachverhalt und die offensichtliche Bedeutung seiner Worte wirkungsvoll im Raum schweben.

„Nein, nein, wirklich. Einfach nur ein Unfall. Sie wissen ja, die meisten Unfälle passieren zu Hause. Der Boden war eben glatt. Ich war unachtsam und na ja ..., Sie kennen das Ende."

Der Arzt betrachtete die junge Patientin über den Rand seiner rahmenlosen Brille hinweg. Der Blick wirkte eher traurig als anklagend. Einige Sekunden verstrichen in absoluter Stille.

„Wie dem auch sei", ließ er es dabei bewenden. „Sie müssen bitte hier auf dem Formular noch gegenzeichnen, für Ihre Krankenkasse." Mit diesen Worten hielt er der Frau das Klemmbrett mit dem Versicherungsformular entgegen. Sie kritzelte kurz ihren Namen an die mit einem „X“ gekennzeichnete Stelle und verließ dann, ohne ein weiteres Wort, den Untersuchungsraum. Nur drei Minuten später verschwand sie durch die elektrischen Schiebetüren des Krankenhauses in die regnerische Herbstnacht.

***

Judy Garland tanzte in der Rolle der Dorothy mit den Zwergen durch die Landschaft des Zauberlandes von Oz. Das Haus war nach dem Tornado direkt auf der Hexe des Ostens gelandet. Tamara lachte. Sie mochte diese Stelle des Films besonders gern. Die vielen, kleinen Kinder, die in den bunten Kostümen steckten und die Zwerge spielten. Dazu die fröhliche Musik. Tamara liebte Kinder über alles. Sie wünschte sich aus tiefstem Herzen, einmal eigene Kinder zu haben – möglichst zwei oder drei. Timo war dafür aber wohl noch nicht bereit. Ein unmerklicher Schatten huschte über ihr Gesicht. Was sollte es. Sie war doch erst 28 Jahre alt. Es blieb ihr noch immer eine Menge Zeit für Kinder. Um eine Risikoschwangerschaft brauchte sie sich keine Sorgen zu machen, schließlich war die Medizin heutzutage schon sehr weit fortgeschritten. Stets Sorgen und Angst. Sie spürte, wie schon wieder Tränen in ihr aufstiegen. *Nun reiß dich zusammen,* wies sie sich einmal mehr zurecht. Leise wühlte sie in ihrer Manteltasche und suchte nach einem Taschentuch. Als sie eins gefunden hatte, schnäuzte sie sich so vorsichtig wie möglich die Nase. Sie wollte nicht die anderen Leute auf sich aufmerksam machen. Immer diese Gefühlsausbrüche. Sie war so schwach. Timo hatte Recht.

Was wären denn das für Kinder, sollten sie die Eigenschaften ihrer Mutter vererbt bekommen? Schwächlinge. Verlierer.
Auf der Leinwand erschien gerade aus einer Rauchwolke die böse Hexe des Westens, die selbstverständlich wie Miss Gulch aussah. Zunächst war Dorothy erschrocken und verschüchtert, doch nach den ermutigenden Worten der guten Fee, bot sie der bösen Hexe die Stirn.
Tamara wünschte sich, zumindest ein wenig wie die kleine Dorothy Gayle zu sein, tapfer und furchtlos. Dem Bösen trotz aller Angst entgegenzutreten, nicht immer nachzugeben, ungeachtet der möglichen Konsequenzen. Ach, wäre sie doch nur ein bisschen wie Dorothy ...

***

Erika Schneider stand am Herd und bereitete gerade das Abendessen vor. Der Tag war sehr anstrengend gewesen. Ihr Mann Robert hatte die Wohnung an diesem Morgen bereits um halb sieben verlassen und war zur Arbeit aufgebrochen. Einen schönen Tag hatte er ihr beim Abschied gewünscht. Sie glaubte, manchmal war er sich überhaupt nicht bewusst, was sie hier zu Hause zu leisten hatte. Offensichtlich ging er davon aus, dass nur er allein einer Menge Stress ausgesetzt war.
Um Viertel vor sieben hatte sie ihre Tochter wecken, sich im Anschluss ankleiden, dann Frühstück machen und kurz die Wohnung durchlüften müssen. Bereits um halb acht hatte sie die Fünfjährige im Kindergarten abgesetzt. Ihr Tagesplan hatte in den nächsten Stunden diverse Einkaufs- und Amtsgänge für sie vorgesehen.

Noch bevor sie ihre Tochter um zwölf Uhr wieder aus dem Kindergarten hatte abholen können, hatte sie noch irgendwie das Essen für die Kleine zubereiten müssen. Am Nachmittag hatte sie dann wie gewohnt ein wenig mit dem Kind gespielt und nebenbei auch noch die Wohnung in Schuss gebracht, denn schließlich mochte es Robert nicht, wenn es unaufgeräumt und staubig aussah. Zu guter Letzt war es dann schon wieder an der Zeit gewesen, das Abendessen für ihren Mann zuzubereiten.

Robert kam gegen sechs aus dem Büro, sackte auf die Couch und sagte, dass sie sich keine Vorstellung davon machen könne, was heute wieder in der Firma alles passiert sei. Erika schluckte schwer und verkniff sich einen Kommentar, der ihr auf der Zunge brannte. So war das nun mal als Hausfrau. Man hatte den schlechtbezahltesten Job mit den meisten Wochenstunden. Dabei wollte sich Erika ja gar nicht beschweren und wenn sie ehrlich zu sich selbst war, wollte sie eigentlich auch kein anderes Leben als dieses. Irgendwie hatte es, so wie es war, mit allen *Aufs* und *Abs*, etwas Erfüllendes an sich.

Dann ging das Geschrei in der Nebenwohnung los. Es waren keine richtigen, verständlichen Worte auszumachen, vielmehr drang eine endlos an- und abschwellende Kakophonie durch das Mauerwerk. Ein Möbelstück fiel mit dumpfem Poltern um, das Klirren von zerbrechendem Porzellan folgte, dann hörte Erika einen lauten Schrei, der in ein Schluchzen überging. Robert Schneider war aus dem Wohnzimmer in die Küche gekommen und schaute seine Frau besorgt an.

„Schon wieder?“, fragte er nur.

Erika zuckte mit den Schultern und seufzte. „Warum muss sie nur immer an die falschen Typen geraten?

Eigentlich sieht sie doch ganz passabel aus. Sie sollte sich von dem Kerl trennen. Füttert ihn durchs Leben, kriecht ihm zu Füßen und er dankt es ihr mit ...“ Der letzte Teil des Satzes blieb unausgesprochen, weil ein weiterer, schwerer Gegenstand in der Nachbarwohnung zu Bruch ging.
„Ich geh’ da jetzt rüber“, sagte sie bestimmt und machte sich auf den Weg. Noch bevor sie die Küche jedoch verlassen konnte , hielt sie ihr Mann am Handgelenk zurück. „Erika, das geht uns doch nichts an. Ich möchte keine Probleme mit den Leuten hier im Haus. Es reicht schon, wenn ich mich auf der Arbeit mit anderen herumstreiten muss. Mir fehlt einfach der Nerv, dann auch noch abends den Sozialarbeiter spielen zu müssen.“
Erika schaute fassungslos. „Das kann doch wohl nicht dein Ernst sein! Das Mädchen braucht vielleicht Hilfe.“
„Dann soll sie die Polizei rufen oder noch besser, ihn kopfüber aus der Bude schmeißen und schon wird sie sehen, wie schnell Ruhe einkehrt.“
„Und wenn sie dazu allein nicht die Kraft hat oder er sie daran hindert?“
„Ich möchte jedenfalls nicht, dass wir uns in diese Sache einmischen.“ Damit war für Robert das Thema erledigt. Er ging zurück ins Wohnzimmer und schaltete den Fernseher ein. Es liefen gerade die Nachrichten. Die Berichterstattung zeigte es mal wieder deutlich. Robert schüttelte den Kopf. Es war regelrecht unfassbar, wie viele schlimme Dinge doch in der Welt passierten und niemand wirklich etwas dagegen unternahm.
Erika stand noch immer im Rahmen der Küchentür und biss sich unentschlossen auf die Unterlippe.

Schließlich fasste sie sich ein Herz und ging, trotz des Einspruches ihres Mannes, hinaus in den Hausflur. Einen Augenblick verweilte sie vor der eigenen Tür und blickte unsicher auf den Eingang zur Wohnung der Nachbarin. Das Geschrei war verstummt. Nur noch ein Wimmern drang aus dem Inneren. Sie drückte auf die Schelle und wartete.

Innen wurde eine Sicherheitskette eingeschoben, dann ging die Tür einen Spalt breit auf. Durch die schmale Lücke blickte eine junge Frau mit blonden Haaren. Ihre Augen waren gerötet und verweint. Aus dem Mundwinkel lief eine dünne Blutspur an ihrem Kinn hinab. Als Erikas Blick an dieser Stelle haften blieb, begriff auch die junge Frau, was dort zu sehen war. Hastig wischte sie mit dem Handrücken das Blut fort. Mit viel Anstrengung versuchte sie ein Lächeln, das jedoch gänzlich an Glaubwürdigkeit versagte.

„Hallo ... hoffentlich haben wir Sie nicht allzu sehr gestört. Ich ... mein Freund und ich ... na ja, wie soll ich sagen? Wir hatten einen kleinen Streit und ...“, versuchte die blonde Frau zögerlich und scheu eine Erklärung.

„Brauchen Sie Hilfe? Soll ich die Polizei für Sie rufen?“, fragte Erika so sanft und beruhigend wie möglich.

Die junge Frau, die selbst fast noch ein Mädchen war, warf einen schnellen, ängstlichen Blick über ihre Schulter und schüttelte dann scheu und langsam den Kopf.

„Das ist doch nun schon das dritte Mal in dieser Woche. Warum tun Sie sich das an? Sie sind doch ein nettes Mädchen und sind nicht angewiesen auf sol-“

Weiter kam Erika nicht. Aus den Tiefen der Wohnung drang eine aggressive Männerstimme. „Wer zum Teufel ist da an der Tür?"
Pause.
„Hoffentlich antwortest du mir bald mal."
Stampfende Schritte näherten sich und Erika konnte die Panik im Gesicht ihres Gegenübers aufsteigen sehen.
„Vielleicht wäre es besser, wenn Sie jetzt ..." Wieder blickte sie über ihre Schulter in die Wohnung zurück und ihre Stimme wurde zu einem gehetzten Flüstern. „Es ist wirklich alles in Ordnung."
Mit großer Wucht und einem lauten Knall schlug die Tür zu. Die junge Frau hatte gerade noch rechtzeitig ihren Kopf aus dem Türspalt zurückziehen können und entkam nur so einer schlimmen Verletzung. Jemand fummelte innen ungeduldig an der Sicherheitskette. Die Tür wurde mit Gewalt wieder aufgerissen, sodass sie beinahe aus den Angeln gehoben wurde. Ein Mann starrte Erika von oben bis unten an und machte dabei ein Gesicht, als habe er etwas besonders Widerwärtiges entdeckt.
„Wo liegt das Problem?", fragte er ätzend wie Säure.
„Sagen Sie's mir", erwiderte Erika, überrascht über ihren eigenen Mut.
Der Kopf des Mannes nickte unmerklich auf und ab, als würde er sich gerade einem Gedanken hingeben, dem er uneingeschränkt zustimmen musste. In seinen Gesichtsausdruck von Ekel stahl sich nach und nach ein boshaftes und verächtliches Grinsen. Dabei fixierte er Erika mit seinen stechenden Augen. Sein Blick wanderte nach rechts zum Türrahmen. Er hob die Hand und glitt mit dem Zeigefinger über das lackierte Holz der Zarge, als habe er dort eine Unregelmäßigkeit

in der Oberfläche entdeckt. Er schürzte die Lippen, sodass es fast wie ein obszöner Kuss aussah. Sein Blick glitt zurück und bohrte sich erneut in Erika hinein. Langsam und bedrohlich kam er auf sie zu, bis sein Gesicht nur noch Zentimeter von ihrem entfernt war. Erika roch den bitteren und nach Alkohol stinkenden Atem. Mit eiserner Willenskraft wich sie jedoch nicht auch nur einen Zentimeter zurück und erwiderte hartnäckig seinen Blick. Sie hoffte, dass das Zucken in ihren Augenwinkeln nicht zu sehen war. Der Typ sollte auf keinen Fall spüren, dass sie eine Mordsangst ausstand.

„Was ich auf den Tod nicht ausstehen kann, sind neugierige Nachbar-Glucken, die sich in Sachen einmischen, die sie nichts angehen", zischte er bedrohlich hervor, wobei er Erikas Gesicht mit Speichel benetzte. Einen Augenblick lang starrte er sie weiterhin an. Als sie jedoch keine Anstalten machte, vor ihm zurückzuweichen, drehte er sich um und ging in die Wohnung zurück. Seine Freundin stand wie zu einer Salzsäule erstarrt regungslos auf der Türschwelle, den Blick eingeschüchtert auf den Boden gerichtet.

„Mach die Tür zu", schrie er seiner Lebensgefährtin ins Gesicht, als er an ihr vorüberging. Das Mädchen hob flüchtig den Blick und sah traurig in Erikas Augen.

„Vielen Dank für Ihre Besorgnis, aber es ist nichts ..., wirklich. Ich komme schon klar." Mit diesen Worten schloss sie die Wohnungstür und ließ Erika allein im Hausflur zurück. Für einen Moment blieb sie noch im Treppenhaus stehen, dann machte auch sie kehrt und ging in ihre Wohnung. Für Erika war es unverständlich, was das Mädchen an diesem Ungeheuer von Mensch fand. Aber, wie Robert schon sagte, das ging sie nichts an. Erika hatte doch ihre eigene Familie, die bereits ihre ganze Aufmerksamkeit erforderte, da konnte sie sich doch nicht auch noch um dieses junge Mädchen von nebenan kümmern, oder? Sie versuchte, ihr schlechtes Gewissen zu beschwichtigen. Wahrscheinlich lief es sowieso auf die Erkenntnis hinaus, dass ihre Nachbarin wohl einfach zu jung war und noch nicht wusste, was gut für sie war und was eben nicht.

***

Die Freunde waren komplett. Dorothy hatte auf ihrer Suche nach dem Zauberer von Oz einige Wegbegleiter gefunden. Da war der Blechmann, der sich ein Herz wünschte, der Löwe, der sich nichts mehr als Mut erhoffte und letztendlich die Vogelscheuche, die sich nach Klugheit und Wissen sehnte. Ein Gefühl der Sehnsucht lebte auch in Tamara auf. Es war so schön, Freunde zu haben. Nicht, dass Tamara davon wirklich allzu viele hatte. Die meisten ihrer Freunde konnten sie einfach nicht richtig verstehen und distanzierten sich nach und nach von ihr. Die wenigen, die blieben, gaben ihr seltsame Ratschläge, von denen sie auf gar keinen Fall etwas hören und wissen wollte. Lebte sie denn wirklich so fernab jedweder Realität, wie man es ihr immer vorwarf? Warum verstand niemand ihre Sehnsucht nach Harmonie und Liebe?
Schon als sie noch ein Kind gewesen war, hatte ihre Mutter keine Gelegenheit ausgelassen, ihr zu verstehen zu geben, dass sie ein Nichtsnutz, ein Verlierer war. Mit diesem geschwächten Selbstbewusstsein war es natürlich nur allzu verständlich, dass Tamara nicht den Anschluss zu neuen Freunden gefunden hatte. Aber sie

hatte doch so viel Liebe und Zuneigung zu verschenken. Als Folge ihrer jahrelangen Einsamkeit hatte sie ihre Anstrengungen verdoppelt, endlich einen wahren Freund zu finden, dem sie all die Liebe geben konnte, die sich in ihrem Herzen staute. Genau das hatte sie zum Opfer gemacht, sagten ihr diejenigen, die immer alles besser wussten.

Was war denn falsch daran, jemandem voll und ganz ergeben zu sein? Tamara seufzte. Sie stellte sich zudem die Frage, ob sie wirklich Freunde brauchte. Niemand war gerade jetzt bei ihr, wo sie Trost und Zuspruch am allermeisten benötigt hätte. Aber sie hatte ja ihren Timo – ja, genau, ihren Timo. Sollten die anderen doch reden, wie sie wollten. Außerdem hatte sie diesen wunderschönen Film. Alles würde gut werden, das wusste sie.

***

„Komm her!“

Das war keine Bitte. Das war ein Befehl. Ängstlich näherte sich die junge Frau dem Mann, der gerade vor dem Elektroherd in dcr Küche stand.

Sie hatte den ganzen Nachmittag gekocht. Sein Lieblingsgericht – Sauerbraten. Erst vor zwei Minuten hatte sie den Braten aus dem Ofen genommen und war gerade dabei gewesen, den Tisch romantisch einzudecken, als er sie hergerufen hatte.

Sein Blick fiel kurz in den Bratentopf, dann wandte er sich wieder zu ihr. Der wütende Gesichtsausdruck verhieß nichts Gutes. Schüchtern und unterwürfig blickte sie zu Boden.

„Was ist das hier für ein Dreck?“, zischte er und meinte damit das Essen.

„Ich ..., ich wollte dir nur eine Freude machen und hab' dein Leibgericht ..."
„Und was ist das?", unterbrach er sie und zeigte in den Topf.
„Ich weiß nicht, was du meinst, wirklich ich ..."
„Du weißt also nicht, was ich meine? Willst du mich verarschen, oder was?" Er packte sie an der Schulter und zog sie näher an den Herd heran. Dann griff er ihr in den Nacken und drückte ihren Kopf tief hinunter über den Topf. „Siehst du, was da in der Soße schwimmt?"
„Ja..., ja, das sind Rosinen. Die gehören laut Rezept da hinein", stammelte sie und jetzt packte sie wirklich die Angst.
„Seit wann esse ich Rosinen? In meinem ganzen Leben habe ich noch nie verschissene Rosinen gegessen. Aber natürlich ..., heute, mit 34 Jahren, fang' ich plötzlich damit an, diese blöden Dinger zu fressen, nur weil du mir ja mein Lieblingsessen kochen willst und das so in dem idiotischen Rezept steht."
„Wenn du willst, kann ich sie ja für dich rausfischen", versuchte sie ihn zu beruhigen.
„Und ob ich das will!" Er ließ ihren Nacken los, packte stattdessen ihren linken Arm und tauchte ihre Hand in die noch kochendheiße Soße im Bratentopf. Sie schrie auf, wollte die Hand zurückziehen, weg von der sengenden Hitze, doch er ließ es nicht zu. Er drückte sie sogar noch tiefer hinein. Der Frau wurde schwarz vor Augen. Sie sackte in die Knie. Er hielt noch immer ihren linken Arm, ließ ihn dann aber los, sodass ihr schlaffer Körper auf den Fußboden glitt. Ihre Hand war rot und geschwollen. An einigen Stellen warf die Haut wässrige Blasen. Er ließ die Frau dort achtlos auf dem Boden vor dem Herd liegen, stieg über sie

hinweg, zog sich eine Jacke über und ging zur Wohnungstür. „Ich hole mir was im Schnellimbiss ..." Mit diesen Worten war er hinaus und schlug die Tür hinter sich zu.

***

Tamara kratzte geistesabwesend ihre linke Hand. Die Haut spannte noch immer und hatte diese seltsame, pergamentene Beschaffenheit. Manchmal schienen sich die Leute vor dem Anblick zu ekeln, ja gar zu fürchten, obwohl sie es doch eigentlich besser wissen sollten, dass dies keine ansteckende Krankheit war. Glücklicherweise war es im Kino ja dunkel genug und so hatte sie nicht auch noch mit diesem Problem zu kämpfen.
Im Film war Dorothy gerade von den fliegenden Affen der bösen Hexe entführt worden. Starr vor Grauen wurde sie in den Turm der dunklen Burg eingesperrt. Welche Angst die arme Dorothy dort durchstehen musste. Tamara kannte sich aus mit Angst, denn Furcht war für sie zu etwas Alltäglichem geworden. Ein falsches Wort, eine nicht zu Ende gedachte Handlung konnten das Pulverfass meist schon zur Explosion bringen. Timo stand ja auch unter enormen Druck, soviel war mal klar. Die ständige Arbeitslosigkeit, das Alkoholproblem, die Geldsorgen, all diese Dinge brauchten eben ein Ventil. Timo war ihr Freund, ihr Geliebter und sie war ihm absolut ergeben. Das war doch auch nicht falsch, oder? Sie wollte helfen. Als Kind hätte sie sich so manches Mal die Hilfe eines Freundes gewünscht, aber sie war ihr immer verwehrt geblieben. Timo sollte es da besser haben. Wenn sie es sich recht überlegte, war sie ja auch manchmal sehr

einfältig und plump. Sie wäre da bestimmt auch so manches mal hochgegangen, wäre sie an Timos Stelle gewesen.
Der Blechmann, der Löwe und die Vogelscheuche waren in das Schloss der bösen Hexe des Westens eingedrungen und wollten Dorothy befreien. Da kam es zu der unausweichlichen Konfrontation. Eigentlich mehr aus Versehen als aus List, schüttete die kleine Dorothy Gayle Wasser auf die Hexe, die sich daraufhin in Rauch auflöste. Die Hexe war tot. Die Freunde umarmten sich und tanzten umher. Nun wurde doch noch alles gut. Tamara Klein lachte aus tiefstem Herzen. Das erste Mal an diesem Tag überhaupt. Ein Gefühl der Freude und der Ruhe breitete sich in ihr aus. Die Hexe war tot. Nun würde für Dorothy alles gut werden ...

***

Sie war in der Küche und bereitete das Essen zu. Es sollte alles rechtzeitig fertig sein, damit sie noch ausreichend Zeit hatte, sich für heute Abend zurechtzumachen. Dies war ihr Abend. Sie würde ins Kino gehen. Sie liebte Filme, besonders solche mit Happy End. Timo würde bestimmt irgendeine Sportsendung im Fernsehen schauen wollen. Er war nicht für solche schnulzigen Dinge. Machte ja nichts. Sie freute sich jedenfalls riesig.
Plötzlich spürte sie, dass sie beobachtet wurde. Langsam drehte sie sich um. Timo stand in der Küche, lässig an den Küchentisch gelehnt. Er beobachtete sie, ohne auch nur ein Wort zu sagen. Hoffentlich machte sie nun nichts verkehrt. Das würde alles kaputtmachen. Darum versuchte sie zögerlich ein Lächeln.

„Hallo, Schatz. Das Essen ist gleich fertig. Nur noch ein paar Minuten.“ Sie drehte sich wieder zum Ofen um. Die linke, verunstaltete Hand ballte sich ungewollt zur Faust.
„Lass dir nur Zeit. Ich hab’ noch keinen Hunger, weißt du?“
Sein Tonfall war seltsam. Diesen Ton schlug Timo eigentlich nur an, wenn er Geld von Tamara brauchte oder sie etwas für ihn erledigen sollte. Noch bevor sie etwas erwidern konnte, spürte sie, dass er sich ihr von hinten genähert hatte. Er küsste feucht ihren Nacken und sie spürte, wie sich seine Lende hart gegen ihr Gesäß drückte.
„Ach, Timo, du weißt doch, dass ich gleich weg will”, sagte sie und versuchte seinen Lippen zu entgehen, ohne dabei jedoch abweisend zu wirken.
„Wer sagt, dass du alleine weggehst?“, fragte er und setzte ihr nach.
„Ich gehe doch immer einmal in der Woche abends ins Kino. Der Film würde dir sowieso nicht gefallen ...“
„Ich sagte ja auch nicht, dass ich ins Kino mitgehen will. Ich meinte, wer hat dir gesagt, dass *du* heute Abend weggehen *darfst*?“
Tamara spürte, dass sich etwas zusammenbraute.
„Du schaust doch nachher sowieso Sport im Fernsehen und da dachte ich ...“
„Vielleicht steht es mir heute nach etwas ganz anderem ...“, unterbrach er sie und sie wusste anhand der Schwellung in seiner Hose genau, was er meinte. Er biss nun fester in ihren Hals. Tränen stiegen ihr in die Augen. Sie durfte ihn jetzt nur nicht verärgern.
„Wirklich, Timo, wir haben doch noch genug Zeit, wenn ich wieder da bin. Ich muss ...“

„Psst“, zischte er ihr ins Ohr. Seine Hand glitt in ihren Schritt. Sie wich weiter vor ihm zurück, jedoch verfolgte er sie hartnäckig.
„NEIN!“, schrie sie plötzlich heraus und wusste noch im gleichen Augenblick, dass sie einen schrecklichen Fehler begangen hatte. Mit enormer Wucht landete seine flache Hand an ihrer Schläfe. Ein stechender Schmerz schoss durch ihren Kopf. Timo ließ von ihr ab und ging zur Küchentür.
„In zwei Minuten bist du im Schlafzimmer, ansonsten weißt du, was passiert. Das weißt du doch, oder?“

***

„Es ist nirgends schöner als Daheim“, wiederholte Dorothy und brachte sich damit, wie von Zauberhand, wieder zurück nach Kansas. Am Ende umarmten sich alle und alles war gut – eben ein Happy End.

Die übrigen Besucher des Kinos standen auf und verließen den Saal. Tamara wartete noch, bis der Nachspann abgelaufen war und das Licht langsam anging. In ihren Augen standen Tränen. Sie liebte dieses Ende über alles. Der Film hatte ihr Kraft gegeben. Sie freute sich nun, nach Hause zu kommen.
Manchmal bin ich wirklich eine dumme Kuh, redete sie sich ein. Der Streit von vorhin war nur ihre Schuld gewesen. Sie war nun mal Timos Freundin und Geliebte. Einmal sehnte sie sich nach Liebe und Zärtlichkeit, das andermal wollte sie sie nicht, wenn sie ihr angeboten wurde. Kein Wunder, dass Timo ausgerastet war und sie geschlagen hatte. Sie konnte im Nachhinein nun selbst nicht mehr verstehen, was in sie gefahren war. Sie kannte diesen Film doch in- und auswendig.

Hatte sie also unbedingt darauf bestehen müssen, diesen Film anzuschauen, gerade heute, wo ihm der Sinn nach ihrer körperlichen Nähe stand? Wie dumm und egoistisch sie doch gewesen war. Sie würde es wieder gut machen. Zumindest *das* war sie Timo schuldig. Sie würde ihn heute von Kopf bis Fuß verwöhnen. Tamara lächelte. Auf dem Heimweg kaufte sie an einem Kiosk eine teure Flasche Rotwein. Die Nacht war so friedlich. In der Luft konnte sie schon den nahenden Frühling riechen. Ein Lied vor sich her summend – *somewhere over the rainbow* - erreichte sie das Mietshaus, in dem sie mit Timo wohnte. Anstatt den Fahrstuhl zu benutzen, lief sie die Treppen hinauf. Sie steckte voller Energie und Vorfreude. Sie schloss die Tür auf und rief in die Wohnung hinein.

„Hallo, Timo, ich bin zurück!"

Sie legte ihren Mantel ab, zog die Schuhe aus und ging in die Küche. Auf einem silbernen Tablett arrangierte sie zwei Gläser und die Flasche Wein. Danach machte sie noch einen Teller mit kleinen Fruchtstücken zurecht. In einer Schublade fand sie eine schöne, festlichrote Kerze, die sie in einen eleganten Kerzenhalter steckte, und fügte beides dem Arrangement auf dem Tablett hinzu. Sie entzündete die Kerze, nahm noch eine Blume aus einer Vase und klemmte sich diese am Stiel zwischen die Lippen. Das mochte zwar etwas albern und kitschig wirken, aber so war man eben, wenn man verliebt war. Vorsichtig schlich sie zum Schlafzimmer und öffnete die Tür.

„Hallo, Schatz. Ich bin zurück", flüsterte sie. Timo lag mit freiem Oberkörper und ausgebreiteten Armen im Bett, sagte jedoch nichts. *Er schmollt immer noch*, dachte Tamara. Das war ja auch sein gutes Recht, nachdem sie ihn so schäbig behandelt hatte. Sie stellte

das Tablett auf die Nachtkonsole und kuschelte sich versöhnlich neben ihn auf das Bett.
„Bitte sei mir nicht mehr böse“, hauchte sie zärtlich. „Ich werde dich nie wieder so schlecht behandeln, okay?“
Sie griff zu dem Tablett, füllte die Gläser mit Rotwein und führte eines davon dann ganz behutsam zu seinen Lippen. Tamara schmiegte sich in Timos Arm. Jetzt war alles gut. Keine Angst mehr. Ein Happy End. Tamara blies die Kerze aus. Der Wein lief aus Timos Mundwinkel auf die Kissenbezüge. In dem Halbdunkel war das Küchenmesser, das bis zum Heft in seiner Brust steckte, so gut wie überhaupt nicht zu sehen.

Ansichtssache

Werner Lohmann saß griesgrämig in dem bequemen Ledersessel der Luxuskabine. Seine Geduld wurde im Augenblick aufs äußerste strapaziert. Lange konnte er nicht mehr dafür garantieren, dass er seinem Unmut nicht lautstark Luft machen würde. Erneut warf er einen Blick auf die Rolex an seinem sonnengebräunten Handgelenk. Zehn vor acht. Sie würden es niemals rechtzeitig bis zum Beginn der Show schaffen.

„Marlies, wir müssen jetzt wirklich los“, rief er noch einmal durch die geschlossene Tür des angrenzenden Schlafzimmers, in das sich seine Frau schon vor mehr als einer Stunde zurückgezogen hatte, um sich für den Abend fertig zu machen.

Herrgott noch mal, fluchte er in Gedanken. Was machte die bloß da drin? Er hatte gerade einmal zwanzig Minuten gebraucht, um sich für die Show im Theater des Schiffs zurecht zu machen. Irgendwie schaffte es seine Frau aber mal wieder, ihm den Abend, wenn nicht sogar die ganze Kreuzfahrt, gehörig zu verderben. Er hatte doch nicht 8500 Euro pro Kopf dafür bezahlt, nur um hier tatenlos und gelangweilt in der Kabine herumzusitzen und auf seine liebe Frau zu warten. Die Ausgaben für die kostspielige Garderobe mal gar nicht mitgerechnet. Wie oft machte man im Leben schon eine solche Kreuzfahrt in die Karibik? Doch nur ein einziges Mal, wenn überhaupt. Er jedenfalls hatte sich vorgenommen, das vielfältige Angebot auf dem Luxusdampfer vollends auszukosten, damit er im Nachhinein beruhigt sagen konnte, dass die Reise jeden einzelnen Euro wert gewesen war.

„Also, wenn du jetzt nicht rauskommst, dann geh' ich allein", maulte er. Als wäre es eine Antwort auf seine Drohung, öffnete sich die Tür zur Schlafkabine. Seine Frau trat in den Vorraum und drehte sich wie ein Mannequin vor seinen Augen um die eigene Achse. Dies nahm eine gewisse Zeit in Anspruch, wenn man ihren Umfang bedachte. Lohmanns Kiefer klappte sprachlos nach unten. Nicht aus immenser Begeisterung über die vortreffliche Kleiderwahl seiner Frau, sondern vielmehr vor Schock. Marlies Lohmann trug ein leuchtend gelbes Kostüm, das sie erst heute in einer der überteuerten Boutiquen an Bord der „Caribbean Queen" erworben hatte und mindestens zwei Nummern zu klein für ihre Statur war. Dazu hatte sie einen grünen, luftigleichten Sommerhut als überflüssiges Accessoire ausgewählt.

Jesus im Himmel! Sie sieht aus wie eine Zitrone. Nein, eher wie eine dieser kleinen, zitronenförmigen Flaschen samt grüner Verschlusskappe.

„Und? Was meinst du?", fragte sie erwartungsvoll.

Werner Lohmann bemühte sich, gar nichts zu meinen. Ein Kleiderwechsel würde jeglichen Zeitrahmen des Abends sprengen. „Ganz toll, Marlies. Komm. Wir müssen los, sonst verpassen wir noch den Anfang der Show."

Er fühlte noch einmal in der Tasche seines Jacketts nach der Keycard für die Kabine, geleitete seine Frau hinaus auf den Gang und zog die Tür hinter sich zu. Der Weg zum Theater war übersichtlich ausgeschildert. Als sie sich vom Passagierdeck zu den Unterhaltungsbereichen des Schiffes begaben, verirrten sich immer wieder amüsierte und verstohlene Blicke anderer Reisender in die Richtung seiner Frau. Er hoffte,

dass die Röte in seinem Gesicht als Sonnenbrand fehlinterpretiert wurde.
„Na bitte. Haben wir es doch noch pünktlich geschafft. Ich weiß gar nicht, was du immer hast“, wies Marlies ihren Mann zurecht.
„Ich mag es halt nicht, wenn ...“
Der Stoß, der ihn in den Rücken traf, brachte ihn beinahe zu Fall.
„Oh, Verzeihung“, entschuldigte sich eine attraktive, junge Frau im goldenen Pailletten-Kostüm bedauernd. Sie hatte eine Mähne weißblonden Haars, das dem Sand der vielen, unberührten Strände glich, die sie in den vergangenen Tagen ihrer Kreuzfahrt angesteuert hatten.
„Ich war mit meinen Gedanken ganz woanders. Bitte verzeihen Sie mir meine Unachtsamkeit.“ Sie schenkte dem Opfer der kleinen Karambolage ein bezauberndes Lächeln und hatte kurz darauf auch schon eine Tür mit der Aufschrift „BÜHNE – Zutritt nur für befugtes Personal“ erreicht, hinter der sie eilig verschwand.
„Also wirklich!“, empörte sich die Dame in Gelb. „Hat dieses Ding denn keine Augen im Kopf?“
„Ach! Lass gut sein, Marlies. Das kann doch jedem mal passieren“, versuchte er die Situation herunterzuspielen, um nicht noch mehr die Aufmerksamkeit der anderen Passagiere auf sich zu ziehen.
Seine Frau deutete den Anflug von Ritterlichkeit jedoch ganz anders. „Ich verstehe. Sobald es um eine junge Frau geht, ist es also in Ordnung, wenn du über den Haufen gerannt wirst.“
Werner Lohmann spürte, dass es besser war, die Sache unkommentiert auf sich beruhen zu lassen. Sie erreichten die Eingangstür zum Varieté. Ein Stewart in blendendweißer Uniform und mit sonnengebräuntem

Gesicht fragte nach ihrer Kabinennummer. Er überprüfte auf einer Liste, die auf einem Standpodest vor ihm lag, ob eine entsprechende Reservierung für die Show des Abends vorlag.

„Einen unterhaltsamen Abend wünsche ich Ihnen und Ihrer reizenden Frau, Herr Lohmann."

Der Angesprochene versuchte erst gar nicht, in den Augen des Stewarts ein verräterisches Aufblitzen von Ironie zu entdecken. Der Saal war bereits vollkommen besetzt. Sie waren tatsächlich die letzten Zuschauer, die eintrafen. Wie er das hasste. Das Rot in Werner Lohmanns Gesicht verdunkelte sich um einige Nuancen. Umständlich schob er sich, seiner vorauspflügenden Frau folgend, an den bereits sitzenden Gästen vorbei, um zu den Plätzen in der Mitte der dritten Reihe zu gelangen. Kaum hatten sie sich gesetzt, als bereits das Licht im Saal gedämmt wurde und nur ein einzelner Spot, der auf den Vorhang der Bühne gerichtet war, im Dunkel des Saals übrig blieb.

„Meine sehr verehrten Damen und Herren", begann eine Stimme vom Band, „wir heißen Sie herzlich zu unserer Abendshow ‚Zauberhafte Karibik' an Bord unseres Schiffes willkommen. Begrüßen Sie nun mit einem warmen Applaus den einzigartigen – Mephisto!"

Der Vorhang öffnete sich unter begeisterten Ovationen, wie sie nur Menschen in Urlaubsstimmung hervorbringen konnten. Ein charmanter, junger Mann in silberglitzerndem Jackett tänzelte dem Publikum entgegen und endete in einer tiefen Verbeugung. Eine attraktive, junge Assistentin in goldenem Kostüm folgte dicht dahinter und reichte ihm eine Holzbox in der Größe eines Schuhkartons, die wie eine übergroße, weit geöffnete Streichholzschachtel aussah. Lohmann erkannte die junge Frau sofort wieder.

„Hoffentlich ist sie auf der Bühne nicht genauso ungeschickt“, flüsterte ihm seine Frau sarkastisch ins Ohr.
Im Kleidergeschmack ist sie dir jedenfalls um Lichtjahre voraus. Er nickte seiner Frau mit einem bestätigenden Lächeln zu. *Selbst in gelbgrünem Outfit würde sie eine bessere Figur machen als du.*
Der Magier ließ die Schachtel geschickt durch seine Hände tanzen, erlaubte dabei dem Publikum immer wieder einen Blick ins leere Innere. Erneut wirbelte die Schachtel durch seine Finger. Dann zog er sie auf und eine weiße Taube flatterte über die Bühne.
„Ist sie nicht süß?“, juchzte Lohmanns Frau. Er zuckte nervös zusammen, weil er nicht wusste, ob sie seinem Blick gefolgt war und nun von der Taube oder der Assistentin sprach.
„Ja, ganz reizend“, antwortete er deshalb ebenso bezugsfrei.
Die junge Frau ließ das dressierte Tier auf ihrer Hand landen, fing dabei die Schachtel auf, die ihr der Magier gekonnt zugeworfen hatte, und verschwand mit den Utensilien von der Bühne. Die Musik wechselte von dem anfänglichen Paso Doble zu einer mystischen Rumba. Hinter dem Vorhang dauerten die Vorbereitungen etwas länger, daher schenkte Mephisto seinem Publikum ein paar Extra-Tanzeinlagen und ein bezauberndes Lächeln gebleichter Zähne. Die Assistentin erschien erneut und wurde vom Publikum mit einem Applaus empfangen. Sie trug nun ein knappes Kostüm aus schwarzem Leder, das mehr enthüllte als es verbarg. Werner Lohmann beugte sich etwas vor und erntete dafür einen bösen Blick seiner Frau. Die Assistentin verfiel nun in die Rolle der gefährlichen Verführerin, umgarnte den hilflosen Magier und lockte ihn zu

einem Gestell mit schweren Eisenketten. Während sie ihn weiterhin tanzend umkreiste, fesselte sie den Illusionisten an das Eisengestänge, sodass er bereits nach nur kurzer Zeit bewegungslos im Metallrahmen gefangen war.
„Sieht ein wenig aus wie ‚Dr. Hannibal Lecter' in dem Film ‚Das Schweigen der Lämmer', meinst du nicht?", flüsterte Lohmann seiner Frau schmunzelnd zu.
„Du siehst definitiv zu viel fern", rügte sie ihn.
Der Magier spannte seine Muskeln gegen die Ketten, konnte seinem Gefängnis jedoch nicht entfliehen. Die Assistentin schob einen Paravent vor das Gestell und verbarg den Zauberkünstler somit nur für wenige Sekunden vor den Blick des in Bann gezogenen Publikums. Der Moment war lang genug. Von allen Fesseln befreit, trat der Magier neben seine tanzende Gespielin und beendete die Nummer mit einer theatralischen Umarmung. Ein lauter Knall ließ die Zuschauer im Saal ängstlich zusammenzucken. Marlies Lohmann quiekte wie ein junges Ferkel. Der Fünfzigjährige schaute seine Frau an.
„Das war nur ein Scheinwerfer. Kein Grund zur Sorge."
Die Künstler auf der Bühne waren an Professionalität nicht zu übertreffen. Unbeirrt von dem Zwischenfall, spulten sie ihr Programm weiter ab. Schon waren sie mit den Requisiten der vorangegangenen Nummer hinter dem Vorhang verschwunden. Lohmann fragte sich, ob die junge Künstlerin wohl wieder in ein anderes Outfit schlüpfen würde. Die musikalische Untermalung änderte sich abermals, diesmal zu einem furchteinflößenden Perkussionsstück. Der Zauberkünstler erschien erneut auf der Bühne, verbeugte sich noch einmal vor seinem Publikum. *Wo bleibt denn die*

Kleine? Werner Lohmann rutschte auf seinem Stuhl leicht von rechts nach links, als könne er dadurch einen Blick hinter den Vorhang ermöglichen. Nur Augenblicke später wurden seine kühnsten Erwartungen übertroffen. Ihm bot sich ein atemberaubender Anblick. *Die kann wirklich alles tragen. Im Gegensatz zu manch anderen Frauen in diesem Saal.*
Der große Mephisto ging auf seine Assistentin zu, die für diese Nummer ein seidenes Kleidchen trug, das so dünn war, dass sich ihr schlanker, wohlgeformter Körper unter dem Stoff abbildete. Zweifelsohne der Höhepunkt der Darbietung. Binnen weniger Sekunden ließ sie sich von dem Illusionisten augenscheinlich hypnotisieren und folgte willenlos seinen Armbewegungen. Er zog eine körpergroße Kiste hinter dem Vorhang hervor, die beinahe wie ein Sarg aussah. Die Trommeln wurden lauter. Unter Hypnose befahl er seiner Assistentin, in die Truhe zu steigen. Er schloss den Deckel. Nur noch der Kopf und die nackten Füße ragten an den Enden aus der Kiste hervor. Die Musik riss ab. Die Scheinwerfer erloschen. Ein Feuerwerk von Stroboskop-Blitzen begann stattdessen zu flimmern, ließ die Bewegungen der Künstler abgehackt, wie in den alten Schwarzweiß-Filmen des letzten Jahrhunderts, erscheinen. Wie aus dem Nichts zauberte Mephisto eine Kettensäge hervor, die in dem flackernden Licht ebenso glitzerte wie sein Jackett. Der kleine Motor jaulte auf. Die Hypnotisierte spielte ein Erwachen, warf übertrieben den Kopf von einer Seite auf die andere. Die Säge glitt durch den Kasten. Späne flogen und noch etwas anderes, das wie Blut aussehen sollte. Die Assistentin schrie theatralisch und schrill.
„Das ist ja furchtbar“, sagte Marlies Lohmann zu ihrem Mann und mochte gar nicht mehr hinsehen.

„Ist doch nur ein Trick. Außerdem find' ich es ein wenig zu dick aufgetragen. Blut sieht in Wirklichkeit ganz anders aus."
Mephisto fügte zwei Trennwände in die Mitte der Kiste, da, wo er gerade den Schnitt vollzogen hatte, schob dann die zwei Hälften auseinander. Die zersägte Jungfrau. Das Publikum raste vor Begeisterung. Die beiden Teile der Truhe wurden wieder zusammengefügt, die Paneele entfernt. Der Magier schob eine silberne Treppe von hinten an die Kiste heran, um seiner Partnerin das Aussteigen zu erleichtern, schließlich war er ein charmanter und vollkommener Kavalier – Durchsägen hin oder her. Der Deckel wurde nach oben geöffnet, der Kopf und die Beine eingezogen und strahlend erhob sich die reizende Assistentin aus der Kiste und glitt die Stufen hinab. Selbst ihr Trägerkleid war auf magische Weise wieder unversehrt und saß perfekt. Der Beifall wollte gar nicht mehr enden. Eine so hochwertige Vorstellung hatte Werner Lohmann nun doch nicht erwartet, vielmehr ein paar einfache Kartentricks, den üblichen Vorstadtzirkus-Hokuspokus. Die körperlose Stimme vom Band kündigte als nächsten Höhepunkt eine Tanzdarbietung einer Cheerleadergruppe an. Lohmann lehnte sich zurück, freute sich auf die Tänzerinnen. Diese mussten sich schon mächtig ins Zeug legen, um das Niveau des Abends zu halten, denn dieser Mephisto und seine Assistentin waren wirklich eine echt gelungene Nummer.

Katja Richter wäre da ganz anderer Ansicht gewesen. Sie hätte Werner Lohmann vehement widersprochen, was die Qualität der Nummer betraf, hätte geradeheraus gesagt, dass die Vorstellung alles andere als gelungen und bei weitem nicht so verlaufen war, wie es der Illusionist geplant hatte ...

***

„Ich kann nicht glauben, dass du mir das wirklich antust."
Katjas Blick war anklagend, voller Enttäuschung. Tränen stiegen ihr in die Augen, weniger aus Kummer, vielmehr aus reiner, siedendheißer Wut.
„Warum, Thomas? War ich dir zu unbequem? Hätte ich dir mehr nach dem Mund reden müssen, so wie sie es nun tut?" Sie wandte ihm und der Frau an seiner Seite den Rücken zu. Sie wollte nicht, dass die beiden ihre Tränen sahen.
„Du bist nicht fair", antwortete stattdessen die Frau. Sie stand neben dem Stuhl, auf dem der Mann saß und angestrengt auf den Boden starrte. Sie legte ihren Arm auf seine Schulter. „Thomas hat sich nun mal für mich entschieden und genau das ist es, was du nicht ertragen kannst, diese Niederlage."
„Nicht fair? Niederlage?", krächzte Katja, wirbelte herum und schaute ungläubig in das Gesicht der Frau, das ihrem eigenen bis ins kleinste Detail glich. Eineiige Zwillinge. „Hör dich doch nur an, Susanne. Du sprichst von der Beziehung, als ginge es um irgendeinen dummen Wettkampf."
„Ist es denn nicht so? Warst du es nicht, die immer ihren Willen durchsetzte, immer das bekam, was sie wollte, und ihrer unbedeutenden Zwillingsschwester nur das überließ, was sie für sich selbst nicht mehr als gut genug erachtete?"
„Nun hört beide auf!", schrie Thomas Kruse und erhob sich von dem Stuhl. Er blickte Katja in die Augen.

„Schau, es gibt da nichts zu verstehen.“ Er stand nun direkt vor ihr, nahm ihre Hände vorsichtig in seine eigenen. „Ich weiß nicht, wie es geschehen ist, dennoch fühle ich, dass mich mit Susanne mehr verbindet, als es jemals bei uns der Fall gewesen ist. Versuch’ es bitte zu akzeptieren und lass uns unser Glück.“

Katja zog ihre Hände aus seinem Griff, als hätte sie sich verbrüht. „Meine eigene Schwester spannt mir den Verlobten aus und du bittest mich ernsthaft, tatenlos dabeizustehen und kampflos zuzusehen?“ Verachtung sprühte aus ihren Augen. „Ich werde euch das Leben zur Hölle machen ...“

„Bitte, Katja, hör’ doch. Sei bitte vernünftig“, sagte er und versuchte sie an den Schultern zu fassen. Sie wich einen Schritt zurück, entzog sich ihm. Sie lachte böse.

„Schon bald wird Thomas Kruse, der große Mephisto, feststellen müssen, dass er einen fatalen Fehler begangen hat ...“

„Was soll das nun wieder bedeuten? Willst du mir drohen?“ Die Stimme des Zauberkünstlers klang nun ebenso herausfordernd.

„Ich denke, dass sich das Finanzamt sicherlich sehr für deine Einkünfte der letzten Jahre als Illusionist interessieren dürfte. Steuerhinterziehung wird heutzutage sehr streng geahndet, weißt du? Ich bin gespannt, ob Susannes Liebe zu dir wirklich so groß ist, dass sie zehn Jahre auf dich wartet, während du im Knast deine Strafe verbüßt.“

Thomas Kruse war mit einem Satz nach vorne gesprungen und packte Katja am rechten Oberarm.

„Au! Du tust mir weh!“, schrie sie auf und ein wenig Angst flackerte in ihren Augen.

„Das Geld, das wir in den letzten Jahren verdient haben, hast auch du nicht gerade verpönt, oder?“
„Mit dem kleinen Unterschied, dass die Rechnungen der Reederei auf dich ausgestellt wurden, mein Schatz.“ Sie spie ihm das letzte Wort nahezu ins Gesicht.
Er ließ sie los. „Wir sollten uns alle erst einmal beruhigen. In fünf Minuten haben wir eine Show zu machen. Ich denke doch, dass wir alle Profis sind. Im Anschluss können wir noch einmal in Ruhe über alles reden.“
„Ich denke nicht, dass es noch etwas zu bereden gibt“, sagte Katja und verließ die Künstlergarderobe durch die Tür zum Foyer, anstatt die Tür hinter den beiden zu nehmen, die direkt auf die Bühne geführt hätte. Der große Mephisto rief ihr noch einmal hinterher, nicht alles kaputt zu machen.

Nicht alles kaputt machen! Was denkt der sich eigentlich? Katja wischte sich mit dem kleinen Finger vorsichtig die letzten Tränen aus den Augen, darauf bedacht, nicht das Make-up zu verschmieren. Sie hatte Thomas und Susanne im Akt der Lust überrascht. Sie begriff nicht, wie dumm man sein konnte, kurz vor Beginn einer Vorstellung in der Künstlergarderobe mit der Geliebten zu schlafen. Aller Wahrscheinlichkeit nach hatten sie wohl in ihrer Geilheit ganz die Zeit aus den Augen verloren. Katja hatte zunächst überhaupt nicht glauben wollen, was ihre Augen da ans Gehirn meldeten. Die Daten mussten auf dem Weg dorthin irgendwie verfälscht worden sein. Die schrecklich plumpen, gestotterten Erklärungsversuche, das peinliche Hochziehen von hastig heruntergerissenen Kleidungsstücken und die schuldigen Blicke hatten es dann

aber viel wirklicher, greifbarer gemacht. *Die beiden werden für diese Schmach bezahlen,* schwor sie sich. Katja war so tief in ihren Gedanken versunken, dass sie den alten Herrn zu spät wahrnahm. Aus vollem Lauf stolperte sie in seinen Rücken. Sie zauberte ein charmantes Lächeln auf ihre Lippen, entschuldigte sich mit ein paar netten Worten bei dem Gast und war froh, nach wenigen Metern die schützende Sicherheit des Bühneneingangs erreicht zu haben.
Die Bühne hinter dem Vorhang war noch verlassen, die Verbindungstür zur Künstlergarderobe noch geschlossen. *Wer weiß, was die da drin noch zu besprechen haben? Vielleicht noch ein „Quicky" vor der großen Show.* Unbändiger Hass wallte in Katja hoch. Sie ging zu dem Vorhang und spähte vorsichtig durch den kleinen Spalt in der Mitte. Das Publikum wartete auf den Beginn der Vorstellung. Eine etwas korpulentere Dame in einem scheußlichen, gelben Kostüm und einem noch weitaus schrecklicheren, grünen Hut schob sich durch die Stuhlreihen zu ihrem Platz in der dritten Reihe. In ihrem Kielwasser folgte der ältere Herr, den sie vor einem Moment noch verschentlich angerempelt hatte. *Armer Troll, aber zumindest ist er nicht hintergangen und betrogen worden,* sinnierte Katja. Die Tür zur Garderobe ging auf und Thomas und Susanne stürmten herein. Kein Wort wurde mehr zwischen den Anwesenden ausgetauscht, nur unsichere Blicke wanderten von einem zum anderen. Thomas drückte einen Knopf an einem Schaltbrett, worauf das Band mit der Ansage zur Vorstellung gestartet wurde. Let the show begin.

Katja folgte Thomas hinaus in das Scheinwerferlicht der kleinen Bühne und reichte ihm die vorbereitete

Trick-Schachtel. Geschickt schob er den inneren Verschlag der Box zu zwei Dritteln hervor, wobei das letzte Stück immer noch in dem kleinen Kasten verborgen blieb. Nach ein paar bedachten, aber willkürlich wirkenden Drehungen, hielt Thomas die Kiste bereits in entgegengesetzter Richtung in der Hand. Das Publikum hatte hiervon nichts mitbekommen. Als er die Schachtel augenscheinlich an der gleichen Seite aufzog, kam zum ersten Mal das bisher verborgene Drittel zum Vorschein, in dem die Taube auf den Moment ihrer Befreiung gewartet hatte. Katja streckte ihre Hand aus und ließ den Vogel darauf landen. Obwohl sie dem großen Mephisto lieber die Augen ausgekratzt hätte, schenkte sie ihm stattdessen ein professionelles, strahlendes Lächeln und fing geschickt die Schachtel auf, die er ihr elegant entgegen warf. Sie schlüpfte hinter den Vorhang, wo bereits Susanne in einem aufreizenden Lederkostüm auf die nächste Nummer wartete.

„Katja, hör' mal. Es tut mir Leid, dass du es auf so unglückliche Weise erfahren musstest."

„Unglücklich?" Katja schnaufte verächtlich.

„Du bist verletzt und das verstehe ich. Aber du machst alles nur noch schlimmer, wenn du Thomas drohst, alles zu zerstören, was er in den letzten Jahren aufgebaut hat."

Die Musik vom Band wechselte von einem Paso Doble zu einer Rumba.

„Mir kommen gleich die Tränen", erwiderte Katja sarkastisch. „Habt ihr eigentlich einmal daran gedacht, was ihr mir angetan habt? Dass etwas in mir zerbrochen sein könnte? Mein Leben liegt in Scherben vor mir ..."

„Lass uns doch nachher noch einmal darüber reden und nach einer Lösung suchen. Das ist jetzt nicht der richtige Moment."
„Es gibt keine Lösung, Susanne. Mein Entschluss steht fest."
Die Schwester in dem Leder-Outfit blickte einen Moment sehr traurig. „Thomas ahnte bereits, dass du so reagieren würdest."
Katja wollte darauf noch etwas erwidern, aber Susanne war schon durch den Vorhang zur nächsten Nummer auf die Bühne hinausgeeilt. Die Entfesselungsdarbietung war an diesem Abend die reinste Qual für Katja und schien sich mit ihrer Thematik über sie mokieren zu wollen. Susanne spielte die laszive Verführerin, Thomas das hilflose Opfer. Welche Grausamkeit lag doch in dieser Farce, aber das Publikum wusste von all dem natürlich nichts, ließ sich stattdessen von der Show verzaubern. Katja streifte das goldene Pailletten-Kostüm ab. Darunter trug sie bereits ein dünnes, seidenes Trägerkleid für die nächste und letzte Illusion. Sie lugte wieder durch den Spalt im Vorhang und verfolgte den Fortschritt der Entfesselung. Susanne hatte Thomas an das Gestell gekettet, so sah es jedenfalls für das Publikum aus. In dem kurzen Moment, wo der Paravent den Magier vor den Blicken des Publikums verbarg, trat Thomas einfach aus dem raffiniert zweigeteilten Rahmen, der wie eine Tür aufgeklappt werden konnte, nach hinten heraus und präsentierte sich den verblüfften Zuschauern, auf magische Weise befreit. Das Zauberkunststück endete mit einer leidenschaftlichen Umarmung von Thomas und Susanne. Katjas Gesicht war kreideweiß. *Ich hasse euch und wünschte, ihr wärt tot!* Ein Schuss hallte durch den Saal und Katja glaubte für einen winzigen

Augenblick tatsächlich, ihre Verwünschung durch reine Willenskraft verwirklicht zu haben. Es dauerte einen kleinen Moment, bis sie realisierte, dass nur ein Scheinwerfer lautstark explodiert war. Thomas und Susanne befanden sich weiterhin auf der Bühne und eilten nun auf sie zu. Sie trat einen Schritt zurück, ließ die beiden Beziehungsbrecher hinter den Vorhang schlüpfen. Susanne streifte ihr Lederkostüm ab und wechselte in Windeseile in ein knappes Kleid, wie auch ihre Zwillingsschwester eines trug. Selbst die Mutter der Zwillinge hätte sie so kaum auseinanderhalten können. Katja und Thomas blickten sich derweil mit tödlichen Blicken an. Elektrizität aufgestauter Emotionen knisterte wie Hochspannung zwischen den beiden.

„Ich werde nicht mit ansehen, wie du mit Susanne glücklich wirst", sagte Katja. Ihre Stimme war seltsam fest und entschlossen.

„Und ich werde es nicht zulassen, dass du mein Leben zerstörst", erwiderte Thomas, der einzigartige Mephisto, ebenso prophetisch, bevor er zur letzten Nummer auf die Bühne stürmte und die beiden Schwestern für einen kurzen Moment allein hinter dem Vorhang zurückließ.

Thomas Kruse stand wie an so vielen Abenden zuvor geblendet im Licht der Scheinwerfer und verbeugte sich vor seinem Publikum. Sie kam hinter dem Vorhang hervor und es verschlug ihm den Atem, wie ähnlich sich die beiden Schwestern doch sahen. Wie sie es einstudiert hatten, ließ sie sich von ihm augenscheinlich hypnotisieren. Damit auch der unaufmerksamste Zuschauer verstand, was hier offensichtlich passierte, vollführte der Illusionist einige ausladende Bewegungen mit dem Arm, denen sein willenloses „Opfer“ wie eine Marionette folgte. Er zog eine lange Truhe hinter dem Vorhang hervor und öffnete den Deckel. Thomas sah ihren Blick, als sie sich der Trickkiste näherte. An diesem Abend hatte er den Ablauf des Kunststücks ein wenig verändert. Verborgen vor den Blicken des Publikums, hätte im unteren Teil des Holzverschlags bereits die Zwillingsschwester hocken müssen, die ihre Füße herausstrecken würde. In dem fatalen Glauben, dass diesmal lediglich das Timing nicht perfekt stimmte, stieg sie in die Kiste. Thomas schloss den Deckel. Die Musik riss ab. Die Scheinwerfer erloschen. Die Bühne erstrahlte in einem Gewitter künstlich erzeugter Blitze. Schneller als sonst hatte er die Kettensäge in der Hand. Ihr fauchender Motor würde alle Worte übertönen. Sie bemerkte, dass etwas ganz und gar nicht stimmte, dass der Trick nicht so verlief, wie er es eigentlich sollte. Sie warf ihren Kopf hin und her, schrie ihm und dem Publikum etwas entgegen. Niemand vernahm ihre Worte, auch er nicht. Nicht an der präparierten Stelle, sondern leicht oberhalb davon, ließ er die Säge durch Holz und Gewebe schneiden. Sein Herz pochte, seine Wangen glühten. Er schaltete jedes bewusste Denken darüber aus, was er in diesem Moment gerade tat. Susanne würde verstehen. Er tat dies für sie beide, für ihre gemeinsame Zukunft.

Nachdem Katja vor einer halben Stunde aus der Garderobe geflohen und er mit Susanne allein zurückgeblieben war, hatte er ihr gesagt, dass Katja ihn niemals aufgeben, lieber alles zerstören würde, was sie zusammen aufgebaut hatten. Er hatte Susanne prophezeit, dass sich ihre Schwester niemals durch Worte bekehren lassen, niemals ihnen das gemeinsame Glück

gönnen würde. Susanne hatte ihn daraufhin angefleht, trotz allem noch einmal mit Katja zu sprechen. Er hatte jedoch schon gewusst, dass das nichts bringen würde. Es gab keinen anderen Ausweg, keine andere Möglichkeit. Daher hatte er Susanne gebeten, ihm einfach zu vertrauen. Er hatte ihr gesagt, sie solle sich für das letzte Kunststück von vornherein im schwarzgetarnten Hohlraum der silbernen Treppe verbergen, in den sie sonst normalerweise erst am Ende des Tricks hineinschlüpfen würde, um unbeobachtet *von* der Bühne zu verschwinden. Der schwierigste Teil kam aber erst noch, das wusste Thomas. Der Anblick, der sich Susanne in wenigen Sekunden offenbaren würde, war mehr als grausam und brutal.
Zurück aus seinem Gedanken-Wirrwarr, wieder in der Rolle des begabten Mephistos, fügte er zwei Trennwände in die vorgesehenen Schlitze der Kiste und schob die beiden Teile auseinander. Das Publikum klatschte frenetisch. Er fügte die beiden Enden wieder zusammen, zog die Paneele heraus und schob die Treppe heran, in dessen geheimen, versteckten Verschlag seine Geliebte hockte. Er öffnete den Deckel. Zeitgleich hob sich die Luke in der Treppe und die Frau, mit der er sein ganzes Leben verbringen wollte, schlüpfte hervor, noch immer durch den aufrecht gestellten Deckel der Kiste vor den Blicken der Zuschauer geschützt. Nun kam es auf sie an. Seine Zukunft lag in ihren Händen. Sie erstarrte bei dem Anblick des Blutes, sah ihn an. Auf seinem Gesicht war ein Lächeln für das Publikum festgefroren. Sie verstand, was er getan hatte. Mit Überwindung zog sie den durchtrennten Ober- und Unterkörper der Leiche in den Verschlag der Treppe, in dem gerade noch sie gehockt hatte, und tat so, als würde sie sich stattdessen

strahlend aus der zersägten und wiedervereinten Truhe erheben. Eine gelungene Illusion. Der Beifall wollte gar nicht mehr enden.
Beide Künstler verbeugten sich vor dem begeisterten Publikum, während vom Band schon die nächste Darbietung angekündigt wurde.
Hinter dem Vorhang sank Thomas in ihre Arme.
„Ich liebe dich. Alles wird gut, das schwöre ich dir."
Sie nickte, Tränen ergossen sich auf seine Schulter.
„Lass uns das, was heute Abend geschehen ist, im tiefsten Kerker unserer Seelen verschließen und uns niemals wieder daran erinnern."
„Ja, das werden wir." Er drückte sie noch fester an sich.
„Wenn es still auf dem Schiff geworden ist, wird es ein Leichtes sein, die Spuren über Bord zu werfen. Dann ist es ein für allemal vorbei."
Thomas war überrascht, wie klar und rational sie dachte, obwohl sie mit seinem Plan so überrumpelt wurde.
„Ich liebe dich, Susanne."
„Ich liebe dich auch, Thomas, und werde es für immer tun", hauchte sie zärtlich und sah dabei mehr denn je aus wie ihre Schwester Katja.

Die Fratze

Sonja Lehmann schrie aus voller Lunge. Kalter Schweiß bedeckte ihre Stirn und ihren zitternden Körper. Die klammen, durchgeschwitzten Laken ihres Bettes wanden sich wie die Ranken einer Kletterrose um ihre Beine. Der Schrei riss ab. Was blieb, war ein schneller, rasselnder Atem in der Stille des Schlafzimmers, als sie allmählich realisierte, dass sie aus einem schrecklichen Traum erwacht war. Das letzte Bild ihres Albtraumes war in ihrem Bewusstsein eingebrannt, ähnlich dem Negativabdruck einer Glühlampe auf der Netzhaut, in die man zu lange hineingestarrt hatte. Dieses Gesicht ... nein, ein Gesicht war es eigentlich nicht, eher die groteske Karikatur eines Antlitzes, verzerrt und verschoben, irgendwie vertraut und doch eigenartig befremdlich. Die Augen ..., großer Gott, diese entsetzlichen Augen ... Sie waren so weit aufgerissen, als wolle ein immenser, innerer Druck sie aus dem Schädel sprengen. Dann war da noch dieser Mund, ein Schlund, ein schwarzes Loch in dem Kopf, das so weit offen klaffte, dass die zum Zerreißen gespannten Lippen nur noch zwei filigrane, bleichrote Linien bildeten. Aber noch etwas ganz anderes verfolgte Sonja aus ihrem Traum. Etwas, das weitaus weniger zu fassen und zu beschreiben, aber dennoch über alles andere hinaus spürbar war. Es war die Angst, die dort in dieser Fratze zu sehen gewesen war. Nicht die Befürchtungen eines Menschen vor dem Versagen oder die kindliche Furcht vor Monstern und Ungeheuern, sondern vielmehr eine uralte, instinktive, existenzielle Angst, die aus den tiefsten und dunkelsten Bereichen der Seele aufzusteigen schien. Sonja hatte sich im Traum diesem Gesicht genähert, nahezu so, wie es zwei Liebende tun würden, die sich zum leidenschaftlichen Kuss begegneten. Die Fratze hatte schon ihr gesamtes Blickfeld ausgefüllt und plötzlich hatte Sonja gespürt, dass sie sterben würde, genau in dem Moment, wenn sie dieses Gesicht mit ihrem eigenen berührte. Der Schrei hatte sich seinen Weg vom Zwerchfell durch die Kehle hinaus aus ihrem Körper gepflügt. Dies war der Moment, als sie erwacht war.

Ihr Wecker zeigte 07:59 mit blutroten Leuchtziffern. In einer Minute hätte sie sowieso aufstehen müssen. Sonja rollte sich auf die Seite und schaltete die Weckfunktion der Uhr aus. Für einen kleinen Augenblick sackte sie noch einmal mit dem Kopf auf ihr Kissen zurück. Das graue Licht eines verregneten Morgens fiel durch den Spalt zwischen den Vorhängen in das Schlafzimmer. Als das Zittern gänzlich verebbt war, erhob sie sich, streifte das Nachthemd ab und schlurfte schwerfällig ins Badezimmer. Mit der Zahnbürste im Mund, tapste sie zur Kaffeemaschine in der Küche, füllte das Gerät einhändig mit Kaffeemehl und Wasser und stellte es an, wobei sie mit der anderen Hand ohne Unterlass ihre Zähne auf Hochglanz polierte. Wieder im Badezimmer, spie sie den Schaum ins Becken und gab sich der weiteren Körperpflege hin. Dreißig Minuten später fühlte sie sich endlich wie ein Mensch, zwar nicht mehr wie einer der jüngsten, aber es hätte durchaus schlimmer sein können. Sonja war 39 Jahre alt. Dieses Jahr würde die gefürchtete Vier in ihr Leben treten. Von der berüchtigten *Midlifecrisis* fehlte jedoch noch jede Spur und normalerweise verschwendete sie auf derlei Dinge nicht auch nur

einen einzigen Gedanken, aber heute war eben nicht ein Tag wie jeder andere. Der schreckliche Traum saß noch immer zu nah unter der Oberfläche und reizte ihr Bewusstsein und ihre Wahrnehmung wie ein juckender Insektenstich. Mit aller Kraft versuchte sie, die negativen Empfindungen abzuschütteln. Hey! Es ging ihr gut. Ihr Leben war eine Erfolgsstory. Sie war ungebunden, körperlich in Topform und in der Männerwelt sehr gefragt. So sollte es auch sein, schließlich gab sie dafür eine Menge Geld aus: Massagen, Callanetics- und Pilates-Kurse im Fitness-Studio an mehreren Abenden der Woche, Sonnenbänke und Wochenendurlaube in teuren Wellness-Hotels. Als Filialleiterin eines großen Finanzunternehmens konnte sie sich diesen Luxus auch ohne weiteres leisten. Für die Entscheidung, den letzten Hafen ihres Lebens an der Seite eines festen Partners anzulaufen, war noch reichlich Zeit. Sie befand sich stattdessen mitten auf hoher See, um der Metapher treu zu bleiben.
In der Küche des kleinen Reihenhauses roch es angenehm nach Kaffee. Sonja holte die Zeitung aus dem Briefkasten, setzte sich an den Tresen des freistehenden Kochblocks der Designerküche und genoss ihre drei obligatorischen Tassen schwarzen Koffeins. Der Gewohnheit folgend, studierte sie ausgiebig den Wirtschaftsteil des Blattes und warf einen skeptischen Blick auf die Börsenentwicklungen. Derart vorbereitet faltete sie nach kurzer Lektüre die Zeitung zusammen und gab sich dem weiteren Ablauf der alltäglichen Routine hin. Sie stellte die Kaffeetasse in die Geschirrspülmaschine, kontrollierte ein letztes Mal ihre Frisur und das Make-up im Spiegel der Diele, griff nach der Jacke von „Dolce & Gabbana" an der Garderobe und

schickte sich an, ihr Haus zu verlassen. Am Schlüsselbrett neben der Tür griff sie ins Leere.
„Shit!“, fluchte sie leise vor sich hin.
Der gestrige Abend mit Martin im „Atlantico“ war doch später geworden, als sie eigentlich geplant hatte. Sie hatte auch mehr Wein getrunken, als gut für sie gewesen wäre. Darum hatte er ihr charmant den Autoschlüssel abgenommen, ganz der aufmerksame Beschützer und Kavalier, und sie mit einem Taxi nach Hause begleitet. Der schreckliche Traum hatte sie den angenehmen Abend vollends vergessen lassen. Sonja blickte auf ihre Armbanduhr. Verdammt! Würde sie die Straßenbahn nehmen, käme sie niemals rechtzeitig in der Bank an. Sie streifte ihre Jacke wieder ab und eilte zum Telefon. Mit dem Taxi konnte sie es noch rechtzeitig schaffen. Die gelangweilt klingende Stimme der Mitarbeiterin der Taxizentrale sagte ihr, dass sich ein Wagen gerade in der Nähe befand und in fünf Minuten eintreffen würde.
So schön der Abend mit Martin auch gewesen sein mochte, einen verspäteten Arbeitsbeginn wollte sie damit nicht rechtfertigen. Sie hatte eben ihre Prinzipien, in denen der Job nun mal noch weit vor den Männern kam. Sonja dachte an Martin, seine liebenswerte Art und seinen nicht minder attraktiven, wohlgeformten Körper, und musste unweigerlich schmunzeln. Er war definitiv ein Kandidat, der ganz hoch im Rennen stand, ihr *Zielhafen des Lebens* zu werden. Sie war gespannt, wie sich ihre Beziehung weiter entwickeln würde.
Es klingelte an der Tür. Ein kurzer Blick auf die Uhr sagte ihr, dass erst zwei Minuten seit dem Anruf bei dem Taxiunternehmen vergangen waren. Wow! Endlich mal eine Firma, die viel Wert auf Kundenzufrie-

denheit legte. Sie zog die Jacke wieder über, ging zur Tür und warf einen schnellen Blick durch das Türguckloch.
Sonja spürte die Wärme an den Oberschenkeln, als ihre Blase im Moment des Entsetzens unerwartet nachgab. Fesseln aus Eisen spannten sich um ihre Brust und hinderten sie daran, einen weiteren Atemzug zu tun. Durch das gewölbte Glas des Spions blickte sie in die Fratze ihres Albtraumes. Die verzerrte Perspektive des Gucklochs entstellte das schreckliche Gesicht noch weiter. Die Augäpfel traten aus den Höhlen der Fratze hervor, die Bindehaut war mit aufgeplatzten, roten Äderchen übersät. Der zum Schrei geöffnete Mund war ein schwarzes Nichts in der rot-weiß schimmernden, blassen Haut des Gesichts. Das Schreckensbild war so nahe, berührte fast ihr eigenes Gesicht. Nur das Glas des kleinen Gucklochs schien beide voneinander zu trennen. Sie würde sterben, wenn sie mit der Fratze zu einer Einheit verschmolz. Sie wusste es. Warum, das konnte sie nicht sagen. Sie wusste es einfach. Sonja glitt an der Innenseite der Wohnungstür hinab und sackte auf die Knie. Der stechende Geruch von Urin stieg ihr in die Nase. Ihre Lunge brannte, lechzte nach Sauerstoff. Keuchend sog sie die Luft zu einem erlösenden Atemzug ein. Was geschah nur mit ihr? War etwas in dem Wein gewesen? Sie hatte mal vor ein paar Jahren etwas von Frostschutzmittel in Spirituosen gehört. War sie vielleicht an eine solche, präparierte Flasche geraten? Nein. Sehr unwahrscheinlich. Das „Atlantico“ war ein angesehenes Lokal in Dortmund. Die Speisen und Getränke waren erster Klasse, jenseits jeglichen Verdachts. Aber was geschah dann mit ihr?

Es klingelte erneut an der Tür, gefolgt von einem Klopfen.
„Hallo? Ihr Taxi ist da“, verkündete eine Männerstimme. Sonja blieb zitternd auf dem Boden vor der Tür hocken. In ihrem Geiste blendete sie die beiden Bilder, das aus ihrem Traum, kurz bevor sie erwacht war, und das, welches sie gerade eben erblickt hatte, wie zwei Diapositive übereinander. Beide Erinnerungen verschmolzen zu einem Bild. Alles war identisch, bis ins kleinste Detail. War es das wirklich? Sonja kniff die Augen zusammen, massierte sich mit den Zeigefingern die Schläfen und versuchte, sich angestrengt zu konzentrieren, die Angst aus ihren Überlegungen auszublenden. Die ungleichförmig rötlich-weiß schimmernde Haut des Gesichts ... Ja, Sonja war sich sicher, dies auch schon in ihrem Albtraum von heute Morgen gesehen, aber nicht bewusst wahrgenommen zu haben. Die Perspektive war auch die gleiche. Sonja blickte jedes Mal frontal auf das schreckliche Gesicht. Beim letzten Mal war es ihr aber deutlich näher vorgekommen. Hatte das etwas zu bedeuten? Und dann diese seltsame Vertrautheit. Obwohl nichts Menschliches an dem schrecklichen Anblick war, kam es ihr doch so vor, als wüsste sie, wen sie da erblickte. Es war greifbar nahe, lag ihr auf der Zunge und doch vermochte sie es nicht zu benennen ...
„Hallo, Frau Lehmann, sind Sie zu Hause?“, ertönte die Männerstimme erneut, begleitet von einem Pochen an der Tür. „Ihr Taxi ist da.“
„J...ja, ich bin da“, stammelte Sonja und brauchte ihre ganze Willenskraft, um diese wenigen Worte hervorzupressen. „Bitte geben Sie mir noch zwei Minuten. Ich habe mir gerade Kaffee über die Bluse geschüttet und muss mich noch einmal rasch umziehen. Sie

dürfen Ihre Taxiuhr schon anstellen, wenn Sie darauf bestehen, okay?"
„Wie Sie meinen", grummelte die Stimme zurück. Schritte entfernten sich auf der anderen Seite der Haustür.
Sonja zog sich auf die Füße und warf einen schnellen Blick durch den Spion. Fast befürchtete sie, erneut in diese groteske Fratze zu blicken. Stattdessen sah sie einen Mann in Lederjacke, der sich von der Tür entfernte und auf ein Taxi zuging, das am Straßenrand parkte. Sie rannte ins Badezimmer, streifte den Rock und die Unterwäsche ab, wusch sich und holte frische Sachen aus dem Kleiderschrank. Ein letzter Kontrollblick in den Spiegel, dann eilte sie zu dem Taxi. Der Fahrer, ein freundlich dreinblickender Mann Mitte fünfzig, wünschte ihr einen guten Morgen.
„War wohl ein ziemlich langer Abend gestern, was?", neckte er.
„Wie bitte?"
„Entschuldigen Sie. Ich wollte Ihnen natürlich nicht zu nahe treten, aber Sie sehen aus, als hätten Sie nicht allzu viel Schlaf gehabt. Ich war auch mal jung, wissen Sie?"
„Kaiserwall 138, bitte", sagte Sonja nur und gab dem Fahrer damit eindeutig zu verstehen, dass sie nicht zu Gesprächen aufgelegt war. Sollte er doch von ihr denken, was er wollte.
Indessen gingen Sonjas Gedanken noch einmal zu den seltsamen Ereignissen dieses Morgens zurück. Irgendetwas nagte noch immer an ihrem Unterbewusstsein. Sie musste plötzlich an diese Rätselhefte für Kinder denken, in denen es immer eine Rubrik gab, in der zwei Bilder nebeneinander abgebildet waren und sich durch zehn Fehler voneinander unterschieden. So

ähnlich erging es ihr auch. Sie sah wieder die beiden Bilder der Fratze vor sich. Was war es, das sie so sehr irritierte? Wie mit einem Vorschlaghammer traf sie die Erkenntnis. Die zweite Vision unterschied sich durch ein haarfeines Detail von der ersten. Auf der Stirn hatte sie beim zweiten Mal ganz rechts außen einen kleinen, schwarzen Strich wahrgenommen. Im ersten Moment hatte es wie ein Schatten auf sie gewirkt, daher war er ihr auch nicht gleich aufgefallen. Sonja versuchte, sich noch einmal ganz genau zu erinnern. Es war schon erstaunlich, dass sie sich überhaupt so gut an die Bilder dieses Albtraums erinnern konnte. Normalerweise entzog es sich ihr schon nach wenigen Minuten, von was sie geträumt hatte, wenn sie in der Vergangenheit einmal von einem Albtraum geweckt worden war. Ja! Sonja war sich nun ganz sicher. Der kleine, schwarze Schatten war in der ersten Vision nicht da gewesen. Aber was sagte ihr das? Welche Erkenntnis konnte sie daraus gewinnen? Vielleicht gab es ja auch gar keinen tieferen Sinn und ihre Nerven waren mit fast vierzig einfach doch nicht mehr so belastbar, wie sie es sich gerne selbst glauben machte. Zeigte der Stress ihrer Arbeit und ihr aktives Freizeitleben nun doch erste psychische Narben?

Sie würde heute Abend mit Martin über diese Sache sprechen, sich ihre Ängste und Beklemmungen einfach von der Seele reden. Mal sehen, was er zu diesem Spuk sagen würde, schließlich glaubte er auch nicht an Dinge wie Präkognition oder Geistererscheinungen. Das Taxi hielt am Straßenrand vor der Filiale der Bank. Sonja bezahlte den Fahrpreis und gab dem Fahrer ein ordentliches Trinkgeld, mit dem dieser nach dem unglücklichen Auftakt der Fahrt schon gar nicht mehr gerechnet hatte. Sie stieg aus und das Taxi fädelte sich unmittelbar wieder in den regen Strassenverkehr ein. In ihrem Büro warteten bereits einige E-Mails und zahlreiche Dokumente auf sie, die beantwortet und unterzeichnet werden wollten. Involviert in ihre Arbeit, vergaß sie die Fratze, zumindest für kurze Zeit.

Der Vormittag verging wie im Fluge. Zur Mittagspause war Sonjas Appetit zurückgekehrt. Sie schlenderte in die nahegelegene Innenstadt und kehrte in ihr Lieblingsrestaurant ein. Während des Essens – ein zartes Hüftsteak an einer raffinierten Gorgonzola-Sahne-Sauce mit Gemüse der Saison – bereitete sie sich auf die Präsentation vor, die für den Nachmittag geplant war. Der Ablauf des Vortrages war ihr so geläufig wie das „Vater Unser“, jedoch mussten noch die aktuellen Geschäftszahlen in die Präsentation eingebettet werden. Sie zahlte, gab auch hier ein großzügiges Trinkgeld, kehrte in die Bank zurück und fand sich bereits siebzig Minuten später im Besprechungsraum vor den versammelten Kunden wieder. Sonja betätigte einen Schalter, um die elektrischen Rollos herabzusenken, nicht dass das bei dem verregneten Grau vor den Fenstern nötig gewesen wäre. In der Mitte des Raumes befand sich ein Overheadprojektor, der die aktuellen Charts an die große Leinwand projizieren würde. Sonja kannte ihren Job, wusste um die Bedeutung der Rhetorik, benutzte eloquent die Topoi, die bei ihren Kunden Wirkung zeigen würden. Die Präsentation verlief bisher vielversprechend. Sonja legte die nächste Folie auf den Projektor. Über ihre Schulter hinweg wurde die farbig dargestellte Tabelle, die die Entwicklung der Dividende für Langzeitgeldanlagen veranschaulichte, in einer Flut aus Licht an den Stoff der Leinwand geworfen. Sonja drehte sich herum, um eine Besonderheit des Diagrams zu verdeutlichen. Der Laserpointer, den sie während der Präsentation benutzt hatte, fiel ihr aus der schlaffen Hand auf den edlen Teppich des Besprechungsraums. In dem nahezu zwei Meter messenden Rechteck aus Licht starrte die Fratze auf sie hinab. Die Augen so groß wie Fußbälle, der schreiende Mund, schwarz und riesig wie eine Tür. Sonja taumelte zurück, stieß gegen einen der Tischc, an dem zwei ihrer Zuhörer saßen, und warf dabei ein Glas mit Orangensaft um. Die gelbe, klebrige Flüssigkeit ergoss sich über die Tischplatte und tropfte dann auf den Boden. Der junge Banker, der an dem betreffenden Platz gesessen hatte, rettete sich mit einem flinken Satz nach hinten aus der Gefahrenzone. Sonja interessierte sich nicht für den Mann. Ihr vom Schock erstarrter Körper konnte nicht anders, als auf die große Leinwand zu gaffen. Die Fratze wuchs weiter, kam scheinbar näher. Ihr gesamter Umfang passte schon nicht mehr auf die Projektionsfläche. Sonja wollte schreien, doch fehlte ihr die Luft dazu. Nur ein Röcheln stahl sich ihren Hals hinauf. Mit aller Gewalt versuchte sie ihren Blick abzuwenden, doch stattdessen nahmen ihre Augen und ihr Gehirn immer mehr Details wahr. Vielleicht gerade durch die Größe des Bildes bewirkt, fiel ihr das seltsame Muster in der rot-weißen Färbung des Gesichts auf, beinahe wie ein Sonnenbrand, der nur gezielte Teile der Stirn und Wangen in Mitleidenschaft gezogen hatte. Der seltsame, schwarze Schatten auf der Stirn hatte sich seitlich verschoben. Sonja konnte nicht glauben, was sie dort vor sich sah. Tatsächlich. Sie konnte sich nicht irren. Es war wirklich da. Der kleine schwarze Schatten, der so seltsam symmetrisch gewirkt hatte, war nun nicht mehr ein bloßer Strich. Auf der Stirn der Fratze war deutlich ein Buchstabe sichtbar. Ein großes „D“. Sonja wusste nicht mehr, was um sie herum geschah. Sie spürte, dass sie lief, den Raum fluchtartig verließ. Personen rauschten an ihr vorbei, bis sie den kalten Regen auf ihrem Gesicht spürte und sie vor dem Gebäude stand. Im Besprechungsraum starrten sich die zurückgelassenen Kunden der Bank fassungslos mit fragenden Blicken an. Was konnte Sonja Lehmann denn nur in der gezeigten Tabelle Entsetzliches gesehen haben, dass sie so fluchtartig und in voller Panik die Präsentation beendet hatte?

Sie wollte nur noch nach Hause, wollte dort auf Martin warten. Auf keinen Fall würde sie heute allein bleiben. Gehetzt stürmte sie auf die nahegelegene U-Bahn-Station zu. Irgendwie gab ihr die Nähe anderer Menschen ein Gefühl der Sicherheit und Geborgenheit. Die Bahnlinie würde sie direkt nach Hause führen. Ein kleiner Fußmarsch von nur fünfhundert Metern trennte die Zielhaltestelle von ihrem kleinen Haus. Sonja folgte den Hinweisschildern tiefer hinunter in die Eingeweide der Station. Der Bahnsteig war überfüllt. Diese Unannehmlichkeit war sie heute gerne bereit, in Kauf zu nehmen. Die Anzeige des Bahnsteiges klackerte und Informationen über die einlaufende U-Bahn wurden den nicht interessierten Fahrgästen aufgezwungen. Das Kreischen von Metall auf Metall und der aus dem Tunnel herausgedrückte Luftschwall, der nach Schmieröl und Teer roch, kündigten die Ankunft der Bahn auf profanere und mehr greifbare Weise an. Sonja konnte es nicht mehr abwarten, in den Zug und nach Hause zu gelangen. Sie tauchte in die Menschenmenge, die den Zug betreten wollte. Die Menschentraube wurde immer dichter. Die U-Bahn lief in den Bahnhof ein. Sonja blickte nach rechts auf den sich nähernden Zug. Gleich hatte sie es geschafft. Die Fahrerkabine rauschte an ihr vorbei. Ihre Haare wurden vom Luftsog nach vorne in ihr Gesicht gerissen. Sie spürte den Stoß in ihrem Rücken. Die Zeit verlangsamte sich und blieb für Sonja nahezu stehen. Sekunden dehnten sich zu Minuten. So etwas hatte sie schon einmal im Kino gesehen. Wie hieß dieser Film mit Keanu Reeves noch einmal? „The Matrix". Der Spezialeffekt hatte damals für viel Aufsehen gesorgt und sogar einen eigenen Namen bekommen – „bullettime", glaubte sich Sonja zu erinnern. Es war schon eigenartig, welche Gedanken ihr durch den Kopf gingen. Keine Bilder ihres bisherigen Lebens, die wie in einer Dia-Show vor ihrem Geiste abgespult wurden. Das kurze Flackern der Innenbeleuchtung der U-Bahn aufgrund einer Spannungsschwankung wirkte für sie wie ein minutenlanges Verlöschen des Lichtes. Funken, die zwischen den Rädern von den Schienen aufstoben, schwebten unbeweglich wie Glühwürmchen frei im Raum. Ohne dass sie es hätte verhindern können, spürte Sonja, wie ihr Oberkörper sich langsam nach vorne neigte, aus der Senkrechten geriet. Unendlich langsam stürzte sie der rot-weißen Seitenwand des U-Bahn-Wagons entgegen. Die Menschen um sie herum wirkten wie erstarrte Schaufensterpuppen, unbeweglich und still. Nur über einen längeren Zeitraum betrachtet, konnte Sonja ihre Bewegungen überhaupt in der gedehnten Zeit wahrnehmen. Ein Kopf wandte sich ihr zu (und brauchte dafür Minuten?) und zeigte einen schockierten Mann. Eine Hand versuchte sie in Zeitlupe zurückzureißen. Sonja spürte, wie sich ihr Mund zu einem Schrei öffnete. Ihre Lippen spannten sich, ihre Augen waren, im Moment des Begreifens, in Panik aufgerissen. Ihr einst attraktives Gesicht verformte sich in eine Fratze des Schreckens und spiegelte sich auf der rötlichweißen Metalloberfläche des Zuges wieder. Langsam stürzte Sonja der Fratze entgegen. Keine Zeit, die Hände zum Schutz zu heben, da auch ihre eigenen Gliedmaße in der Zeit festgefroren schienen. Es blieb ihr nur, zu beobachten. Langsam näherten sich die beiden Gesichter zum letzten Kuss, während die fahrende U-Bahn von rechts nach links weiter glitt, dabei die Spiegelung der Fratze auf dem tödlichen Metall zunehmend verzerrte. Der schwarze Schriftzug „Dortmunder Stadtwerke“ auf dem Zug überlagerte sich mit der Reflektion ihres Gesichtes genau in dem Moment, als ihr Kopf auf das kühle Stahlblech des Wagons traf. Die Fratze berührte Sonjas Gesicht und sie starb.

Ein Aufschrei ging durch die Menge auf dem Bahnsteig, als die Frau gegen die Seite der einfahrenden U-Bahn stürzte. Blut, vermischt mit Gehirnstücken und Knochensplittern, besudelte die umstehenden Fahrgäste. Der Körper der jungen Frau wurde von der Straßenbahn mitgerissen, in die Lücke zwischen Bahnsteig und Gleis geschleudert und in Stücke zerfetzt. Die Station musste für mehrere Stunden gesperrt werden. Eine so schreckliche Tragödie hatte es im Fahrbetrieb der Dortmunder U-Bahn schon seit mehr als fünfzehn Jahren nicht mehr gegeben. Viele der Augenzeugen mussten mit erlittenem Schock ins Krankenhaus eingewiesen werden. Andere Augenzeugen konnten sich an das eigenartige Verhalten des Opfers erinnern. Dem stimmten auch einige Damen und

Herren aus der Finanzbranche zu, die noch kurz vor dem Unfall mit Sonja Lehmann während einer Präsentation in Kontakt gestanden hatten. Die Polizei schloss nach ersten Untersuchungen einen Selbstmord aufgrund zu großer beruflicher Belastung grundsätzlich nicht aus.

Ein Sprecher der Dortmunder Stadtwerke verkündete in einer späteren Stellungnahme sein Bedauern und seine Anteilnahme zu dem schrecklichen Vorfall. Trotz intensiver Untersuchungen, blieb ein eindeutiges Ergebnis über die möglichen Ursachen des Unfalls aus. Was blieb, waren Rat- und Fassungslosigkeit. Zu der Frage nach dem „Wie“ gesellte sich die nach dem „Warum“. Letztere konnte aber wohl nur Gott beantworten, denn auf das Schicksal hatten wir Menschen keinen Einfluss.
„Man wacht morgens im Bett auf und ahnt noch nicht, was einem im späteren Verlauf des Tages ereilen wird“, sagte der Pressesprecher. „Hätte man auch nur den kleinsten Hinweis darauf, so würde man doch wohl einfach im Bett liegen bleiben.“

Nein, wir Menschen haben keinen Einfluss auf unser Schicksal ... oder etwa doch?

Die Begegnung

Das Messer hinterließ einen tiefen Schnitt in der Kehle und ein Schwall Blut strömte hervor. Konrad Bauer machte einen kleinen Schritt zurück, nicht eine Emotion regte sich in seinem Gesicht. Er betrachtete kurz sein Spiegelbild in der blutverschmierten Edelstahlklinge des großen Messers, korrigierte seinen Scheitel mit den rot besudelten Fingern. Bewundernd schaute er noch einmal auf das Messer. Ein fantastisches Stück Arbeit. Sein *Werkzeug* war erstklassig tariert und lag fest in der Hand. Das musste auch so sein, denn schließlich erforderte es schon eine Menge Kraft, den Stahl in den Körper zu treiben, dabei die Haut, die Sehnen und das Muskelgewebe zu durchtrennen. Die Knochen waren manchmal ein Problem, dann artete seine Arbeit in Arbeit aus. Er schmunzelte über diesen Wortwitz, ungeachtet der blutigen Szene vor seinen Augen. Erneut spannte er seine Armmuskeln an und stieß das Messer mit aller Wucht vor. Die Bauchdecke gab nach, als wüsste sie, dass ein Aufbäumen vergebliche Mühe gewesen wäre. Die Klinge drang bis zum Heft in das Fleisch. Konrad atmete tief ein, spannte jetzt seinen ganzen Torso an und riss das Messer bis zur Kehle nach oben. Es war schon ein eigenartiges Gefühl, ein Leben zu nehmen. Irgendwie schockierend und berauschend zugleich. Es war, als sei er der Übergang, die unsichtbare Grenze zwischen Leben und Tod, der Wächter an der Pforte zum Jenseits. Aber so musste es eben sein ...
Ein paar Blutstropfen spritzten Konrad ins Gesicht und verliehen ihm ein pockenartiges Antlitz. Abgesehen davon war er eigentlich ein sehr attraktiver Mann. Mit

fast zwei Metern Größe hatte er eine beachtliche Statur und war zudem auch noch gut in Form. In den Kreisen, in denen er verkehrte, war ein gutes Aussehen enorm wichtig, deshalb bezahlte er auch horrende Summen in Fitness- und Sonnenstudios. Sein Haar war blond und modisch frisiert. Auch hier sparte Konrad nicht mit dem Geld. Manch einer hätte wohl gesagt, dass es *krank* sei, was er hier tat, aber davon wusste ja niemand, der ihn gerade erst kennen lernte.
Der lange Schnitt klaffte auseinander. Jetzt kam der eigentlich delikate Teil der Arbeit. Wie ein Automechaniker den Motor eines Fahrzeuges demontieren würde, legte Konrad die Maschinerie des Lebens frei. Herz, Darm und Magen, nicht länger von dem beengenden Gefängnis der Haut und Muskeln gehalten, drängten sich ihm aus dem roten Spalt, den die Klinge hinterlassen hatte, entgegen. Ganz behutsam, wie der Pfarrer die Hostie, legte er das große Messer zur Seite und griff nun mit seinen bloßen Händen in die Wunde hinein. Die Organe waren noch warm. Da war der Darm. Immer wieder war Konrad erstaunt, wie lang doch dieser Gewebeschlauch war. Er zog ihn heraus und ließ ihn in einen Behälter gleiten, den er vorher bereitgestellt hatte. Mit seinen Handflächen glitt er dann über die Magenwand, packte den nun überflüssigen Muskel und riss mit aller Kraft daran. Der Magen kam frei und rutschte mit einem schmatzenden Geräusch ebenfalls heraus. Herz, Nieren und Lungen – alles fiel auf einen Haufen, der in der umgebenden Kälte dampfte und Lebensenergie aushauchte. Den kupfernen Geruch von Blut nahm Konrad gar nicht mehr wahr. Er war jetzt vollkommen konzentriert auf das, was er tat, was er am besten konnte. Es blieb eine leere Hülle. Er griff nun zu einem

anderen Werkzeug, das er immer bei sich hatte. Die Klinge des kleinen Beils leuchtete im kühlen Licht. Mit beiden Händen hob er es über seinen Kopf und schlug zu. Die Knochen des Brustkorbs hatten keine Chance und barsten auseinander.
Heute Abend würde Konrad wieder auf die Suche gehen. Nach einem neuen jungen Mann, dem er seine ganze Aufmerksamkeit widmen würde ...

Sven saß in seinem Zimmer und ahnte nicht, dass ihn das Schicksal noch an diesem Abend mit Konrad Bauer zusammenführen würde. Hätte er es gewusst, wäre ihm sicherlich ein Schauder über den Rücken gelaufen. Sven wohnte noch immer im Haus seiner Eltern, hatte zwar einen eigenen Eingang zu seinem kleinen Apartment, genoss aber den Vorzug, nicht auf eigenen Beinen stehen zu müssen. Offiziell war er als arbeitssuchend gemeldet, inoffiziell jedoch war er Künstler. Seine Eltern wollten von all dem nichts wissen. Sie hätten es auch nicht verstanden und seine Arbeit nicht zu würdigen gewusst. Seine Mutter und sein Vater waren so furchtbar konservativ und bieder.
Svens Ambitionen und sexuelle Ausrichtung waren vor langer Zeit einmal ein Thema in der Familie Krüger gewesen. Er war sehr zierlich gebaut und hatte sich von Anfang an im falschen Körper gefangen gefühlt. Zunächst hatte man ihn wie einen Erkrankten behandelt, der durch gutes Zureden und Verkupplungsversuche mit jungen Mädchen aus dem engen Bekanntenkreis sicherlich zu kurieren gewesen wäre. Als jedoch seine Eltern realisieren mussten, dass sie nichts an seiner Homosexualität ändern würden, entschlossen sie sich, das Thema einfach vollends aus ihrem Bewusstsein auszublenden.

In seiner Kunstsammlung befanden sich schon zahlreiche Exponate, dennoch glaubte er, noch nicht seinen eigenen, vollendeten Stil gefunden zu haben. Er war ja auch noch jung – gerade mal fünfundzwanzig – und hatte genug Zeit, sich zu verwirklichen. Erst wenn er mit seinem Schaffen selbst zu hundert Prozent zufrieden wäre, würde er seine Kunst auch anderen zugänglich machen.

Vorsichtig trat er mit dem Fuß auf das Pedal der Nähmaschine. Es war Wochenende und er würde sich in der Szene umsehen. Auffallen war das A und O der ganzen Sache und das ging keinesfalls mit Klamotten von der Stange. Sven hatte schon viele eigene, hervorragende Entwürfe verwirklicht. Er war eben ein Künstler und brachte zudem auch noch die nötige Fingerfertigkeit mit, um die Ideen in die Tat umzusetzen. Als die letzte Naht platziert war, nahm er das Kleidungsstück aus der Maschine. Er zog es über und betrachtete sich im Spiegel. Mann oh Mann ...! Er sah wirklich fantastisch aus und würde mit Sicherheit heute Abend so manchen Männerkopf verdrehen. Sven ging an den Schrank und holte einen Schminkkoffer hervor. Es würde noch ein bis zwei Stunden dauern, bis er von sich selbst glaubte, für den Abend bereit zu sein. Er lächelte. Mal schauen, was die Nacht an Typen für ihn bereithielt. Seine Eltern würden bei diesem Gedanken erschaudern.

Konrad stand vor dem Spiegel und betrachtete sich von allen Seiten. Das Blut war von den Händen gewaschen, die rot durchtränkte Kleidung in die Waschmaschine geworfen. Das scharfe, riesige Messer lag an seinem Platz, säuberlich gereinigt, neben dem tödlichen Beil. Während Konrad sein Profil von der Seite betrachtete, spannte er noch einmal das Gesäß an. Der knackige Hintern kam hervorragend zur Geltung. Das war für ihn sehr wichtig, da er der Meinung war, dass dieses Detail schon allein die „halbe Miete“ für den Abend ausmachte. Konträr zu seinen eigenen, körperlichen Attributen, suchte er vielmehr nach dem zierlichen Typ Mann, der zumindest etwas Weibliches an sich hatte. Vielleicht war das ein Schatten, ein letztes Echo, seiner Zeit als Heterosexueller. Er schaute auf die Uhr und stellte fest, dass es bereits Viertel nach zehn war. Gleich würde das Leben in der Szene erst richtig losgehen. Es war Wochenende. Sicherlich würde er einen Kerl finden, der bereit war, mit ihm mitzugehen. Konrad fühlte sich voller Energie und Tatendrang. Er streifte sich seine Lederjacke über und bevor er die Tür seiner Wohnung hinter sich schloss, fühlte er noch einmal in seiner Tasche, ob er die notwendigen Utensilien dabei hatte. Ja, hatte er. Der Typ, auf den seine Wahl fallen würde, würde diesen Abend nicht vergessen, dessen war sich Konrad sicher. Die Tür fiel ins Schloss. Konrad Bauer lächelte in genüsslicher Vorfreude.

Nahezu zeitgleich hatte auch Sven die letzten Vorbereitungen für den Abend getroffen. Ein prüfender Blick im Spiegel – alles okay. Er griff sich ein Jackett und zog es über. Seine neueste Modekreation war sehr extravagant, jedoch etwas zu kühl für den eisigen Winterabend. Früher oder später würde sich schon eine Gelegenheit ergeben, die Jacke auszuziehen und die Bewunderung der anderen zu genießen. Sven schloss das Apartment zu und ging die Treppe hinunter. Hinter der Wohnungstür seiner Eltern dröhnte der Fernseher. Sie wollten nicht hören, wenn ihr Sohn wegging, um weiß Gott was zu tun. Gerade deshalb klopfte er provozierend an ihre Tür.

„Tschüss! Es wird spät“, schrie er über die Geräuschkulisse hinweg. „Es kann sein, dass ich jemanden mit nach Hause bringe.“ Natürlich bekam er keine Antwort.

Sven ging in die Nacht hinaus. Er nahm sich an der nächsten Ecke ein Taxi und fuhr ins Stadtzentrum. Als er ausstieg, drehten sich bereits einige Köpfe zu ihm um. Er hatte offensichtlich das richtige Outfit für den Abend gewählt und liebte diesen Moment im Mittelpunkt. Zehn Minuten später war er schon am Eingang des „Chat Noir“. Der Türsteher, ein wirklich süßer Junge, begrüßte ihn mit einem Kuss auf die Wange. Sie kannten sich nun schon sehr lange, dennoch war es nie dazu gekommen, dass sie zusammen in der *Kiste* gelandet waren. Das lag wohl daran, dass Sven eher nach den großen, muskulösen Typen suchte.

„Hallo, Josh“, sagte Sven. „Schon viel los heute Abend?“

„Kann man wohl sagen. Der Laden ist schon ziemlich voll. Ist eine Menge Frischfleisch heute dabei“, grinste der Türsteher.

Josh konnte nicht ahnen, dass zumindest einer der Besucher diese nur allzu gängige Formulierung in dieser Nacht für mehr als wörtlich nehmen würde. Sven ging die Treppe hinab in die Diskothek, die sich im Souterrain des Gebäudes befand. Seine Augen gewöhnten sich schnell an das Halbdunkel und das befremdliche Licht der vielen Schwarzlichtlampen. Am Tresen stand ein blonder Typ, dessen nahezu weißen Haare in dem ultravioletten Schein besonders zur Geltung kamen. *Mann, der ist wirklich eine Wucht*, dachte sich Sven. *Sein Brustkorb ist einfach unglaublich ...* Unauffällig schlenderte er zur Bar ...

Konrad bemerkte den jungen Mann sofort, als dieser die Treppe zum „Chat Noir“ hinunterkam. Der Typ war genau das, wonach er Ausschau hielt, zierlich wie eine Frau und doch männlich genug. Ganz sein Geschmack. Und dann noch die Kleidung, die er trug ... Echt stark! Das Jackett war elegant, aber eigentlich nicht das, was seine Aufmerksamkeit erregt hatte. Darunter trug er noch etwas anderes, eine Art Lederweste, fast wie eine Korsage, die schon recht viel Selbstbewusstsein erforderte. Was ihn betraf, war es klar, wo die Nacht enden würde. Jetzt musste er nur noch diesen jungen Mann davon überzeugen, dasselbe Ziel zu verfolgen. Er musste ihn irgendwie in seinen Bann ziehen. Konrad konnte sein Glück kaum fassen, als der Neuankömmling direkt auf die Bar zuhielt, sich neben ihn lässig an den Tresen lehnte und frech heraus fragte, ob er ihn nicht zu einem Long-Drink einladen wolle. Und ob er das wollte. In Konrads Kopf spulte sich bereits der Ablauf der kommenden Nacht ab. Die beiden kamen schnell ins Gespräch, tauschten Tratsch und Geschichten aus, flirteten miteinander und vertilgten dabei den einen oder anderen Cocktail. Gegen drei Uhr wagte Konrad den entscheidenden Vorstoß. Er fragte sein Gegenüber, ob dieser mit ihm nicht noch woanders hingehen wolle. Sven nahm den letzten Schluck aus seinem Glas, schaute ihn verheißungsvoll an und ging zum Ausgang. Konrad zückte schnell seine Brieftasche, beglich die Zeche für seine neue Bekanntschaft und sich und folgte Sven hinaus in die Nacht. Vor der Tür einigten sich beide darauf, zu Konrad nach Hause zu fahren, da Sven so seine

Probleme mit den Eltern hatte, wenn es zu laut werden würde. Josh, der Türsteher, zwinkerte Sven zu und gratulierte ihm mit einem unauffälligen, verschmitzten Lächeln zu dessen Wahl des Abends.

Die Wohnungstür schlug hinter den beiden zu. Die Bude war nichts Besonderes, lediglich ein Wohn-Schlafraum mit angrenzender Küche und einem kleinen Badezimmer. Für Konrads Zwecke reichte es jedoch vollkommen aus. Er zog Sven zu sich auf die Couch, wobei seine Hand eifrig nach etwas in seiner Jackentasche fingerte. Sven drückte ihn zurück auf die Matratze und legte seinen Kopf schräg, als würde er über etwas nachdenken.

„Darf ich dich mal was fragen?“

„Klar, schieß los ...“

„Was hast du eigentlich für einen Beruf?“

Konrad verstand nicht recht. „Wieso? Ist das wichtig für dich?“

„Nein, nein, ich bin nur neugierig und frage mich, wo man so einen tollen Körper herbekommt“, erklärte Sven.

Konrad lachte und fühlte sich zugleich geschmeichelt. „Du kommst nie drauf ...“

„Du arbeitest auf dem Bau, richtig?“

„Nein, ganz falsch“, lachte er noch mehr. „ Du wirst es mir sicherlich nicht glauben, wenn ich es dir erzähle und wahrscheinlich wirst du zudem zutiefst schockiert sein.“

„Mich kann nichts so schnell erschüttern, glaub’ mir. Also los, sag’ schon“, drängelte Sven weiter.

„Ich ..., ich ... Versprich mir, nicht gleich angewidert davon zu laufen.“

„Versprochen.“

„Ich bin Schlachter von Beruf. Ich weide Schweine aus und teile sie in Hälften ..."
Endlich hatte Konrad das Utensil in seiner Jackentasche gefunden, nach dem er so lange gefischt hatte. Eine Packung Kondome.
„Und? Bist du nun schockiert?"
„Nein, im Gegenteil. Wir haben eine Menge gemein", sagte Sven. „Ich bin nämlich Künstler, verstehe es aber auch sehr gut, mit der Klinge umzugehen ..."
Etwas anderes hörte Konrad schon nicht mehr, denn Sven hatte ein Messer aus seiner eigenen Jacke hervorgezogen und es mit voller Wucht seitlich in Konrads Schädel getrieben. Der Schlachter war auf der Stelle tot. Die Zuckungen seines Körpers waren nur noch elektrische Impulse und nicht mehr wirklich als *Leben* zu bezeichnen. Sven musste aufpassen, nicht die Haut des Brustkorbes seines Opfers zu ruinieren, schließlich würde aus dem prachtvollen Stück ein wunderschönes neues Kunstwerk unter der Nadel seiner Nähmaschine entstehen.

Ein ganz gerissener Plan

Der Toyota kam auf dem Firmenparkplatz zum Stehen und Charles stieg mit dunklen Ringen unter den Augen aus seinem Fahrzeug. Die Bezeichnung *sein Fahrzeug* stimmte eigentlich nicht ganz. Es gehörte ihm nämlich gar nicht mehr. John hatte ihm jedoch gestattet, es noch eine kurze Zeit zu nutzen, zumindest so lange, bis er etwas anderes gefunden hatte. Wie zum Teufel hatte es nur so weit kommen können? Vor vier Wochen war doch noch alles in Ordnung, das Glück mit ihm gewesen. Er hatte damals locker sechstausend Dollar an einem Abend gewonnen, war daraufhin gleich losgezogen und hatte sich einen dieser sündhaft teuren Flachbildschirme gekauft. Wie Nina ihn angestarrt hatte, als er damit zu Hause aufgetaucht war. *Eine Gratifikation der Firma*, hatte er sie angelogen und war sich nicht einmal schlecht dabei vorgekommen. Dann hatte sich das Blatt gewendet – im wahrsten Sinne des Wortes. Während der Pokerspiele der letzten Wochen, hatte er die gesamten Ersparnisse verspielt, sowohl seine eigenen als auch Ninas, und sich zudem noch um einige weitere tausend Dollar verschuldet. In seiner Spielsucht war er sogar so weit gegangen, den Toyota als Einsatz zu bringen. Vier Könige! Wer hätte da nicht alles gesetzt? Und vor allem, wer hätte damit rechnen können, dass dieser verfluchte John Snyder einen Royal Flush auf der Hand gehabt hatte?
Nina wusste von all dem natürlich nichts. Wie sollte er ihr auch sagen, dass sie sich vor dem finanziellen *Aus* befanden?
Die Sonne stand niedrig am Morgenhimmel und lugte zögerlich über das Firmengebäude, auf das er im Trott

mit einigen seiner anderen Kollegen vom Parkplatz aus zuging. Die frische Luft half nicht wirklich, seine Stimmung zu verbessern. Am Eingang des Flachbaus bildeten die Mitarbeiter vor der alten Stempeluhr eine Warteschlage. Dieses Relikt schien noch aus einer anderen Epoche zu stammen und passte gar nicht so recht zum Bild der Firma, die im Bereich des Web-Designs tätig war. Das Unternehmen wurde beauftragt, professionelle Web-Auftritte für Kunden der verschiedensten Branchen zu gestalten. Des Weiteren produzierte man auch kleinere Animationen für das Fernsehen. Obwohl das Unternehmen nur knapp fünfzig Mitarbeiter beschäftigte, hatte es sich im Laufe der letzten Jahre einen sehr guten Namen im Kundenkreis erarbeitet. Charles war nun schon seit einem Jahr für die Firma tätig und schrieb die Programmroutinen, die für die Abwicklung der jeweiligen Kundenprojekte erforderlich waren.
Die Stempeluhr biss einen Eintrag in die Hartpapier-Stempelkarte des Mitarbeiters, der vor ihm in der Reihe stand. Charles zog seine Karte aus dem Kartenhalter, der rechts der Stempeluhr an der Wand befestigt war. WUMM. Ankunftszeit und Tagesdatum waren nun auf der Karte aufgedruckt. Er deponierte sie in einem identischen Halter links der Uhr. Die Prozession führte im Gänsemarsch an der Pförtnerloge vorbei. Wie jeden Morgen, saß Henry Peters hinter der Glasscheibe an seinem Pult, lächelte freundlich den ankommenden Kollegen zu und öffnete per Knopfdruck den Zugang zum Gebäudekomplex, wobei er jeden Ankömmling mit einem herzlichen und ehrlich gemeinten „Hallo, Peter“, „wie geht’s, Susan?“ oder „guten Morgen, Charles“ bedachte. Peters war mindestens so alt wie die Stempeluhr selbst, glaubte

Charles. Wahrscheinlich hatte er persönlich dabei mitgeholfen, das Gerät in längst vergessenen Tagen an die Wand zu montieren. Charles musste immer an einen der beiden Alten aus der Muppet-Show denken, die in ihrer Loge saßen und stets bissige Kommentare von sich gaben. Wie hieß der eine noch? Ach ja, Waldorf, wenn er sich recht erinnerte. Im Gegensatz zu den beiden zynischen Puppen, war Peters jedoch eine wahre Frohnatur und ein Menschenfreund. Wenn Charles eingehend darüber nachdachte, hatte er den alten Mann eigentlich noch nie schlecht gelaunt erlebt. Wie machte man das? Peters hatte längst das Alter überschritten, in dem er in den wohlverdienten Ruhestand hätte gehen können. Wahrscheinlich machte er die ganze Arbeit hier wohl ehrenamtlich. Wie Charles so hörte, erledigte der Alte so nebenbei auch die ein oder andere kleine Reparatur in der Firma, leerte am Abend, nachdem alle anderen schon zu Hause bei ihren Familien waren, die Papierkörbe, kümmerte sich um undichte Wasserhähne und schloss das Firmengebäude ab. Peters hatte demnach wohl keine Frau und Familie, aber das interessierte Charles eigentlich auch nicht wirklich. Die beiden wünschten sich eben einen guten Morgen und einen schönen Feierabend und das war's dann auch schon. Der einzige Grund, warum Henry Peters in dieser Firma überhaupt noch eine Beschäftigung fand, war wohl der, wie man sich im Unternehmen erzählte, dass er eine Bekanntschaft des Seniorchefs, Mr. Rupert Malone, aus alten Tagen war.

Charles erreichte seinen Arbeitsplatz, ein in der Grundfläche zwei mal zwei Meter messender, durch Sichtwände abgetrennter Bereich, in einem Großraumbüro. Er setzte seine Aktentasche auf dem Boden ab, ließ sich erst einmal in seinen Bürostuhl fallen und rieb

sich die müden Augen. Dann schaltete er den Computer und Bildschirm ein, wobei sein Blick auf Ninas Foto fiel, das neben dem Monitor stand. Sofort wurde er von seinem schlechten Gewissen eingeholt. *Was soll ich nur tun? Ich kann es ihr doch nicht beichten, oder?* Nein, eher würde er seine Sachen nehmen und sich einfach aus dem Staub machen ...
Das Klingeln des Telefons riss Charles aus seinen Gedanken.
„Charles Finney hier, hallo?"
„Hallo, Charles. Rupert Malone. Könnten Sie es einrichten, kurz in meinem Büro vorbeizuschauen?"
„Ja natürlich, Mr. Malone. Ich bin schon auf dem Weg."
Charles legte den Hörer auf und begab sich zum Büro des Seniorchefs. Als Liz Summer, Malones Sekretärin, ihn kommen sah, winkte sie ihn sogleich durch – Malone erwartete ihn bereits. Der Angestellte öffnete die Tür zum Büro des Geschäftsführers und machte sie leise wieder hinter sich zu. Der Raum hätte wohl eher in ein altes Herrenhaus gepasst als in den Firmenkomplex einer Firma für Computeranimationen. Der Boden war mit einem schweren Teppich bedeckt, in den Charles bei jedem Schritt einsank. Drei Wände waren vom Boden bis zur Decke mit Regalen verbaut, in denen sich, in scheinbar unendlicher Anzahl, Buchrücken an Buchrücken reihten. Die vierte Wand hingegen wies zwei hohe Fenster auf, durch die man auf einen Teich hinausblicken konnte, der hinter dem Gebäude angelegt war. An allen drei Bücherwänden verliefen Leitern aus poliertem Messing in horizontalen Führungsschienen, sodass man sie problemlos an den hohen Regalen entlangschieben und somit auch an die höher gelegenen Werke heranreichen konnte. Ein

edler Mahagoni-Schreibtisch, ebenfalls mit Messingbeschlägen versehen, war imposant vor den Fenstern platziert, sodass die Gäste in diesem Büro bei Gesprächen stets vom einfallenden Licht geblendet wurden, ihr Gegenüber es aber zu seinem Vorteil im Rücken hatte – Verhandlungsstrategie nannte man das. In einem anderen Teil des Raumes war eine Sitzgruppe aus dunklem, genieteten Leder um einen Marmor-Tisch arrangiert. Ein aufklappbarer Kirschholz-Globus verbarg geschickt eine kleine Mini-Bar. *Das ist kein Büro*, dachte Charles, *sondern die Bibliothek eines Schlossherren.*

„Ah, hallo, Charles. Bitte nehmen Sie doch kurz Platz", sagte Rupert Malone und wies auf den Sessel vor dem Schreibtisch. Der Programmierer kam der Aufforderung gerne nach, ließ sich in das teure Polster sinken und schaute seinen Chef fragend an.

„Michael Ferguson aus der Buchhaltung ist leider heute unabkömmlich, daher möchte ich Sie an seiner Stelle bitten, zur Bank zu fahren, um dort für mich eine Geldkassette in Empfang zu nehmen. Wie Sie wissen, ist morgen der letzte Werktag des Monats und somit die Auszahlung der Gehälter fällig."

„Natürlich, Sir. Überhaupt kein Problem." Charles räusperte sich. „Gestatten Sie mir dennoch eine weitere Frage, Sir?"

Malone lächelte. Er wusste genau, was dem Angestellten auf der Zunge lag.

„Sie möchten wissen, warum ich die Gehälter stets in bar auszahle und nicht auf die Konten der Angestellten überweise, wie es heutzutage üblich ist, liege ich mit dieser Vermutung richtig?"

Charles errötete, als ihm die offensichtliche Anmaßung bewusst wurde, nickte dann aber mit dem Kopf.

„Nun, Charles, ich bin schon seit vielen Jahren im Geschäft. Um genau zu sein, seit 1946. Natürlich gab es damals noch nicht solche Dinge wie Computer, Internet oder Websites. Wir haben nach dem Ende des Zweiten Weltkrieges damit begonnen, Werbeplakate zu entwerfen und zu zeichnen, hatten die Zeichenkohle als spürbares Werkzeug in der Hand. Heutzutage werden die Grafiken nur noch mit dem Computer erstellt, wodurch das eigentliche Werkstück zunehmend abstrakter wird, verstehen Sie? Ähnlich empfinde ich das mit den Löhnen und Gehältern. Ich denke, dass es erfüllender und motivierender für einen Mitarbeiter ist, wenn er am Monatsende die Früchte seiner Arbeit wirklich und reell in den Händen hält und nicht nur einfach eine Zahl auf einem Bankbeleg sieht. Macht das einen Sinn für Sie?“

Charles blieb stumm, aber das war mehr Antwort als genug. Rupert Malone lachte freundlich.

„Sie fragen sich sicherlich, was so ein Dinosaurier wie ich, in einem modernen Unternehmen wie diesem zu suchen hat, nicht wahr? Wenn mein Sohn in ein paar Jahren die Firma übernimmt, wird sich sicherlich einiges umgehend verändern. Das ist mir schon bewusst. Solange ich jedoch noch am Steuer der Firma sitze, halte ich es eben so, wie ich es für richtig empfinde und immer empfunden habe, sei es nun zeitgemäß oder auch nicht.“

Charles zuckte mit den Achseln. Ihm sollte es Recht sein. Hauptsache er bekam sein Geld. Malone bedankte sich noch einmal bei seinem Mitarbeiter, dass dieser so schnell für seinen Kollegen einspringen würde. Bereits neunzig Minuten später betrat Charles wieder das Firmengebäude. Henry Peters saß in der Pförtnerloge und öffnete für ihn die Tür. Er lächelte ihm dabei freundlich zu. Als sich die Glastür hinter Charles schloss, durchfuhr es ihn plötzlich wie ein Stromschlag.

Warum mache ich mir eigentlich wegen der Spielschulden Gedanken?, fragte er sich, während er die Geldkassette in seiner rechten Hand betrachtete, die genau in diesem Moment Gehälter im Wert von nahezu 90.000 Dollar beinhaltete. Alle Probleme wären aus der Welt geschafft, wenn er dieses Geld besäße. Er bräuchte Nina gegenüber nicht einmal zu erwähnen, dass er zeitweilig in Schwierigkeiten gesteckt hatte ...

Ohne es wirklich wahrzunehmen, hatten ihn seine Füße bis ins Vorzimmer zu Liz Summer geführt. Diese schaute ihn besorgt von oben bis unten an.

„Geht es Ihnen nicht gut, Mr. Finney? Sie sehen recht blass um die Nasenspitze herum aus. Haben Sie einen Geist gesehen?"

Irritiert schaute er die Sekretärin an.

„Nein, nein. Es ist nur etwas ungewöhnlich für mich, so viel Geld auf einmal durch die Gegend herumzutragen, wissen Sie?"

Liz Summer lächelte verständnisvoll und informierte Mr. Malone über die Gegensprechanlage, dass Charles eingetroffen sei. Er wurde sofort hereingebeten.

„Ah, Charles. Noch einmal herzlichen Dank. Das klappte ja alles reibungslos. Ich bin mir durchaus bewusst, dass es äußerst befremdlich und unangenehm sein kann, mit einer solchen Summe an Bargeld durch die Straßen zu laufen."

Charles lächelte schwach, während Malone ihm die Geldkassette abnahm. Dieser öffnete kurz die oberste Schublade seines Schreibtisches, warf einen raschen Blick hinein und informierte dann Charles, dass er von hier an allein zurechtkäme. Der Angestellte verließ das Büro und als er gerade dabei war, die Tür hinter sich zuzuziehen, sah er, durch den kleiner werdenden Spalt, wie sein Chef mit der Kassette auf das linke Bücherregal zuging.

Zurück an seinem Arbeitsplatz, brütete Charles über der Tastatur seines Computers, ohne jedoch auch nur ein einziges Zeichen einzutippen. Das ganze Geld würde über Nacht in Malones Safe liegen bleiben, würde nur darauf warten, von ihm mitgenommen zu werden. Die Frage war nur, wie sollte er es anstellen? Wie? Dann formte sich ein ganz gerissener Plan in seinem Kopf. Ein Plan, der ein Opfer erforderte, ähnlich einem Bauern beim Schach, der entbehrlich war – Peters! Der Mann war so alt, dass er sich über einen Prozess wahrscheinlich keine Sorgen mehr zu machen brauchte. *Ja, so kann es funktionieren.* Der ganze Meisterplan entfaltete sich nun vor seinem inneren Auge und sofort begann er, wie ein Besessener auf die Tastatur einzuhämmern ...
Charles verstand eine Menge von Computern, schließlich war er Programmierer. Er begab sich auf die Homepage einer großen amerikanischen Bank. Mit Hilfe einer speziellen Software ließ er sich die Seite im Programmiercode anzeigen. Er brauchte nicht lange. Schnell hatte er die „Hintertür“ gefunden. Es gab aus Sicherheitsgründen immer eine. Man musste nur wissen, wo man im Code der Programmierung zu suchen hatte. Schon nach nur knapp zehn Minuten hatte er ein Konto auf den Namen *Henry Peters* eingerichtet. Er beendete die Spezialsoftware und begab sich nun, wie jeder gewöhnliche Internetnutzer, auf regulärem Wege auf dieselbe Homepage der Bank. Mit ein paar

einfachen Klicks forderte er eine offizielle Bestätigung über die Kontoeröffnung an, ließ sich das Formular zu einem anonymen E-Mail-Account senden, druckte es von dort dann auf seinem Laserdrucker aus und löschte die E-Mail schließlich unwiderruflich aus seinem Posteingang. Im Anschluss begab er sich auf die Homepage eines anderen Geldinstitutes in der Schweiz. Hier hatte Charles vor geraumer Zeit ein Konto für sich selbst eingerichtet, in der Hoffnung, seine Spielgewinne anhäufen und vor Nina geheim halten zu können. Die schweizer Banken legten sehr viel Wert auf die Wahrung der Anonymität ihrer Kunden und waren wegen dieser Diskretion sehr bekannt und beliebt. Das Konto war aber, aufgrund seiner unerwarteten Pechsträhne, bisher leer geblieben. Charles veranlasste einen terminierten Geldtransfer über 10.000 Dollar für Mitternacht von diesem Konto auf das neu eingerichtete für Henry Peters. Eine Rückverfolgung durch den Empfänger wäre aufgrund der Anonymität des Versenders keinesfalls möglich. Charles würde das schweizer Konto zwar kurzfristig mit dem Betrag der Überweisung belasten, hätte aber in Kürze genug Geld zur Verfügung, um das Defizit schnellstens auszugleichen.
Charles nahm seine Aktentasche vom Boden und zog eine Sandwichdose daraus hervor. Er nahm das Brot heraus, warf es in den Müll und steckte sich die Dose möglichst unauffällig unter den Pullover. Anschliessend ging er in die Kaffeeküche, die am hinteren Ende des Großraumbüros gelegen war. Er hatte Glück. Die Küche war im Augenblick leer. Schnell ging er an die Kaffeemaschine und fischte den alten Kaffeefilter heraus. Das nasse Kaffeemehl füllte er in die Frischhaltedose um, presste es dort fest und steckte diese

wieder ein. Durch einige Flure gelangte Charles zu den Toiletten. Er warf eine ganze Papierrolle in eines der Becken, betätigte die Spülung und wartete einen Augenblick, um ganz sicherzugehen, dass der Abfluss auch wirklich verstopfen würde. An seinem Arbeitsplatz zurück angelangt, wählte er die interne Rufnummer von Henry Peters.

„Hallo, Henry. Hier ist Charles ... Ja, ganz Recht. Charles Finney aus der Programmierung. Hören Sie, ich glaube, eines der Becken in der Herrentoilette im Ostflügel ist ziemlich zu ... Kein Problem? Ja, das habe ich mir schon gedacht ... Danke schon mal im Voraus. Bye."

Charles legte auf. Bisher klappte alles wie geplant. Er wartete noch zehn Minuten, dann nahm er eine Rolle TESAFILM aus der obersten Schublade seines Schreibtisches, steckte die ausgedruckte Bestätigung über die Kontoeröffnung ein und schlenderte in Richtung des Ausgangs.

Die Pförtnerloge war verlassen. Peters war wie erwartet auf seinem Feldzug gegen die widerspenstige Toilette unterwegs. Charles schlüpfte schnell in das Büro des Pförtners. Jetzt musste alles schnell gehen. In Windeseile durchsuchte er den Schreibtisch und schon im zweiten Fach hatte er gefunden, wonach er gesucht hatte. Der Generalschlüssel, mit dem Peters auch abends das Gebäude abschloss. Was viel wichtiger war, der Schlüssel passte aber auch zu jeder Tür *innerhalb* des Gebäudekomplexes. Charles streifte den Schlüssel vom Ring, zog die Sandwichdose unter seinem Pullover hervor und drückte den Schlüssel in das nasse, komprimierte Kaffeemehl. Ein sauberer Abdruck entstand. Die Prozedur wiederholte er auch mit der anderen Seite des Schlüssels. Jetzt nur nichts

falsch machen. Charles wischte den Schlüssel gründlich ab, fädelte ihn wieder auf den Schlüsselring und legte ihn an seinen alten Platz zurück, sorgsam darauf bedacht, keine Fingerabdrücke zu hinterlassen. In einer anderen Schublade deponierte er unauffällig, aber doch so, dass man sie finden würde, die Bestätigung der Bank über Henry Peters Kontoeröffnung. Gehetzt wanderte sein Blick weiter durch das Büro. An der Wand, etwas oberhalb des Schreibtisches, befand sich der kleine Knopf, mit dem Peters die Tür für die Mitarbeiter öffnete. Charles zog einen langen Streifen TESAFILM von der Rolle und klebte ihn behutsam über den Schalter. Er rieb noch einmal fest darüber und zog das Band dann wieder ab. Er selbst berührte das Klebeband nur an den äußeren Rändern. An der Stelle, wo das Band über dem Knopf geklebt hatte, war auf der Unterseite nun deutlich der Fingerabdruck eines Daumens zu sehen – Henry Peters Daumenabdruck. Ganz vorsichtig legte Charles den Streifen Klebeband zu einer hohlen Schlaufe zusammen, um den Fingerabdruck nicht zu zerstören, und legte den TESAFILM zu dem Schlüsselabdruck in die Brotdose, die er dann schließlich unter dem Pullover verstaute. Schnell verließ er wieder das Büro. Niemand hatte ihn gesehen. Zu guter Letzt ging er noch einmal zu den Stempelkarten und suchte die von Henry Peters heraus. Da war sie ja. Ganz unten in dem Halter. Ja, tatsächlich. Alles passte. Peters verließ die Firma abends niemals vor halb neun.
Fröhlich pfeifend, ging Charles zurück in seine Abteilung. Zur Mittagspause verließ er das Gebäude. Henry saß wieder an seinem Platz hinter dem Schreibtisch. Als er Charles vorbeigehen sah, lächelte er diesem zu und sagte, dass die Rohrverstopfung in der

Toilette bereits behoben sei. Unglaublich. Irgendein Mitarbeiter hatte doch tatsächlich eine ganze Rolle in den Abfluss geworfen. Peters bedankte sich noch einmal bei Charles, dass dieser umgehend Bescheid gegeben hatte, denn womöglich wäre der Schaden sonst noch viel größer geworden. Ordnung musste sein. Charles hob die Hand – *Nichts für Ungut*. Er stieg in seinen Wagen – ganz genau, s*ein* Wagen - und fuhr in die Stadt. Er musste aus den Abdrücken im Kaffeemehl einen Schlüssel fertigen lassen. Zufälligerweise kannte er auch genau den richtigen Mann für diesen Job. Ein Mann, den er noch aus seiner recht wilden, nicht immer ganz legalen Jugendzeit kannte. Freddy würde einen fantastischen Job machen, natürlich gegen ausreichende Bezahlung, Stillschweigen inklusive.
Um drei Uhr saß Charles bereits wieder vor seinem Computer. Der nachgemachte Generalschlüssel befand sich in seiner Aktentasche, zusammen mit dem Klebeband samt Daumenabdruck. Jetzt musste er nur noch abwarten, bis die übrigen Kollegen, und vor allem Malone, das Gebäude verlassen würden.

Draußen war es bereits dunkel. Charles war, bis auf Peters, der wie immer vorne in der Pförtnerloge saß, allein im Gebäude. Jetzt war der Moment der Wahrheit gekommen. Charles wurden nun doch noch die Knie weich. *Bloß keinen Rückzieher jetzt*, sprach er sich Mut zu. Alles war bisher perfekt verlaufen. Der Angestellte griff seine Aktentasche und schlich, sich mehrfach umsehend, durch das Gebäude, bis er Malones Büro erreicht hatte. Die Tür war natürlich – wie er es vermutet hatte – fest verschlossen. Er zog sich Handschuhe an, die er ebenfalls während der Mittagspause in der Stadt besorgt hatte, holte den angefertigten Schlüssel aus der Tasche und versuchte sein Glück. Zunächst hakte das Schloss ein wenig, ließ sich dann aber doch öffnen. Fahles Mondlicht fiel durch die beiden großen Fenster. Der Himmelskörper spiegelte sich unheimlich im Wasser des kleinen Teichs. Charles ließ das Licht ausgeschaltet. Er zog die oberste Schublade des großen Schreibtisches auf und schaute hinein. Hatte er es doch gewusst! Auf dem Boden der Schublade – fast nicht sichtbar – war eine Nummernkombination notiert. So war das eben im Alter. Man konnte sich nicht mehr alle Zahlen merken und musste seinem schwachen Gedächtnis manchmal etwas nachhelfen. Charles fand es schon etwas leichtfertig, eine so wichtige Zahlenkombination einfach auf den Boden des Schubfaches zu schreiben, in der Hoffnung, dass niemals jemand dort nachsehen und die Nummer mit dem Safe in Verbindung bringen würde. Wie dem auch sei. Charles konnte nun von der Leichtfertigkeit und Gedächtnisschwäche seines Chefs profitieren. Er prägte sich die Nummernfolge ein und begab sich zur linken Bücherwand. Es dauerte einen Moment, bis er die Fläche mit den falschen Buchrücken im oberen Bereich des Regals gefunden hatten. Hinter dieser versteckten Geheimtür befand sich der Tresor. Charles kreuzte die Finger. Auf der Messingleiter balancierend, stellte er die Kombination ein – Bingo. Der Hauptgewinn. Beim Anblick des vielen Geldes wurde ihm schwindelig und er wäre beinahe rücklings von der Leiter gestürzt. Das wäre ja ein bezaubernder Anblick gewesen, wenn Liz Summer ihn am nächsten Morgen mit gebrochenem Genick und mit einer Menge Bargeld bedeckt auf dem Boden vor der Bücherwand seines Chefs vorgefunden hätte. Vorsichtig stieg Charles von der Leiter, schüttete den

Inhalt der Geldkassette in seine Aktentasche um und deponierte dann die leere Schatulle wieder im Safe. Nachdem er den Tresor verschlossen hatte, holte er das Klebeband hervor und drückte die klebende Seite mit Peters Daumenabdruck auf den Betätigungsgriff des Geldschrankes. Er riss den TESAFILM herunter und steckte das nun nutzlose Klebeband in seine Hosentasche. Schließlich verdeckte er den Safe wieder mit der Geheimtür aus falschen Buchrücken und stieg von der Leiter. Er öffnete vorsichtig die Bürotür. Von Peters war keine Spur zu sehen. Charles schlüpfte aus dem Büro, verschloss die Tür sorgfältig mit dem Duplikat des Generalschlüssels und machte sich auf den Weg zum Ausgang. Mit pochendem Herzen verließ er das Gebäude, stempelte die Karte und ging zu seinem Wagen. Charles war froh, dass Peters nirgends zu sehen war, denn er wusste nicht, ob er ihm wirklich in die Augen hätte sehen können.

Der Toyota kam auf dem Firmenparkplatz zum Stehen und Charles stieg aus seinem Fahrzeug. Der Morgen war freundlich, die Luft war klar und erfrischend. Als er auf das Firmengebäude zuging, sah er schon die beiden Streifenwagen, die vor dem Eingang parkten. Vor der Eingangstür sammelten sich die Kollegen in kleinen Gruppen, die aufgeregt miteinander sprachen. Charles gesellte sich zu einer der Gruppen und hörte aufmerksam zu.

„Hallo, Charles. Du hast es bestimmt noch nicht gehört, oder?“, sagte einer der Angestellten.

„Was ist denn passiert?“, fragte Charles unschuldig.

„Hoffentlich hast du dir was auf die hohe Kante gelegt, denn mit den Gehältern wird es diesen Monat wohl

nichts“, erklärte Michael Ferguson aus der Buchhaltung.
Und ob ich mir was auf die hohe Kante gelegt habe. Stattdessen fragte der Programmierer mit soviel gespielter Neugierde und Betroffenheit, wie er gerade aufbringen konnte, was denn genau vorgefallen sei.
„So wie es aussieht, hat der alte Peters seine Altersvorsorge in die eigenen Hände genommen. Na ja, jedenfalls ist das Geld für die Gehaltsauszahlungen verschwunden und so wie es aussieht, ist der gute Henry in die Sache verstrickt.“
Charles riss die Augen auf. „Was? Henry? Das hätte ich ihm nie zugetraut. Er ist doch immer so freundlich und wirkt, als könne er keiner Fliege was zu Leide tun. Gibt es denn schon nähere Details?“
„Leider weiß ich auch nichts Genaues, nur das, was so gemunkelt wird“, antwortete der Buchhalter. „Die Summer hat aber bereits eine E-Mail an alle Mitarbeiter versendet, in der es heißt, dass wir uns für eine Befragung durch die Polizei bereithalten sollen.“
Charles wartete noch einen Moment, wobei er erschüttert und ungläubig den Kopf schüttelte, als könne er das alles noch immer nicht fassen. Er betrat das Gebäude. Die Tür stand heute offen. Niemand saß in der Pförtnerloge und öffnete die Tür. Niemand begrüßte die Mitarbeiter mit ein paar freundlichen Worten.

Charles setzte sich an seinen Schreibtisch und schaltete den Computer und Bildschirm ein. Nach der Anmeldung am Server erfolgte sofort die Benachrichtigung auf seinem Monitor, dass er eine neue E-Mail-Nachricht erhalten habe. Liz Summer bat um die Ver-

fügbarkeit aller Mitarbeiter, wie es Ferguson schon angedeutet hatte.
Seine Aussage war entscheidend, das wusste Charles, damit das ganze Kartenhaus nicht in sich zusammenbrach. Er hatte den Ablauf der Polizeibefragung wiederholt in seinem Kopf durchgespielt. Eine Bemerkung hier, eine Behauptung dort. Die Schlinge würde sich um Peters Hals immer weiter zuziehen. Obwohl alle Mitarbeiter zumindest so taten, als gingen sie ihren normalen Tätigkeiten nach, wusste Charles, anhand des allgegenwärtigen Flüsterns, dass ein jeder heute andere Sachen im Kopf hatte, als Web-Seiten für das Internet zu gestalten.
Um kurz vor elf klingelte sein Telefon.
„Mr. Finney? Liz Summer am Apparat. Mr. Malone möchte Sie gerne mit einem Herrn von der Polizei in seinem Büro sprechen. Sie haben sicherlich meine E-Mail von heute Morgen gelesen."
„Ja, natürlich, Mrs. Summer. Ich bin schon unterwegs."
Charles richtete noch einmal seine Krawatte, atmete tief durch und ging dann hinaus auf die große, virtuelle Bühne des Lebens, um seinen Meisterplan zu vollenden.

Rupert Malone saß hinter seinem Schreibtisch. Ein hagerer Inspektor mit ergrauenden Koteletten hielt sich seitlich von ihm und inspizierte Charles eingehend, als dieser den Raum betrat. Der Polizist griff nach einer Mappe, die oben auf einem Stapel auf Malones Schreibtisch lag, und blätterte flüchtig durch die Dokumente.
„... und hier haben wir ... ah ja, Mr. Charles Finney. Hab' ich Recht?"

„Ganz Recht", antwortete Charles und musste seine Nervosität nicht einmal spielen.
„Ich bin Inspektor Decker vom Polizeirevier in Brighton. Nehmen Sie doch bitte Platz, Mr. Finney."
Der Programmierer setzte sich in den Sessel vor dem schweren Schreibtisch und wartete, dass der Polizist mit der Befragung beginnen würde.
„Mr. Finney, Sie sind nun schon seit ..." Er suchte nach der Information in der Personalakte.
„... elf Monaten in der Firma", half Charles freundlich weiter.
„In der Tat." Decker machte eine kleine Pause, als müsse er überlegen, wie das Gespräch weitergehen sollte. „Anhand der Eintragung auf der Stempelkarte konnten wir eruieren, dass Sie, abgesehen von Mr. Peters, gestern Abend als letzter das Firmengebäude verlassen haben – und zwar um ..." Decker frequentierte abermals die Akte „... Viertel vor acht. Mr. Finney, können Sie uns sagen, ob Ihnen irgendetwas Außergewöhnliches aufgefallen ist, und was Sie noch so spät in der Firma gemacht haben?"
„Nun. Es ist nichts Besonderes, dass wir aus der Programmierung ab und zu länger arbeiten, wie Ihnen Mr. Malone sicherlich bestätigen wird. Je nach Auftragslage und Komplexität der zu erstellenden Programmcodes fallen schon manchmal Überstunden an. Zu Ihrer anderen Frage müssten Sie schon etwas genauer präzisieren, was Sie unter *außergewöhnlich* verstehen, Inspektor Decker."
„Nun, haben Sie vielleicht eine Person gesehen, die Sie nicht kannten oder von der Sie glaubten, dass sie nichts in der Firma zu suchen habe? Haben Sie vielleicht gehört, wie eine Scheibe zerbrochen wurde?"

„Eine Scheibe? Nein, habe ich nicht. Ich habe um zwanzig Minuten vor acht meinen Computer ausgeschaltet und habe mich dann zum Ausgang begeben. Auf meinem Weg sah ich Mr. Peters, der gerade die Papierkörbe leerte. Er müsste Ihnen das ebenfalls bestätigen können, denn wir verabschiedeten uns noch voneinander."
„Das ist seltsam", sagte Decker. „Mr. Peters behauptet, dass er Sie gestern Abend nicht mehr gesehen hat."
„Wie bitte? Das muss ein Irrtum sein. Ich meine ... entschuldigen Sie meine offenen Worte, aber Mr. Peters ist ja auch schon etwas älter ..."
„Wie gut kennen Sie Henry Peters, Mr. Finney?", unterbrach der Inspektor.
„Von *kennen* würde ich nicht unbedingt sprechen. Eigentlich sehe ich Mr. Peters nur vier Mal am Tag. Einmal morgens, wenn ich zur Arbeit komme, zweimal zur Mittagspause und das letzte Mal am Abend, wenn ich das Gebäude wieder verlasse. Wir tauschen die üblichen Höflichkeitsfloskeln aus. Nicht mehr und nicht weniger. Aber um auf gestern Abend zurückzukommen ... Ich war also auf dem Weg zum Ausgang, als ich an der Tür bemerkte, dass ich meine Aktentasche am Arbeitsplatz liegengelassen hatte. Ich ging also noch einmal zurück und sah, dass die Tür zu Mr. Malones Büro einen Spalt offen stand. Ich vermutete, dass Mr. Peters auch hier die Papierkörbe leeren würde und dachte mir nichts Besonderes dabei. Er hatte ja schließlich einen Generalschlüssel zu allen Räumen. Ich schaute also kurz hinein und sah, wie er die Messingleiter an dem linken Bücherregal verschob und hinaufstieg. Ich dachte noch, er würde kurz über die Bücher und Regale wischen wollen oder so etwas, wollte ihn aber auch nicht plötzlich von hinten

ansprechen. Vielleicht wäre er sonst noch vor Schreck von der Leiter gestürzt und das wollte ich unbedingt vermeiden, verstehen Sie?“

Inspektor Decker überlegte und sagte einen Moment nichts. Dann schaute er kurz zu Malone hinüber.

„Mr. Finney, wissen Sie, was sich in dieser Bücherwand dort drüben verbirgt?“, fragte Decker und zeigte auf das linke Bücherregal.

„Nein, wieso?“, sagte Charles ganz unschuldig.

„Sie werden dort den Safe finden, in dem Mr. Malone gestern Morgen das Geld deponierte. Es wurde aus diesem Tresor entwendet.“

Charles machte große Augen. „Wirklich? Und haben Sie denn nicht irgendwelche Fingerabdrücke finden können?“, half Charles dem Inspektor auf die Sprünge.

„In der Tat haben wir das. Einen Daumenabdruck auf dem Betätigungsgriff des Tresors. Wir konnten ihn bereits Mr. Peters zuordnen.“

Charles ließ pfeifend die Luft entweichen. „Das ist ja unglaublich. Das hätte ich dem Alten niemals zugetraut.“ Der Programmierer war sichtlich erschüttert. Der Polizeibeamte blieb weiterhin nachdenklich.

„Das Sonderbare ist, dass wir wirklich nur den einen Abdruck fanden und keine weiteren, auch nicht auf der Leiter, seltsam, nicht wahr?“

Charles zuckte mit den Schultern. Sollte die Polizei über diese Sache grübeln.

„Aber man müsste doch in Erfahrung bringen können, wo das Geld geblieben ist. Hat man denn schon eine Hausdurchsuchung bei Peters veranlasst oder so etwas in dieser Art?“, half Charles erneut bei der Ermittlung weiter.

„Dies ist bereits geschehen. Wir haben im Verlaufe der Untersuchungen herausgefunden, dass Mr. Peters ein

Konto eröffnet hat. Wir haben eine entsprechende Bestätigung über die Eröffnung des Kontos sicherstellen können. Auf das besagte Konto sind 10.000 Dollar eingezahlt worden. Mr. Peters behauptet jedoch, nichts von einem solchen Konto zu wissen und kann sich auch nicht erklären, wie die ominöse Bestätigung in die Schublade seines Schreibtisches gelangt sein könnte“, erklärte Decker.
„Das kann ich mir gut vorstellen“, lachte Charles verächtlich. „Wenn sich der Verdacht der Polizei gegen einen dermaßen verdichtet, würde ich auch an Stelle dieser Person behaupten, nichts davon zu wissen. 10.000 Dollar sagten Sie? Das ist eine Menge Geld für einen Pförtner, finden Sie nicht?“
„Ja, das ist es wirklich, Mr. Finney“, bestätigte der Polizist. „Das ist in der Tat eine Menge Geld. Und dabei ist noch nicht einmal geklärt, wo die restlichen 78.000 Dollar verblieben sind.“
Malone drückte den Knopf der Gegensprechanlage.
„Mrs. Summer, wären Sie bitte so gut und schicken Mr. Peters zu uns herein?“
Der Seniorchef richtete sich hinter dem Schreibtisch auf und blickte aus dem Fenster, den Rücken Finney und dem Inspektor zugewandt, die Hände hinter seinem Rücken verschränkt. Als er sprach, klang seine Stimme irgendwie traurig und wie aus weiter Ferne.
„Henry Peters und ich kennen uns schon seit sehr, sehr langer Zeit. Uns verbindet ein Band, das über bloße Freundschaft weit hinausgeht. Wahrscheinlich liegt es an den Umständen, unter denen wir uns kennen lernten oder auch an der tiefen Dankbarkeit, die ich ihm gegenüber verspüre. Henry und ich dienten gegen Ende des Zweiten Weltkrieges in der gleichen Einheit. Wir schrieben Geschichte bei der Landung der Alli-

ierten Truppen in der Normandie, am 06. Juni 1944, dem berüchtigten D-Day. Was wir dort erlebten, sollte keine Seele durchstehen müssen. Berichte vermögen das Grauen und die Angst, die wir verspürten, nicht widerzuspiegeln. Erlebnisse wie diese schweißen Menschen, seien sie auch noch so verschiedener Herkunft, unweigerlich zusammen.“
Rupert Malone wandte sich vom Fenster ab und sah Charles nun direkt an. Seine Augen standen voller Tränen.
„Schauen Sie, Mr. Malone. Es tut mir schrecklich Leid, was Sie in ihrem Leben durchmachen mussten. Es ist umso trauriger, nun erfahren zu müssen, das manchmal Leid und Verrat aus einer Richtung zu kommen scheinen, mit der man am allerwenigsten gerechnet hat.“ Charles legte so viel Anteilnahme in die Stimme, dass diese vor Emotionen zitterte. Eine filmreife Vorstellung. Malone schaute durch Charles hindurch, schien ihn gar nicht gehört zu haben ...
„Henry und ich waren gerade aus den Landungsbooten gesprungen. Die Kugeln aus den Panzerstellungen pfiffen um uns herum durch die Luft. Der ganze Strand war mit Barrikaden versperrt, ganze Bereiche vermint. Ich setzte gerade zu einem weiteren Sprung an, als ich die Mine sah. Ich wäre heute tot, hätte Henry Peters mich nicht im letzten Moment zur Seite gerissen. Er rettete mir damals an diesem Strand in der Normandie das Leben ...“
„Ich verstehe, dass es außergewöhnlich schmerzlich für Sie sein muss, aber ...“, setzte Charles an, wurde aber unterbrochen, als die Tür aufging und Henry Peters hereinkam. Charles Kinn klappte nach unten.
„... und verlor bei diesem Unterfangen beide seiner eigenen Beine. Seitdem ist er an den Rollstuhl gefes-

selt, Mr. Finney“, beendete Rupert Malone seine Geschichte.
Inspektor Decker räusperte sich.
„Sie sagten, Sie hätten Henry Peters auf der Leiter gesehen, als Sie gingen, Mr. Finney ...?“

Das Spukhaus

Häuser waren nicht nur eine zufällige Zusammensetzung aus Holz, Stein, Lehm und Metall, sondern vielmehr Gefäße, die Erinnerungen, Gefühle und Taten konservierten. Blut versickerte in den Dielenböden, Zwietracht und Streit hingen in der Luft und wurden von den Wänden verschluckt. Boshaftigkeit und Zorn waren in ihrem Inneren gefangen und wuchsen wie ein tödliches Geschwür. Es gab böse Häuser, wie die Borley Rectory in Suffolk, England. Selbst nachdem man sie 1939 bis auf die Grundmauern niedergebrannt hatte, konnte man in ihrer vom Ruß geschwärzten Ruine noch immer die Präsenz des Bösen spüren. Oh ja, es gab böse Häuser, sehr finstere Gemäuer ...

Ashburn-Manor war ein altes Herrenhaus in viktorianischem Baustil in der Grafschaft Kent, England. Die von Wind und Wetter misshandelten Grundmauern klammerten sich auf der östlichen Seite steil an die Kalksteinfelsen der *Cliffs of Dover*, während die westliche Seite des Gebäudes den imposanten Eingang aufwies. Eine schmale Straße, eher ein Kiesweg, schlängelte sich entlang der Klippen durch das grasbewachsene, von moosbedeckten Steinen durchsetzte Plateau auf das Gebäude zu. Die zweiflügelige Eingangstür war unter einer säulengestützten Arkade etwas nach hinten zurückversetzt. Die Säulen endeten oberhalb in stuckverzierten Rundbogen, die wiederum ein flachschenkliges Dreieck als krönenden Abschluss darüber trugen. Die Architektur der Hausfront glich eher einer antiken Akropolis als einem Wohnsitz in England. In einer Ebene mit der Eingangstür erstreckten sich zu beiden Seiten weitläufige Wohnflügel mit meterhohen Fenstern, die ebenfalls nach oben hin in Rundungen ausliefen. Der einst weiße und nun ergraute Putz war durch den permanenten Ansturm der See und des Windes an vielen Stellen abgebröckelt und gerissen und hing wie die verwesende Haut eines Leichnams an den Mauern herunter. Leblos stand das Haus da. Kein Mensch bewegte sich in seinem Inneren. Nur Finsternis war hinter den matten Glasscheiben auszumachen. Schwärze und Dunkelheit, die auf die neuen Bewohner wartete ...

„Ihr werdet Augen machen, wenn ihr es zu sehen bekommt“, sagte Jonathan Newman und versuchte die Spannung noch weiter zu schüren. Seine beiden Kinder, Megan und Aaron, klebten förmlich mit ihren Gesichtern an den Wagenfenster und hofften, hinter jeder nächsten Biegung endlich einen Blick auf ihr neues Zuhause werfen zu können. Der vorfahrende Möbeltransporter machte dabei ihr Unterfangen nicht unbedingt leichter. Mary, Jonathans Frau, starrte hingegen zum hundertsten Male auf die Aufschrift des Lasters vor ihnen – ‚MOVE OUT and MOVE IN‘. Ob es wirklich eine so gute Idee gewesen war, ihr altes Heim Hals über Kopf zu verkaufen, alle Bindungen von heute auf morgen hinter sich zu kappen und hier nach Kent zu ziehen? Andererseits, wer erbte schon in seinem Leben ein altes Herrenhaus? Da durfte man doch nicht ablehnen, oder? Sie versuchte vergebens, ihre Unsicherheit ein wenig zu vertreiben. Gerade das Adjektiv „alt“ in Zusammenhang mit dem Wort „Herrenhaus“ bereitete ihr so einiges Kopfzerbrechen. Wahrscheinlich würden sie ihre gesamten Ersparnisse und zudem noch die Erlöse aus dem Verkauf ihres

vorherigen Hauses in die Renovierung und Herrichtung des Anwesens investieren müssen. Sie betrachtete Jonathan von der Seite, sah das kindliche Lächeln auf seinem Gesicht, ein Strahlen, wie man es eher auf dem Antlitz eines Fünfjährigen am Heiligabend erwarten würde. Jonathan war voller Vorfreude und Enthusiasmus. Ach, könnte doch nur ein Bruchteil dieser Begeisterung auch auf sie überspringen. Der Grund, der sie zu Besitzern des alten Gemäuers gemacht hatte, war weniger erfreulich. Ein entfernter Verwandter Jonathans war verstorben. Die Recherchen der mit der Verwaltung der Hinterlassenschaft beauftragten Anwaltskanzlei hatten ergeben, dass Jonathan tatsächlich der einzige, noch lebende Angehörige des Verschiedenen war. Die Situation war umso bizarrer, als dass Jonathan nicht einmal den Namen des Verstorbenen, geschweige denn die Person an sich, gekannt hatte. Geburtsurkunden und Eintragungen in den Familienbüchern und Stammbäumen zufolge, gab es jedoch nicht den geringsten Zweifel. Jonathan war nun unbestreitbar der Herr von Ashburn-Manor.
„Ich glaube, da vorne ist es ...“, sagte Jonathan und sogleich reckten und verdrehten alle im Wagen die Hälse, um ihr neues Zuhause in der Ferne auszumachen.
Vor einer grauen Wand aus Gischt, die von der Brandung der Nordsee am Fuße der Klippen zum Plateau hinaufkletterte, kauerte das alte Gemäuer. Ein dunkler Fleck, umgeben von Leere und Nichts. Die dunklen Fensterbogen und die breite Pforte des Eingangs wirkten im verblichenen Weiß des Mauerwerks wie ein klaffender, schreiender Mund und weit aufgerissene Augen. Mary kam nicht umhin, unweigerlich an das Gemälde „Der Schrei“ von Edvard

Munch zu denken, während Megan zeitgleich die Maske aus dem Film „Scream" vor Augen hatte, was aber letztendlich auf das Gleiche hinauslief. Aaron war gänzlich verstummt und drückte sich lediglich weiter die Nase an dem Autofenster platt. Dieses Verhalten war für den ansonsten sehr regen Siebenjährigen mehr als sonderbar und auffällig. Das Haus hatte demnach wohl auch auf ihn einen sehr imposanten Eindruck gemacht.

„Was sagt ihr?", meinte Jonathan euphorisch und schien der Einzige zu sein, der sich der unheimlichen Aura des Hauses entziehen konnte. Als Antwort blickte er in drei aufgerissene Münder.

„Du heilige Scheiße! Wohnte hier die Adams-Family?", polterte Megan heraus.

„Megan, könntest du bitte in Anwesenheit deines kleinen Bruders wenigstens ein bisschen auf deine Ausdrucksweise achten?"

„Sorry, Mom, aber die Hütte ist wirklich der abgefahrenste Haufen Scheiße, den ich je gesehen habe."

„Ich meine es ernst, Megan", drohte Mary. „Wenn *du* schon nicht die Vorzüge eines gepflegten Umgangstones zu schätzen weißt, dann soll zumindest Aaron mit einem normalen Wortschatz groß werden, okay?"

„Heilige Scheiße", kommentierte nun auch Aaron.

„Okay", sagte Jonathan, „ich glaube, wir haben für heute genug von Darmprodukten gesprochen. Los, kommt. Gebt unserem neuen Zuhause eine Chance und lasst uns etwas näher gehen. Es ist bestimmt nicht so schlimm, wie es vielleicht auf den ersten Blick scheint." Mit diesen Worten hatte Jonathan bereits seine Tür aufgerissen und stand im trüben Licht des Nachmittags. Seine Familie folgte nur zögernd. Der Wind, der von der See heraufkam, war feucht und eiskalt und hatte eine Kraft, mit der die Newmans nicht gerechnet hatten. Aaron hatte Schwierigkeiten, die Autotür gegen den andrückenden Wind aufzustoßen, als er von der Rückbank des Wagens aussteigen wollte. Nachdem er den Kampf endlich gewonnen hatte, begab er sich sofort an die Seite seiner Mutter und nahm sie bei der Hand, etwas, das er schon seit einem Jahr nicht mehr getan hatte.

„Es schaut mich an, Mom“, sagte er leise und der Sturm riss ihm mühelos die Worte von den Lippen.

Mary umarmte ihn kurz mit dem freien Arm und strich ihm dann durchs Haar.

„Es ist nur ein altes Haus, Aaron. Ein bisschen Farbe, ein paar bunte Gardinen und du wirst sehen, dass es gleich viel freundlicher aussehen wird. Glaub’ mir.“

Aaron war nicht sicher, ob er seiner Mutter in dieser Hinsicht trauen sollte, jedenfalls blieb er sicherheitshalber erst einmal in ihrer Nähe.

„Seht euch nur mal die Aussicht an und schnuppert die Luft“, begeisterte sich Jonathan und stemmte die Hände in die Hüften, wobei er wie ein alter Seefahrer auf das Meer hinaussah.

„Der Friedhof kann auch nicht weit sein. Viel wahrscheinlicher ist, dass sich die Gruft im Keller des Hauses befindet“, meinte Megan, die Gegend inspizierend.

„Mom, sind da wirklich Tote in dem Haus?“, jammerte Aaron.

„Wirklich hervorragend, Megan“, schalt Mary ihre Tochter. „Wenn Aaron heute Nacht Albträume bekommt, dann schick ich ihn zu dir ins Bett, nur damit du Bescheid weißt.“

„Zu der geh’ ich nicht“, meinte Aaron.

„Angsthase.“

„Bin ich nicht."
„Bist du wohl ..."
„Mom, Megan sagt, ich bin ein Angsthase."
„Bist du auch", setzte Megan nach.
„Komm her, mein Schatz", sagte Mary zu ihrem Sohn. „Megan ist gerade in einem schwierigen Alter, weißt du?"
„Bin ich nicht ..."
„Und wohl", nutzte nun Aaron seine Chance, das letzte Wort zu haben.
„Wie ich sehe, habt ihr euch schon richtig eingelebt", ging Jonathan dazwischen, dem es zuviel wurde. „Ist ja schon fast so harmonisch wie in Manchester."
In der Zwischenzeit waren auch der Fahrer des Umzugwagens und die Möbelträger aus ihrem Fahrzeug geklettert und näherten sich nun der Familie.
„Wenn Sie uns die Tür aufschließen, dann können wir sofort mit dem Ausladen beginnen. Das Wetter sieht nicht gut aus." Der Mann wies mit dem Daumen über seine Schulter zu der grauen Wolkenwand. „Wäre nicht gut, wenn die schönen Möbel nass würden, oder?"
„Natürlich, Sie haben Recht."
Dort über dem Wasser braute sich wirklich ein Unwetter zusammen und der jetzt schon orkanartige Wind war nur ein Vorgeschmack auf das, was noch kommen würde. Jonathan kramte in seiner Hosentasche und fand den Schlüssel für das Herrenhaus. Er war altmodisch, klobig und aus Eisen gefertigt. In seinem Kopf waren die verschnörkelten Buchstaben „A" und „M" – Ashburn-Manor – ineinander verflochten. Die Eingangspforte war riesig und wies in Augenhöhe auf jedem der beiden Türflügel einen gusseisernen Klopfer in Form eines Stierkopfes mit beweglichem Ring auf,

der durch die metallenen Nüstern verlief. Nur mit äußerster Beherrschung konnte Jonathan dem kindlichen Drang widerstehen, sie zu benutzen. Ein ungewöhnlicher Gedanke schoss ihm durch den Kopf, der einen eisigen Schauder über seinen Rücken laufen ließ. Was, wenn eine geisterhafte Stimme aus dem leeren Inneren geantwortet und ihm Einlass gewährt hätte? Jonathan schüttelte den Gedanken ab und führte den Schlüssel in das dafür vorgesehene, ebenso klobige Loch der Tür. Als der Riegel zurückschnappte, war es beinahe so, als würde der Laut aus der Tiefe einer riesigen Grotte zurückhallen. Jonathan drückte die Tür auf, die nur zögerlich, knarrend und ächzend, nachgab. Die Eingangshalle des Anwesens verschlug den Ankömmlingen glattweg den Atem. Eine riesige Treppe, mittig auf der gegenüberliegenden Seite gelegen, führte zunächst auf eine Halbetage, teilte sich dann zu beiden Seiten und führte entlang der rechten und linken Wand in entgegengesetzter Richtung weiter nach oben bis hinauf auf eine Galerie, die oberhalb der Eingangstür verlief. Noch imposanter als diese freischwebende Treppe, war aber eine fast zwei Meter durchmessende Fensterrosette aus Buntglas über dem Mittelabsatz des Aufganges. Die Fragmente des Fensters waren so bizarr angeordnet, dass bei jedem neuen Betrachten, ein anderes Muster zu erkennen war. Nicht weniger hypnotisch waren die marmornen Bodenfliesen, die in einer immer enger werdenden, schwarzweißen Spirale angeordnet waren und das Gefühl vermittelten, als würde sich der Boden ständig drehen und bewegen, wenn man über ihn hinweg ging.
„Du große Scheiße“, meinte Megan und Mary gab es auf, irgendeinen Kommentar dazu abzugeben.

„D...d...da ist ein Geist“, jaulte Aaron und klammerte sich an der Kleidung seiner Mutter fest. Mary ging auf die rechte Wand der Halle zu und zog ein weißes Tuch von einer alten Standuhr.
„Das sind nur Tücher, Schatz. Die schützen die Möbel vor dem Verstauben. Du brauchst keine Angst zu haben.“
Megan grummelte etwas vor sich hin und schmunzelte. Aaron glaubte verstanden zu haben, was sie gesagt hatte, und warf ihr deshalb einen bösen Blick zu.
„Wir bringen erst einmal alle Möbel hier in die Halle“, schlug der Fahrer des Möbeltransporters vor. „Dann können Sie immer noch entscheiden, was in welchen Raum soll.“ Mit diesen Worten zog er seine Kollegen, deren Münder noch immer in maßlosem Erstaunen über das Anwesen weit offen standen, zurück nach draußen und ließ die junge Familie allein zurück.
„Okay“, sagte Jonathan. „Ich hole nur kurz die Tasche mit den Lebensmitteln aus dem Auto und dann machen wir eine kleine Tour durch das Haus. Wir suchen die Kinderzimmer aus und schauen uns das neue Schlafzimmer an. Was haltet ihr davon?“
Die drei nickten ihr Einverständnis und warteten, bis Jonathan - zeitgleich mit den ersten Möbelstücken – wieder in der Halle erschien.
Durch eine Tür in der rechten Wand, neben der Standuhr, gelangten sie in die Küche. Mary vergaß binnen Sekunden sämtliche Bedenken hinsichtlich des Hauses. Das war ja einfach unglaublich. Eine Wand wurde von einem riesigen Kamin eingenommen. An seiner Innenseite befanden sich Haken für Räucherschinken und Trockenwurst. Eine riesige Anrichte stand frei in der Mitte des Raums. Kupfertöpfe und Gusspfannen hingen darüber. Eine geräumige Vorratskammer ver-

barg sich hinter einer hölzernen Tür in einer der anderen Wände. Der große Tisch aus Eichenholz mit den vielen rustikalen Stühlen rundherum war vor dem Kamin platziert. Es würde herrlich sein, hier das gemeinsame Frühstück einzunehmen. Jonathan stellte die Tüte mit dem Proviant auf den Tisch und öffnete dann eine Tür seitlich des Kamins, die zu dem angrenzenden Zimmer führte. Der Salon, oder besser gesagt das zukünftige Wohnzimmer, war nicht minder imposant. Die hohen Wände gingen mit filigranen Stuckverzierungen elegant in die Zimmerdecke über. Ein riesiger Kronleuchter hing mitten im Raum von der Decke herunter. Auch in diesem Zimmer gab es einen Kamin, der Rücken an Rücken mit dem in der Küche angeordnet war und sich einen gemeinsamen Rauchabzug teilte. In Gedanken richtete Mary schon alles ein, dekorierte bereits geistig die Räume. Wie herrlich würde hier das Weihnachtsfest werden – mit den Socken am Kamin, der Christbaum vor den hohen Fenstern ... Sie war sich nun ganz sicher, dass sie die richtige Entscheidung getroffen hatten, den Umzug zu wagen. Manchester war vergessen. Zwei weitere, riesige Räume erwarteten die neuen Besitzer in der unteren Etage, die sich jedoch auf der anderen Seite der Eingangshalle befanden. Einer der beiden würde sehr wahrscheinlich als Arbeitszimmer für Jonathan, der andere vielleicht als ein Gästezimmer dienen.
„Ich hoffe, ich muss zum Pinkeln nicht raus auf den Hof", meinte Megan und sah sich dabei mit großen Augen um, nachdem sie die Begutachtung des Erdgeschosses beendet hatten und wieder in der Eingangshalle standen.
„Du bist so ekelig", meinte Aaron und streckte seiner Schwester die Zunge heraus. Im Schatten, unterhalb

der Treppe, entdeckte er eine weitere Tür und lief auf sie zu. In dem Glauben, hinter ihr die Toilette zu finden, riss er sie auf und blickte auf eine schmale, steinerne Treppe, die nach unten in die Dunkelheit führte. Ein fauliger, klammer Geruch stieg aus der Öffnung nach oben. Aaron sprang erschrocken zurück.

„Der Kerker und die Familiengruft“, meinte Megan mit unheimlicher Stimme.

„Du solltest es wirklich nicht auf die Spitze treiben, junge Dame“, ermahnte nun auch Jonathan seine Tochter. Herrgott, Megan konnte mit ihren fünfzehn Jahren manchmal schon wirklich eine Herausforderung für das Nervenkostüm sein. Aaron stand noch immer wie erstarrt an der Stelle, wo sein panischer Sprung nach hinten geendet hatte, sein Gesicht bleich und ein Spiegelbild blanken Entsetzens.

„Ich mag den Keller nicht“, sagte er wie in Trance und aus weiter Ferne. Jonathan legte beruhigend die Hand auf die Schulter seines Sohnes und ging dann in die Knie, bis er auf Augenhöhe mit ihm war.

„Es ist nur ein Keller, Aaron, weiter nichts.“ Jonathan erhob sich langsam und ging auf die Kellertreppe zu.

„Ncin, Dad, gch’ nicht nähcr, cs ...“

„Schau her, Aaron.“ Jonathan griff in das Dunkel, suchte nach einem Lichtschalter ...

„Dad, bitte!“ Aaron war kurz davor, in Tränen auszubrechen.

„Hier muss doch irgendwo der Schalter ...“

Zunächst mit einem zögerlichen Flackern, dann mit bleichem Glühen, erwachte eine nackte Lampe zum Leben und warf ihr fahles Licht auf einen steil abfallenden Gang, der in das bloße Gestein des darunter liegenden Kliffs geschlagen war. Schon nach wenigen Metern hatte die Dunkelheit den Kampf gegen den müden Schein der Glühlampe gewonnen und hüllte die feuchten Stufen in Finsternis. Jonathan verharrte einen Moment nachdenklich am Kopf der Treppe und fragte sich, wo sie wohl hinführen mochte. Dies war schon ein ziemlich sonderbarer und seltsamer Zugang zu einem Keller ... Den Gedanken verwerfend, knipste er die Lampe wieder aus und machte die Tür sorgfältig zu.

„Hierfür ist noch genug Zeit. Gehen wir erst einmal in die obere Etage und schauen uns die Schlafräume an."

Über die riesige Treppe gelangten sie auf die Galerie. Der Blick hinunter auf das hypnotische Fliesenmuster der Halle machte Mary schwindelig. Sie war heilfroh, dass ein robustes Geländer vor einem Sturz, sechs Meter in die Tiefe, schützte. An beiden Enden der Galerie befanden sich hohe Eichenholztüren, die jeweils in einen weiteren Flur des Gemäuers mündeten. Als die Newmans die Halle durch eine der beiden Türen verließen, sahen und hörten sie nicht, wie die Kellertür langsam knarrend einen Spalt aufging ...

Die Schlafräume waren einfach überwältigend. Bei klarem Wetter konnte man durch die Fenster, die dem Meer zugewandt waren, sicherlich hinüber zur französischen Küste sehen. Jeweils zwei Räume wurden durch ein riesiges, gemeinsames Badezimmer, das in der Mitte lag und von beiden Zimmern zugängig war, miteinander verbunden. In allen Räumen waren die zurückgelassenen Möbel des Vorbesitzers zum Schutz vor Staub und Verfall mit weißen Laken zugedeckt. Ein Schauder lief Aaron – und auch Megan, obwohl sie es nie zugegeben hätte - über den Rücken, als sie einen Raum betraten, an dessen Wände, vom Boden bis zur hohen Decke, ausgestopfte Tierköpfe prangten. Groteske und scheußliche Jagdtrophäen. Die leeren, schwarzen Augen der Tiere begafften die Eindringlinge, die Fänge in einem entsetzlichen Fauchen erstarrt. Aaron begab sich wieder an die Hand seiner Mutter und wurde erstaunlich still. Schließlich wählten die Kinder ihre Zimmer im Nordflügel, weit weg von den toten Tieren, während Jonathan und Mary den Südflügel in Anspruch nahmen.

Als sie gemeinsam wieder in der Küche standen und Mary in die Tüte mit den Lebensmitteln griff, um die mitgebrachten, belegten Brote hervorzuholen, schrie sie vor Schreck und Ekel auf. Die Toasts waren allesamt verschimmelt. In der Mayonnaise, zwischen den Salatblättern, wuselten sich dicke, glasige Maden.

„Das gibt's doch nicht", keuchte Mary und hielt sich den Handrücken vor den Mund, um ein Würgen zu unterdrücken. „Im Auto haben wir doch noch davon gegessen ..."

„Herzlichen Dank, Mom", entgegnete Megan. „Der Appetit ist mir für heute vergangen."

Jonathan kam näher und betrachtete die Brote, dann griff er in die Tüte und schaute sich den übrigen Proviant an, den sie für den ersten Tag im neuen Haus mitgenommen hatten. Alles war verdorben und mit dickem Schimmel bedeckt, als habe jemand die Lebensmittel für Monate in einer dunklen Ecke liegen lassen.

„Das ist wirklich seltsam ... Tja, da werde ich wohl oder übel heute noch einmal schnell nach Ramsgate aufbrechen müssen, um neuen Proviant zu besorgen. Wir wollen doch nicht gleich in den ersten Tagen verhungern, oder?"

„Dad, du willst uns in dem Haus alleine lassen?", fragte Aaron weinerlich.

„Hey, nun übertreib’ mal nicht. Ich bin in einer Stunde wieder da. Dies ist nun dein neues Zuhause, Aaron. Dir wird vieles hier zunächst fremd und anders vorkommen, aber du wirst dich sehr schnell an deine neue Umgebung gewöhnen ...“

„Das Haus bcobachtct mich, Dad. Ich spürc cs ...“

Aarons Atem begann zu rasseln. *Oh, nein, bitte nicht auch noch das*, dachte Mary. Aaron litt seit frühester Kindheit an psychosomatischem Asthma, das besonders schlimm wurde, wenn sich der Junge stark aufregte oder sich ängstigte. Mary nahm ihn behutsam in die Arme, versuchte ihn zu trösten.

„Ist schon gut, mein Schatz. Beruhig dich. Mommy ist ja bei dir.“

Auch Megan wusste, wie schlimm Aarons Erkrankung war, und verzichtete aus diesem Grunde diesmal darauf, ihren Bruder zu hänseln, obwohl sie dies nur allzu gerne tat. Einen schweren Anfall hatte Aaron nun schon seit drei Jahren nicht mehr gehabt und eigentlich hatten alle geglaubt, dass er diese Beschwerden ein für allemal hinter sich gelassen hatte.

„Mary, kommst du klar?“

„Ja natürlich, fahr’ schon. Sieht aus und hört sich an, als würde der Sturm noch wesentlich schlimmer werden. Beeil dich, damit du noch rechtzeitig zurück bist.“

Jonathan war bereits an der Tür, als Aaron ihm nachsetzte und sich an ihm festklammerte.

„Hey, Aaron. Ist schon gut. Ich verspreche dir, ich bin ganz schnell wieder da, okay?“

Mit diesen Worten schob er seinen Sohn wieder in die Küche zurück und zog hinter sich die Tür zu. Bevor er durch die Halle das Haus verließ, sah er, dass die Kellertür wieder einen Spalt breit offen stand. Er ging zu ihr und zog sie erneut fest zu. Er würde das Türschloss in den nächsten Tagen auswechseln müssen ...

Als Jonathan achtzig Minuten später wieder zurückkehrte – die Möbelpacker waren längst fort, die meisten Möbelstücke im Haus verteilt –, brach draußen die Hölle los. Der Sturm heulte um den Dachstuhl, der Regen peitschte gegen die Fenster. Der Himmel war so dunkel, als sei bereits die Nacht hereingebrochen. In der Halle leuchteten zahlreiche Wandlampen. Oh Jonathan es wollte oder nicht, sein Blick wanderte intuitiv zuerst zur Kellertür. Diese stand sperrangelweit offen und die kleine Glühlampe brannte verloren in dem schmalen, in die Tiefe führenden Gang. Ein dicker Kloß bildete sich in Jonathans Kehle. Wollte ihm seine Tochter eventuell einen Streich spielen oder gar ihren Bruder in Angst versetzen? Sehr unwahrscheinlich, da Megan schon einmal einen schweren Asthmaanfall ihres Bruder miterlebt hatte und sie sich sehr wohl der Gefahr eines möglichen Erstickungstodes bewusst war. Jonathan stellte die Einkaufstüten auf dem Boden ab und ging langsam und zögernd auf die Tür zu. Um ehrlich zu sein, ein wenig konnte er die Angst seines Sohnes nachvollziehen ... Irgendetwas war seltsam und unheimlich an dem Keller. Gerade als er den Schalter betätigen und die Tür schließen wollte, ging eine besonders heftige Bö durch das Mauerwerk und ein kalter Windhauch strich von der Treppe herauf, begleitet von einem seltsamen Laut, der sich fast wie eine Stimme anhörte ...
KOOOOMMMHEEERRR.
Jonathan schlug die Tür zu. Er verhielt sich ja nicht gerade besonders mutig, aber das musste sein Sohn auch nicht unbedingt wissen. Nachdem er sich die

schweißnassen Hände an der Hose abgewischt, noch einmal tief durchgeatmet und die Einkaufstüten wieder aufgenommen hatte, ging er in die Küche.
„Hallo, ich bin wieder ..." Der besorgte Blick seiner Frau ließ ihn mitten im Satz stocken. „Was ist passiert?"
„Aaron will sich einfach nicht beruhigen", erklärte Mary mit aufgebrachter Stimme. „Er ist gerade oben in der Badewanne. Megan ist bei ihm. Ich habe hier in einem der Schränke ein paar Beutel Pfefferminztee gefunden, die ich ihm gerade aufbrühe. Vielleicht hilft es ihm, besser Luft zu bekommen ..." Mary brach plötzlich und unerwartet in Tränen aus. Jonathan deponierte die Besorgungen auf dem großen Küchentisch und nahm seine Frau zärtlich in die Arme.
„Ach, komm schon. Das ist nur die Aufregung. Die neue Umgebung, das neue Haus, vielleicht auch etwas Heimweh nach seinem alten Zuhause. Zu allem Überfluss dann auch noch die dummen Späße seiner Schwester über den Friedhof ... Na ja, du weißt ja, was für eine lebhafte Fantasie Aaron manchmal hat. Er wird sich an dieses Haus gewöhnen müssen und es früher oder später lieben lernen, da bin ich mir ganz sicher. Aaron kann heute Nacht bei uns bleiben, in unserem Zimmer schlafen. Er wird sich bestimmt schnell beruhigen. Komm schon, Schatz. Dieses Haus ist ein Geschenk des Himmels. Hier werde ich mich meiner Arbeit als Schriftsteller ungestört widmen können. Die Landschaft ist wunderschön und inspirierend ..."
Mary küsste ihren Mann zärtlich auf die Wange. „Mich brauchst du nicht mehr davon zu überzeugen, dieses Haus als mein neues Zuhause zu betrachten,

Jonathan. Ich liebte es von dem Moment an, als ich zum ersten Mal diese Küche hier sah."
Im Kamin knisterten die Holzscheite in den Flammen eines wohligen Feuers, das Mary in der Zwischenzeit entfacht hatte.
„Na, dann kannst du, wenn du willst, die Küche ja gleich richtig einweihen ... Ich hab' eine Menge Sachen eingekauft. In Ramsgate war der Teufel los. Es war, als wollten sich die Leute für den Dritten Weltkrieg rüsten. Die Regale waren in nahezu allen Geschäften geplündert. Ich denke, die Menschen in dieser Region haben in der Vergangenheit so manche schlechte Erfahrung mit Stürmen wie diesem hier gesammelt."
Mary drückte Jonathan noch einmal herzlich und fest an sich. „Komm, geh' schon zu deinem Jungen. Er wird sich freuen, dass du wieder da bist."
Jonathan stieg die Treppe hinauf, immer zwei Stufen auf einmal. Die Kellertür war noch immer verschlossen, stellte Jonathan zu seiner großen Erleichterung fest. Was für ein seltsamer Gedanke. Auf der Galerie wandte er sich zum Nordflügel und betrat kurz darauf das Badezimmer. Aaron saß in einer alten, gusseisernen Badewanne mit Standfüßen, die wie Klauen geformt waren. Sein Kopf war vornüber gebeugt, das Kinn auf die Brust gestützt. Megan hockte neben der Wanne und presste heißes Wasser aus einem Schwamm in den Nacken ihres kleinen Bruders. Wenn Megan einmal nicht die Nervensäge spielte, konnte sie durchaus auch ein regelrechter Engel sein.
„Dad!", schrie Aaron vor Freude. „Gut, dass du wieder da bist." Der Atem kam immer noch beschwerlich. Jonathan hockte sich neben seine Tochter auf den gefliesten Boden des Badezimmers.

„Ich hab's dir doch versprochen, oder? Pass auf. Wenn du gleich aus der Wanne kommst, hat Mommy bereits was Tolles in der Küche zum Abendessen hergerichtet. Wir setzen uns alle gemütlich vor den Kamin und spielen was zusammen. Vielleicht können wir auch Kartoffeln auf einem Spieß im Kaminfeuer rösten. Was meinst du?"
„Wirklich? Das wäre toll!", meinte Aaron, hob seinen Kopf und strahlte das erste Mal, seit sie das Haus betreten hatten.
Das Licht ging aus und kam nach einem kurzen Flackern wieder zurück. Zeitgleich war aus einem der Nebenzimmer ein Rumpeln zu vernehmen, als sei etwas Schweres über die alten Bodendielen gerückt worden.
Aarons Verwandlung war erstaunlich. War gerade noch ein Lächeln auf seinem Gesicht zu sehen gewesen, saß der Junge nun aschfahl und zusammengekauert im heißen Badewasser der Wanne. Auch in Megans Augen konnte Jonathan die blanke Furcht erkennen.
„Was war das, Dad?", fragte sie.
„Ich ... ich weiß es nicht. Vielleicht ist Mommy nebenan ..."
„Du hast doch gesagt, sie ist in der Küche und macht das Abendessen fertig."
Aaron zitterte nun so sehr, dass das Wasser in der Wanne kleine Wellen schlug.
„Ich schau mal nach. Vielleicht steht ja irgendwo noch ein Fenster offen und ein Luftzug hat etwas umgeworfen." Jonathan erhob sich vom Boden.
„N...nein, Daddy." Aarons Stimme war eigentlich nur ein rasselnder Atemzug. Seine Augen waren vor Panik weit aufgerissen und groß wie Untertassen.

Jonathan legte sanft die Hand in den Nacken seines Sohnes und streichelte ihn beruhigend. „Ich bin doch nur nebenan und sehe dort mal kurz nach, okay? Wir wollen doch nicht, dass es gleich am ersten Abend ins Haus hinein regnet und wir eine Überschwemmung im Zimmer haben, oder?"
„Und wenn es kein Luftzug war?", fragte Megan mit einer Stimme, die wie die eines sechsjährigen Mädchens klang.
„Megan ...", setzte Jonathan an und schaute seiner Tochter eindringlich in die Augen. Das war nicht die Art Frage, die ihren Bruder unbedingt beruhigen würde. Megan verstand.
„Okay, Dad. Ich bleib' so lange bei Aaron, bis du wieder da bist."
Jonathan ging hinaus auf den Flur und wandte sich nach links. Da war es wieder. Das Geräusch, als würde ein schweres Möbelstück verschoben. Es kam definitiv aus dem Zimmer, das weiter den Gang hinunter lag. Jonathan versuchte sich an den kurzen Rundgang durch das Haus von vorhin zu erinnern, welches Zimmer sich dort befand. Eine Gänsehaut bildete sich auf seinen Armen und die Haare in seinem Nacken standen ihm plötzlich zu Berge. Er wusste nun genau, welches Zimmer auf dieser Seite des Herrenhauses lag. Dort befand sich der seltsame Raum mit den ausgestopften Jagdtrophäen. Augenblicklich stand ihm überhaupt nicht mehr der Sinn danach, zu überprüfen, ob dort wirklich ein Fenster offen stand. Andererseits, ein Wasserschaden würde enorme Kosten verursachen, die sie sich im Moment definitiv nicht leisten konnten. Langsam schritt Jonathan den Gang entlang. Die Leuchter rechts und links an den Wänden flackerten wiederholt in ihrem gelben, eitrigen Schein. Der Gang

selbst schien immer länger zu werden, die Tür an seinem Ende, sich immer weiter von Jonathan zu entfernen. Eine Illusion, die sein verunsicherter Verstand ihm vorgaukelte. Der Herzschlag war als lautes Pochen in seinen Ohren zu hören. Die große Tür aus Eichenholz ragte vor ihm auf, die geschwungene Klinke aus Messing schien ihn geradezu herausfordern zu wollen, die Tür wagemutig zu öffnen. Jonathan lauschte. Er hätte schwören können, ein Schnauben hinter der Tür gehört zu haben, wie es vielleicht ein wütender Hirsch ausstoßen würde. Zwei schwere Tritte auf dem Holzboden folgten. *Unmöglich! Das kann nicht sein*, ermutigte sich Jonathan und doch ... Er ging noch näher an das Türblatt heran. Er irrte sich nicht. Irgendetwas bewegte sich dort in dem Raum.

„Mary? Bist du das?", fragte er, seine Stimme nur ein Flüstern.

Absolute Stille. Die Schritte verharrten, das Schnauben erstarb. Jonathan wartete ein bis zwei Sekunden, dann legte er sein Ohr an das Holz der Tür. In dem Moment prallte etwas mit enormer Wucht von innen dagegen. Die Oberfläche der Tür wölbte sich unter dem Stoß nach außen und platzte in kleine Risse. Jonathan wurde mit aller Gewalt an die gegenüberliegende Wand des Ganges geschleudert. Mit entsetztem Gesicht starrte er auf die Tür. Ein zweiter Aufprall blieb bisher aus. Er versuchte auf die Beine zu gelangen. Der Läufer, der längs des gesamten Flurs auslag, rutschte jedoch unter seinen strampelnden Beinen weg, gab ihm keinen Halt und zwang ihn wieder zu Boden. Ein zweiter Stoß erfolgte. Die Tür wölbte sich sichtbar weiter nach außen. Jonathan drehte sich in Panik herum, ging auf die Knie und drückte sich nach oben. Plötzlich war er wieder ein kleiner Junge, der Angst hatte, den Kleiderschrank zu öffnen, weil er glaubte, etwas würde ihm aus dem Möbelstück entgegenspringen, sobald er die Tür auf zog ...

Er rannte zurück zum Badezimmer, atmete tief durch. Er durfte seinem Sohn gegenüber nun keine Furcht zeigen, das wäre ein fataler Fehler. Das Licht flackerte nun stärker. Er schaute noch einmal über seine Schulter den Gang hinunter, zurück zu der Tür des Jagdzimmers. Sie war noch immer verschlossen. Jonathan betrat das Badezimmer. Alles würde gut werden ...

Megan sah ihren Vater fragend an. „Hast du das Fenster geschlossen?“

„Ja natürlich. Wäre eine ganz schöne Sauerei geworden, hätten wir es nicht bemerkt“, versuchte er die Situation zu entspannen, obwohl ihm bei weitem nicht danach stand. Er half seinem Sohn aus der Wanne, trocknete ihn ab und wartete, zusammen mit Megan, bis er sich angekleidet hatte. Dann machten sich die drei auf den Weg zur Küche. Als sie oben auf der Galerie standen, ging das Licht endgültig aus. Aaron versteifte sich augenblicklich und begann zu jammern. Auch Megan rückte näher an ihren Vater heran.

„Das ist nur ein Stromausfall. So was gab es in Manchester doch auch. Also, kein Grund zur Sorge.“

Kein Grund zur Sorge, das ist gut, dachte sich Jonathan und erinnerte sich an das Ding in dem Zimmer hinter ihnen.

Er hatte diesen Gedanken gerade beendet, als die Kellertür mit einem lauten Knall auf flog und wie wild gegen die Wand schlug. Zeitgleich drückte der Wind gegen die Hausmauern, sodass das Haus in seinen Grundfesten erzitterte. Aarons Atem pfiff. Der Junge stand kurz vor dem Kollabieren. Ein erster Blitz zuckte

durch die Nacht. Das Licht, das durch das runde Buntglasfenster fiel, verwandelte die Fliesenspirale der Halle in ein bizarres Kaleidoskop. An der Stelle, an der Aaron wie versteinert stehen geblieben war, spiegelte sich in dem wenigen Licht auf dem Teppich eine Pfütze. Aarons Blase hatte aus purer Angst ihren Inhalt freigegeben. Nein, nein, nein! Warum passierte das?
KOOOOOMMMM.
„Was war das, Daddy?“, jammerte nun auch seine Tochter.
KOOOOOMMMMMMMMM.
„Daddy, tu’ endlich was. Aaron erstickt“, schrie Megan.
Das riss Jonathan aus seiner Lethargie. Er hob den Jungen auf den Arm und zog seine Tochter mit der freien Hand hinter sich her. Der einzige Weg hinunter, führte sie näher an den Keller heran. Jonathan gestand es sich nicht gerne ein, doch er fürchtete sich davor. Die Besorgnis um das Wohl seines Sohnes besiegte jedoch die Angst. Wie von Furien gehetzt, stolperte er die Treppe hinunter. Mary kam aus der Küche in die Halle gestürmt, gerade als er mit den Kindern den Fuß der Treppe erreichte.
KOOOOOOOOOMMMMMMMMMM.
„Oh, mein Gott“, entfuhr es Mary und der nächste Blitz enthüllte ihre schreckgeweiteten Augen. Zu viert stürmten sie auf die Eingangstür zu. Jonathan zerrte mit einer Hand an der Klinke, die Tür bewegte sich jedoch nicht.
„Daddy, bitte beeil dich“, kreischte seine Tochter von hinten über seine Schulter.
Er reichte Aaron an Mary weiter, die ihn in ihre Arme schloss. Dann packte Jonathan die Klinke mit beiden Händen und stemmte sich mit dem linken Bein gegen

den zweiten Türflügel. „Ich ... Ich bekomme sie ... nicht ... auf“, krächzte er unter Anstrengungen. Megan kam ihm zur Hilfe geeilt, legte ihre Hände auf die ihres Vaters und zog mit ihm gemeinsam. Die Tür bewegte sich keinen Millimeter.

„Das hat keinen Sinn“, schrie Jonathan verzweifelt über das Heulen des Sturms hinweg. Ein Blitz tauchte die Halle in blendendweißes Licht. Das Gesicht des kleinen Jungen war gegen die Schulter seiner Mutter gelehnt und wirkte leichenblass. *Hoffentlich ist der Junge noch nicht tot*, schoss es Jonathan einen verzweifelten Augenblick lang durch den Sinn.

Mary trat nun ebenfalls näher und kratzte in ihrer Verzweiflung an dem Türblatt, wobei zwei ihrer Fingernägel abbrachen und sich Splitter in das Nagelbett gruben.

„Der Sturm drückt zu sehr gegen die Tür. Wir bekommen sie deshalb nicht auf ...“

„Das ist Unsinn“, schrie Mary über das Tosen zurück. „Die Tür öffnet sich nach innen!“

Sie spürte die Dunkelheit des Kellers in ihrem Rücken, spürte die Kälte, die aus ihm heraufzusteigen schien. „Das Haus will uns nicht gehen lassen. Es hindert uns am Entkommen ...“

Aarons Augen zeigten nur noch das Weiße, waren in die Stirn verdreht.

„Wir müssen hier raus! Aaron stirbt!“, schrie Mary hysterisch.

Jonathan drohte in Panik zu verfallen. Welchen anderen Weg aus dem Haus gab es denn noch? Er bezweifelte, dass sie an den Fenstern der oberen Etage mehr Glück haben, geschweige denn aus sechs Metern Höhe heil den Boden erreichen würden. Außerdem

brächten Jonathan keine zehn Pferde mehr in die obere Etage ... Dieses Ding in dem Zimmer ...
„Der Keller! Wir müssen durch den Keller!“, brüllte Jonathan.
„NEIN! Ich gehe da nicht runter.“ Die nackte Angst stand in Megans Augen.
„Ich habe vorhin einen Luftzug gespürt, der aus dem Keller nach oben stieg. Es muss dort unten einen weiteren Ausgang geben ...“
Wie zur Antwort heulte der Wind um die Ecken des alten Herrenhauses. KOOOOOOMMMMMM, drang es die Kellertreppe herauf.
„Dad, bitte ... Wenn du dort hinunter gehst, dann wird Aaron in der Dunkelheit dieses Gewölbes sterben. Das spürst doch auch du. Es gibt keinen Ausgang dort unten, nur den Tod.“
„Aber der Luftzug ...“ Jonathan wusste nicht mehr, was er glauben sollte. Das war doch alles verrückt!
„Verstehst du denn nicht?“, brüllte Megan verzweifelt und packte ihren Vater an der Jacke. „Das Haus will Aaron. Es will ihn töten. Ich weiß nicht warum, aber es wird Aaron dort unten in der Finsternis das Leben stehlen.“
Das gab Jonathan die letzte Kraft, die er benötigte. Er durchbrach seine vorübergehende Lähmung, löste sich aus dem Griff seiner Tochter und schmiss sich mit seinem gesamten Körpergewicht gegen eines der Fenster, seitlich der Eingangstür. Das Glas zersprang in tausend Splitter, die sofort vom Wind ergriffen und wie Geschosse durch die Luft gewirbelt wurden. Scharfe Stücke des Holzrahmens schnitten in seine Haut, in sein Fleisch, aber all das zählte nun nicht mehr. Jonathan nahm Aaron wieder an sich, damit auch Mary durch das zerbrochene Fenster klettern

konnte. Sie blieb mit ihrer Bluse am gesplitterten Holz des Rahmens hängen. Es war, als würden Finger an ihr zerren, um sie zurückzuhalten. Der Stoff riss, sie kam frei. Zum Schluss folgte Megan. Sie standen zitternd in der kalten Luft des Orkans. Irgendwo in der Dunkelheit musste der Wagen stehen. Während Jonathan – Aaron noch immer auf seinem Arm - mit seiner freien Hand in der Hosentasche seiner Jeans nach den Autoschlüsseln fingerte, hockten sich Mary und Megan auf der vom Wind abgewandten Seite des Wagens nieder. Wo waren die Wagenschlüssel nur? *Bitte, lieber Gott, lass sie nicht irgendwo im Haus liegen*, schickte Jonathan ein Stoßgebet gen Himmel, als seine Fingerspitzen etwas Metallenes in der Hosentasche ertasteten. Da waren sie. Erleichterung durchflutete ihn. Er würde nun regelmäßiger die Kirche besuchen, schwor er sich. Als sich die Autotüren hinter ihnen schlossen und den Wind aussperrten, atmeten alle, bis auf Aaron, dessen Atem eher wie der Dampfkessel einer alten Lokomotive klang, tief durch. Jonathan startete den Wagen, schaltete die Scheinwerfer ein und fuhr los ...

Die beiden Polizisten saßen auf der hinteren Bank des Helikopters und starrten auf die Verwüstung, die sich unter ihnen erstreckte. Erst von hier oben war das komplette, katastrophale Ausmaß des Schadens, den der Sturm angerichtet hatte, zu erfassen. In Ramsgate waren zahlreiche Dächer von den Häusern gerissen worden oder gar komplette Gebäude zusammengestürzt. Bäume waren auf Autos und Stromleitungen gefallen, hatten Unterkünfte zerstört, Tiere und Menschen unter sich begraben. Auch die Küste mit den berühmten weißen Klippen war nicht unbehelligt

geblieben. Ein Teil des Kliffs hatte dem brutalen Ansturm der Brandung nicht standgehalten und war in die Tiefe gerutscht, mit ihm auch ein Teil der Straße und unglücklicherweise auch ein Wagen. Wie durch ein Wunder hatten die vier Insassen, ein Mann, eine Frau und zwei Kinder, überlebt und befanden sich nun, noch immer in kritischem Zustand, auf der Intensivstation im Krankenhaus von Dover. Man identifizierte sie als Familie Newman. Ein ebenso großes Wunder war es, dass das alte Haus – Ashburn-Manor – unversehrt weiterhin am Klippenrand thronte und dem Sturm ohne Schaden getrotzt hatte. Lediglich ein Fenster, seitlich der Eingangstür, war zerbrochen.
„Die Häuser wurden damals einfach robuster gebaut“, meinte Officer Brown.
„Ich verstehe nicht, warum die Familie nicht in dem alten Herrenhaus geblieben ist, wo es dort doch sogar einen Schutzkeller gibt, der tief in den sicheren Felsen hineinreicht. Und die Lebensmittel, die man im Haus fand, hätten auch für mindestens eine ganze Woche gereicht ...“

Es gab böse Häuser, sehr finstere Gemäuer, aber eben auch jene wie Ashburn-Manor, die Liebe und Zuneigung in den vielen Jahren ihrer Existenz erfahren durften, die Teil einer Familie geworden waren und alles dafür taten, diese Familie vor Schaden zu bewahren, sei es dadurch, die Bewohner zu zwingen, ausreichend Lebensmittel zu besorgen, die gefährliche obere Etage zu verlassen und sie in den schützenden Keller zu rufen, bis die Gefahr vorbei war. Am Ende lag es doch immer an den Bewohnern selbst, was aus einem Haus wurde, und vor allem, die ureigene *Sprache* des Gemäuers richtig zu deuten.

Joyce

Ich sehe meine Frau durch das Fenster. Sie hat unsere Tochter auf dem Arm. Das Baby sieht so niedlich aus in dem kleinen Kleidchen, mit der winzigen Mütze und den Schühchen mit Teddybärenaufdruck. Ich sehe, wie Sarah nach dem kleinen Ärmchen unserer Tochter greift und mir damit zuwinkt. Ich will zurückwinken ... Sarah sieht fantastisch aus. Ihre feinen Gesichtszüge wirken wie die einer Statue von Michelangelo, das kurze schwarze Haar ist modisch frisiert und frech in die Stirn gezupft. Sie trägt ein blaues, luftiges Sommerkleid. Ihre Haut hat eine attraktive Bräune. Als sie sich auf den Stuhl vor dem Fenster hinsetzt, die Kleine brabbelnd auf ihrem Schoß, formen ihre vollen Lippen das Wort „Hallo“. Ich grüße mit dem gleichen Wort zurück. Ich liebe sie und ich weiß, sie liebt mich. Ich erinnere mich noch genau an den schönsten Tag meines Lebens ...

Sarah erwartete mich, als ich aus dem Büro kam. Ich war Filialleiter einer kleinen Bank in Dallas, Texas. Keiner der großen Finanz-Gurus, aber dennoch in einer Position mit einem beachtlichen Gehalt und einem gewissen Maß an Prestige. In meinem Job war ich für Wertpapiergeschäfte verantwortlich und schloss für unsere Kunden, meist aus der Ölbranche, Transaktionen in Millionenhöhe ab.

Ich hatte Sarah auf dem College kennen gelernt. Sie war das attraktivste Mädchen der ganzen Lehranstalt und so mancher Quaterback hätte sich ein Bein ausgerissen, wäre sie mit ihm nur ein einziges Mal ausge-

gangen. Stattdessen hatte sie sich aber aus irgendeinem Grund zu dem Genie in Betriebswirtschaftslehre hingezogen gefühlt – zu mir, Allan Crusoe. Was hatte ich wegen dieses Nachnamens alles schon durchstehen müssen, nur weil ihn ein gewisser Autor für die Hauptperson seines Romans hatte benutzen müssen – zugegebenermaßen, einer Hauptperson beachtlicher Popularität. Gerade der letzte Tag der Woche war immer besonders schlimm – natürlich wegen Freitag; die üblichen Witze.
Sarah war die Frau meiner Träume. Wir hatten die gleichen Filme gemocht, hatten dieselbe Musik gehört. Direkt nach dem College waren wir in eine gemeinsame, abrissreife Wohnung gezogen. Dennoch hatten wir uns dort wohlgefühlt – die ersten eigenen vier Wände. Nachdem ich einen Job in einer großen Bank gefunden hatte und auf der Karriereleiter weiter nach oben gestiegen war – Sarah hatte unterdessen im Lektorat eines Verlages gearbeitet – hatten wir uns ein wunderschönes Haus auf dem Land vor der Stadt gekauft.

Das Wohnzimmer war ein Meer aus Kerzen. Der Tisch war festlich gedeckt und auf meinem Teller stand ein kleines Geschenkpaket in silbernem Papier und mit einer roten Schleife. Sprachlos öffnete ich das Präsent und als ich sah, was darin verborgen lag, füllten sich meine Augen mit Tränen. Ein kleiner Kinderschuh – Sarah und ich erwarteten ein Baby.
Wenn man Sarah glauben durfte, verbrachte sie eine wunderschöne Schwangerschaft – kaum Übelkeit, keine Kreislaufprobleme und auch kein Wasser in den Gelenken. Lediglich die letzten sechs Wochen machten ihr sehr zu schaffen und ich spaßte immer damit,

ihr ein Schild mit der Beschriftung *„Bitte Abstand halten, Ausleger schwenkt aus“* auf den Bauch zu heften.
Auch ich empfand die Zeit des Wartens als wunderschön und unvergesslich. Sarah und ich genossen es, in Geschäften nach Möbeln für das Babyzimmer zu schauen und die ersten Strampelanzüge – natürlich neutral, da wir uns vom Arzt nicht verraten lassen wollten, ob es ein Junge oder ein Mädchen werden würde – in den Geschäften auszusuchen.
Die Unwissenheit hinsichtlich des Geschlechts brachte natürlich auch ein Problem mit sich. Dies wurde uns aber erst bewusst, als unsere kleine Tochter schon das Licht der Welt erblickt hatte. Auf welchen Namen sollten wir sie taufen? Sarah und ich kamen schnell überein, unser Glück und unsere Freude über das neue Menschenleben in einem passenden Namen auszudrücken – Joyce.

Kein Buch, kein Video, kein Seminar konnte Eltern wirklich auf das vorbereiten, was sie mit einem Neugeborenen zu erwarten hatten. Joyce schrie nach der Geburt vier Monate lang ohne Unterlass. In den ersten beiden schlugen Sarah und ich uns die Nächte im Wechsel um die Ohren, später blieb es mehr und mehr an Sarah allein hängen, da ich ja auch noch tagsüber in die Bank musste. Wir suchten mehrere Ärzte auf, um uns verschiedene Meinungen einzuholen, aber überall versicherte man uns, dass nichts Besorgniserregendes vorläge. Ein gewisser Prozentsatz aller Säuglinge hatte nun mal unter starken Blähungen zu leiden. Das sei ganz normal. *Nichts Besorgniserregendes? Normal? Das war gut!* Unsere Nerven waren zum Zerreißen gespannt. Die vier Monate verstrichen, aber Joyce

hörte nicht auf zu schreien. Ohne Unterbrechung war sie in die Zahnungsphase übergegangen. Völlig normal, versicherten uns die Ärzte wieder. Ein gewisser Prozentsatz der Babys bekam eben die Milchzähne recht zügig und vollständig ... Die Schreiattacken wurden nun zudem auch noch von heftigem Erbrechen begleitet. Im Büro sprachen mich meine Kollegen bereits darauf an, ob ich mir die Schläfen aus Gründen der Seriosität hatte grau färben lassen. Sie hatten ja keine Ahnung, wie die Nächte mit Joyce waren. Irgendwie schafften Sarah und ich es aber dennoch, das erste Jahr hinter uns zu bringen. Wir stritten uns nun viel häufiger über Kleinigkeiten und ein gewisses Maß an Gereiztheit schlummerte immer direkt unter der Oberfläche.
Joyce schrie noch immer regelmäßig, nun auch aus Trotz und aus Dickköpfigkeit, und Sarah war immer sofort bei dem ersten „Piep" zur Stelle, tröstete, schaukelte und verhätschelte die Kleine.

Es war der 14. April. Ich hatte einen besonders anstrengenden Tag im Büro verbracht. Ein Geschäft mit einem saudiarabischen Ölunternehmen war kurzfristig geplatzt. Ich kam nach Hause und fiel erschöpft auf die Couch. Sarah war gerade im Kinderzimmer bei Joyce, die geschrieen hatte und beruhigt werden wollte. Wenig später begannen wir in aller Stille unser Abendessen. Die Vorspeise war noch nicht ganz verzehrt, als Joyce wieder anfing, heftig zu schreien. Sarah tupfte ihren Mund mit der Serviette ab, schob den Stuhl zurück und wollte gerade ins Kinderzimmer eilen, als ich sie am Handgelenk zurückhielt.
„Sarah, lass sie doch einfach mal schreien. Sie wird sich gleich schon wieder von selbst beruhigen. Wenn

du immer sofort zur Stelle bist, wird sie sich das merken und das dann irgendwann gegen dich ausspielen, verstehst du?“

Das Gebrüll stieg um eine Oktave und um mehrere Dezibel. Sarah stand unentschlossen neben dem Esstisch.

„Aber sie schreit doch nicht ohne Grund ...“

„Sarah, bitte ... Versuch bitte nur dieses eine Mal, sie zu ignorieren, okay?“, sagte ich und versuchte möglichst viel Zärtlichkeit und Zuversicht in meine Stimme zu legen.

Joyce schrie. Sie schrie länger als eine Stunde, schrie, bis sie sich letztendlich übergab. Sarah stürmte ins Kinderzimmer, ich folgte in ihrem Kielwasser. Das Baby saß in seinem Bettchen in einer Lache aus Erbrochenem, schrie und schluchzte im Wechsel.

„Da siehst du, was das bringt“, sagte Sarah vorwurfsvoll. Sie nahm Joyce hoch, legte sie auf den Wickeltisch und zog ihr den verschmutzten Strampelanzug aus. Die Kleine hörte sofort mit dem Geschrei auf, als sie die volle Aufmerksamkeit ihrer Mutter sicher hatte.

„Und du siehst, dass das alles wieder nur eine Trotzreaktion von ihr war.“ Ich zeigte vorwurfsvoll auf das Baby. „Würde ihr wirklich etwas fehlen, dann würde sie doch auch jetzt noch schreien, oder irre ich mich da?“

„Du musst gerade reden ... Als könntest du die Zeichen deiner Tochter deuten. Du bist doch die ganze Zeit über nicht da. Ich muss mich schließlich allein mit ihr den ganzen, lieben Tag befassen.“

Das saß. Ich spürte, wie sich mein Magen zusammenkrampfte.

„Na, einer muss ja nun mal dafür sorgen, dass das Haus bezahlt wird“, schrie ich.

„Das ist wirklich toll von dir, Allan. Wenn du willst, dann können wir ja gerne die Rollen tauschen. Ich geh' wieder im Verlag arbeiten und du schlägst dich mit dem Kind herum", brüllte sie zurück.
„Ich glaube nicht, dass du mit deinem Gehalt die Raten für das Haus bezahlen könntest. Wie auch immer. Wenn ich hier wäre, dann hätte das Gör schon längst begriffen, wo es lang geht und wer hier das Sagen hat, wer in diesem Haus bestimmt. Diese Wutattacken gäbe es jedenfalls nicht ..."
Sarah schaute mich beleidigt und entsetzt an. „Hör dich nur mal an, wie du über dein Kind redest ..."
Joyce war immer noch still. Ihr Blick ging - unnatürlich aufmerksam für ein dreizehn Monate altes Kind - zwischen Sarah und mir hin und her. Nachdem Sarah der Kleinen etwas anderes angezogen hatte, nahm sie Joyce auf den Arm und begab sich mit ihr in den Schaukelstuhl vor dem Kamin und wiegte sie so lange, bis sie eingeschlafen war. Ich nahm meinen Laptop und bereitete etwas für den nächsten Arbeitstag vor. Sarah und ich sprachen an diesem Abend nicht mehr auch nur ein einziges Wort miteinander.

Ich schlief schlecht in dieser Nacht. Der Streit mit Sarah hatte mich sehr aufgewühlt. Ich wälzte mich von links nach rechts und schaltete das Licht ein, um auf meinen Wecker zu sehen. Das Herz rutschte mir beinahe in die Hose. Nur mit Mühe konnte ich einen Schrei unterdrücken. Direkt vor mir, am Kopfende des Bettes, stand Joyce. Sie stand da, ohne auch nur den leisesten Laut von sich zu geben, und starrte mich mit einem seltsamen, erwachsenen Gesicht voller Eiseskälte an. Das war doch nicht möglich. Joyce krabbelte nicht einmal. Wie konnte sie also hier vor meinem Bett

stehen und mich in dieser Art und Weise anstarren? Sarah war nun ebenfalls durch das eingeschaltete Licht wach geworden.
„Großer Gott“, entfuhr es ihr. Sie sprang aus dem Bett, kam herum auf meine Seite und nahm Joyce auf den Arm.
„Mein Mäuschen, wie kommst du denn hier her?“
Es hätte mich nicht gewundert, wenn Joyce in diesem Moment geantwortet hätte. Stattdessen brabbelte sie zunächst nur ein „dadada“ und fing dann zu schreien an. Sarah tröstete sie und brachte die Kleine zurück in ihr Bettchen. Als Sarah ins Schlafzimmer zurückkehrte, fauchte sie mich zornig an.
„Da hast du die Quittung. Tausendmal habe ich dich bereits gebeten, ein Sicherheitsgitter vor ihrer Zimmertür anzubringen. Aber nein ... immer gibt es ja etwas Wichtigeres für dich, das du zu erledigen hast. Stell dir mal vor, sie wäre die Treppe nach unten gestürzt ...“
„Sarah, bitte bleib fair. Ich gebe ja zu, dass du mir das mit dem Gitter bereits ein paar Mal gesagt hast, aber wer hätte denn damit rechnen können, dass Joyce von heute auf morgen zu laufen beginnt? Bis gestern ist sie ja nicht einmal gekrabbelt“, leierte ich mein Plädoyer herunter.
„Wie du siehst, gibt es wohl Kinder, die die Krabbelphase überspringen. Vielleicht bist du nun so gut und bringst gleich morgen die Gitter an. Es sei denn, du hast wieder etwas Wichtigeres zu tun“, sagte sie ätzend und rollte sich in ihr Bettzeug. Ich sagte nichts mehr und schaltete das Licht aus.

Am nächsten Tag fuhr ich nach der Arbeit in einen Baumarkt und kaufte ein Sicherheitsgitter für die Kinderzimmertür und zusätzlich noch ein Gitter für die

Treppe – nur für den Fall, dass Sarah beabsichtigte, noch mehr an mir auszusetzen. Ich hatte die Gitter schnell montiert. Sarah überwachte meine Arbeit mit Argusaugen, schließlich war ich ja nur Betriebswirt und kein Monteur. Joyce gluckste auf Sarahs Arm fröhlich vor sich hin. Sobald meine Frau sie hinunter setzen wollte, damit sie die neue Errungenschaft einmal antesten konnte, fing Joyce an zu brüllen und wurde augenblicklich wieder hochgenommen. Na prima, da hatten sich die Gitter ja wirklich gelohnt, wenn sie ab jetzt nur noch auf dem Arm chauffiert würde.
Ich machte mir eine heiße Tasse Tee und setzte mich für das Abendessen schon an den Tisch im Esszimmer. Sarah schob Joyce in einem Hochstuhl zu meiner linken Seite vor das Kopfende. Die Kleine sabberte und gluckste glücklich in ihrer Babysprache. Sarah ging in die Küche, um das Essen aus dem Ofen zu nehmen. Die Küchentür ging zu. Augenblicklich verstummte das Gebrabbel. Ich blickte zu dem Kind und mich traf wieder dieser berechnende, kühle Blick. Ein kleines Händchen griff nach einer Gabel, die in Reichweite auf dem Tisch lag und ließ sie dann zu Boden fallen. *Das hat sie doch mit Absicht getan*, schoss es mir durch den Kopf. Ich bückte mich nach der Gabel, als ich jedoch bemerkte, dass ich sie so nicht zu fassen bekommen würde, schob ich den Stuhl etwas weiter zurück und kroch tiefer unter den Tisch. Mit lautem Klirren zerbarst die Teetasse auf dem Fußboden, nur Zentimeter von meinem Kopf entfernt. Heißes Wasser spritzte umher und verbrühte mir die Hände.
„Scheiße!“, rief ich laut und erschrocken aus. Der Stuhl stürzte nach hinten um. Sarah kam aus der Küche gestürmt und nahm besorgt Joyce aus dem Hochstuhl.

„Was ist passiert?“, fragte sie und suchte sogleich das Baby nach irgendwelchen Wunden ab.
„Das bezaubernde, kleine Ding hat mir gerade fast eine kochendheiße Tasse Tee auf den Kopf geworfen“, schrie ich und Joyce stieg mit eigenem Gebrüll in das Konzert ein.
„Sei doch nicht albern. Sie wird es ja wohl nicht mit Absicht getan haben. Ich finde es vielmehr sehr unverantwortlich von dir, dass du eine heiße Tasse in Reichweite des Kindes stehen lässt“.
„Hast du mal gesehen, wie sie mich ansieht?“, fragte ich und nickte zu dem Kind.
Sarah runzelte die Stirn und blickte mich an, als habe sie es mit einem Geisteskranken zu tun. „Wen meinst du?“
„Ach, vergiss es einfach ... Bemüh' dich nicht mehr mit dem Abendessen. Mir ist der Appetit gehörig vergangen.“
Ich ging ins Badezimmer, suchte im Spiegelschrank nach einer Wundsalbe und behandelte die verbrühten Stellen. Außerdem nahm ich noch ein Röhrchen Schmerztabletten heraus, schluckte zwei Pillen hinunter und verließ das Badezimmer. In der Küche kochte ich eine Kanne Pfefferminztee, den ich am nächsten Tag mit zur Arbeit nehmen würde. Das tat sich schon immer so, seit meiner Zeit im College, wahrscheinlich, weil ich zu geizig war, die Cola-Automaten endlos mit Münzen für Getränke zu füttern. Über Nacht würde der Tee abkühlen und ich konnte ihn dann in eine verschließbare Thermoskanne umfüllen. Der Tag würde früh beginnen. Wir hatten in der Bank so einiges zu korrigieren, damit die Transaktion mit den Saudis doch noch erfolgreich abgeschlossen werden konnte.

Am nächsten Morgen erwachte ich mit brummendem Schädel. Ich duschte, zog mich rasch an, machte schnell noch ein Sandwich, füllte den Tee in die Thermoskanne und war auch schon zur Tür hinaus. Für zehn Uhr war ein Meeting aller Beteiligten der Transaktion geplant. Hierfür musste ich noch eine Menge Berechnungen und Diagramme vorbereiten. Während ich arbeitete, aß ich mein Sandwich und trank den Tee. Eine halbe Stunde später brach ich in meinem Büro zusammen.

„... machen Sie die Augen auf. Kommen Sie schon. Machen Sie die Augen auf“, flüsterte mir eine Stimme zu. Meine Kehle fühlte sich an, als stünde sie in Flammen. Das Blickfeld kreiste vor meinen Augen.
„Willkommen unter den Lebenden“, sagte der Arzt. „Das war Rettung in letzter Sekunde. Wir haben Ihren Magen ausgepumpt. Jetzt ruhen Sie sich erst einmal aus. Später wird sich dann ein Kollege um Sie kümmern, okay?“
„Ich ... ich muss ... in die Bank. Es gab Probleme und wir ...“, sagte ich mit einer Stimme, die wie ein Reibeisen klang.
„Machen Sie sich keine Sorgen. Es ist alles in Ordnung. Mein Kollege wird Ihnen sicherlich helfen können.“ Der Arzt klopfte mir aufmunternd auf die Schulter und verließ dann den Raum. Einige Minuten später kam Sarah ans Krankenbett. Ihre Augen waren vom Weinen gerötet. „Ach, Allan. Warum hast du das getan ...?“

Drei Tage später wurde ich aus dem Krankenhaus entlassen. Zuhause wurde ich telefonisch von einem meiner Kollegen aus der Bank darüber informiert, dass

die Transaktion mit den Saudis nun endgültig geplatzt sei. Ich solle mir aber erst einmal keine Gedanken darüber machen, sondern zunächst an meine Genesung denken. Am Tonfall des Kollegen konnte ich deutlich erkennen, dass er den Zwischenfall, der mich ins Krankenhaus geführt hatte, und das gescheiterte Geschäft irgendwie in Verbindung brachte.
Man hatte mir eine Überdosis PERIDOL aus dem Magen gepumpt, ein frei erwerbliches Schmerzmittel, wie auch wir es in unserer Hausapotheke hatten. Ich hatte nicht die geringste Ahnung, wie es in meinen Körper gelangt war. Das beteuerte ich auch wiederholt dem Psychologen ...
Mir kam ein Gedanke. Ich ging ins Badezimmer und suchte im Spiegelschrank nach den Schmerztabletten, fand sie jedoch nicht. Das war schon sehr merkwürdig. Als ich den Raum verließ, fiel mein Blick auf das Kinderzimmer. Sarah war mit Joyce gerade in der Spielgruppe. Ich war also allein im Haus, obwohl ich deutlich gespürt hatte, dass Sarah bei dem Gedanken nicht wohl zumute gewesen war. Letztendlich hatte sie aber meinem Drängen nachgegeben und war gegangen.
Die Kinderzimmertür glitt auf, als ich mit der Hand dagegen drückte. Das Zimmer duftete nach Babyölen. Das Mobile drehte sich in einem Luftzug langsam über dem Kinderbett. Ziellos schaute ich mich in dem Zimmer um. Einer Eingebung folgend, hob ich die Matratze des Bettchens hoch. Etwas rollte außer Sichtweite unter das Bettgestell. Ich legte mich bäuchlings auf den Boden und fischte blind unter dem Bett, bis ich etwas zu fassen bekam. Als ich die Hand hervorzog, hielt ich ein Plastikröhrchen mit der Aufschrift PERIDOL in der Hand. Es war leer.

Ich saß im Schaukelstuhl, als Sarah mit Joyce heimkehrte. „Dada", brabbelte das Kind in niedlicher Babysprache.
„Ja, da ist der Papa", sagte Sarah zu der Kleinen, dann zu mir: „Ich bringe sie in ihr Zimmer. Da kann sie einen Moment spielen und du hast ein wenig Ruhe, okay?"
Ich nickte.
Sarah brachte Joyce in ihr Zimmer, kam dann wieder herunter und ging in die Küche. Vorher drückte sie mir noch schnell einen Kuss auf die Stirn. Ich ging die Treppe hinauf in die erste Etage. Auf der linken Seite befand sich das Kinderzimmer. Die Tür stand auf, das Sicherheitsgitter war geschlossen. Joyce saß zwei Meter dahinter, einen Teddy im Arm. Sie blickte mich durch die Gitterstäbe hindurch an. Sie hatte gewusst, wer die Treppe hinauf kommen würde. Ihr Blick war tödlich. Der Mund in einem verächtlichen Winkel verzogen. Dann formten sich zwei Worte auf ihren Lippen - „ICH BESTIMME."
Ich traute meinen Augen und Ohren nicht. Das war doch unmöglich. Langsam ging ich auf das Kinderzimmer zu, als ich plötzlich Sarah hinter mir hörte.
„Was machst du denn da?", fragte sie und Sorge zeichnete sich auf ihrem Gesicht ab. Joyce war indessen wieder in ihr Gebrabbel verfallen. Ich begriff sofort, dass Sarah von dem gerade Vorgefallenen nichts mitbekommen hatte.
„Äh ... nichts Besonderes. Ich wollte mich nur etwas hinlegen", stammelte ich, machte kehrt und ging in unser Schlafzimmer.

Ich meldete mich für eine weitere Woche krank und verbrachte die meiste Zeit in meinem Bett oder saß im

Schaukelstuhl und starrte vor mich hin. Wenn Joyce im Raum war, flüchtete ich meist in ein anderes Zimmer. Ich ertrug ihre Blicke nicht. Während der nächsten Wochen sah ich in mehreren Nächten Joyce neben meinem Bett stehen. Sie beobachtete mich. Leise ausharrend. Ich war sicher, dass Sarah und ich jeden Abend das Sicherheitsgitter gewissenhaft verriegelten, dennoch stand sie dort. Sarah schlief und bemerkte nichts von all diesen Dingen. Ich schloss die Augen, hörte Joyces Atem.
In den folgenden Wochen alterte ich um Jahre. Meine Lebensenergie wurde mir aus dem Leib gesogen. Meine Hände zitterten. Ich war verzweifelt. Wiederholt versuchte ich, bei Sarah etwas anzudeuten, ihr zu erklären, was hier vor sich ging, doch sie schaute mich von Mal zu Mal immer seltsamer an. Dann hörte ich sie im Bad heimlich weinen.

Das war der Zeitpunkt, als Sarahs Mutter zu uns zog. Dies sei eine schwierige Zeit und sie wolle uns etwas helfen, zumindest im Haushalt eine Unterstützung sein, so begründete sie ihre Anwesenheit, zumindest mir gegenüber. Chrystal bezog das Gästezimmer. Unser Haus hatte genügend Räume, sodass eine ganze Großfamilie darin hätte wohnen können. Sarah hatte wieder begonnen, im Verlag zu arbeiten. Sie bräuchte das als Ausgleich zum Kind, sagte sie zu ihrer Mutter, aber irgendwie fühlte es sich für mich so an, als wolle sie vor mir flüchten. Ich hatte nichts gegen Sarahs Mutter. Eigentlich hatten wir uns schon immer recht gut verstanden. Ich war ja schließlich auch kein Rockstar oder irgendein Drogenabhängiger, der für ihre Tochter nicht gut genug gewesen wäre. Joyce war schon im Bett, Chrystal hatte es sich unten im Wohnzimmer vor dem

Fernseher bequem gemacht. Aufgrund der ganzen Situation war es mir unbehaglich, mit ihr dort in der Stille auf die Mattscheibe zu glotzen, also entschloss ich mich, ein Bad zu nehmen. Das heiße Wasser würde mir sicherlich gut tun, würde mir helfen, mich zu entspannen. Ich ließ das Badewasser ein, gab etwas Schaumbad hinzu und legte mich dann in die wohlige Wärme. Nachdem ich den Waschlappen in das Wasser getaucht und ihn mir dann über die Augen gelegt hatte, lehnte ich mich entspannt zurück. Ich schlief ein. Ein merkwürdiges Geräusch ließ mich aufhorchen. Es war so dunkel. Ach ja, natürlich, der Waschlappen. Das Wasser war nur noch lauwarm. Ich zog den Lappen von meinem Gesicht und was ich sah, erschreckte mich beinahe zu Tode. Joyce stand neben der Badewanne und hielt etwas in der kleinen Babyhand. Der Fön wirkte unnatürlich groß in den kleinen Fingerchen. Sie hatte Mühe, das klobige Gerät nur in der einen Hand zu halten und dabei mit der anderen den Schalter zu betätigen. Wieder rutschte ihr kleiner Daumen von dem Knopf ab und verursachte dabei das Geräusch, das mich aus dem Schlummer gerissen hatte. Verzweifelt versuchte ich aus der Badewanne zu steigen. Meine Füße rutschten auf der glatten Emaille weg und ich schlug zurück in die Wanne, mein Kopf stieß dabei schmerzhaft gegen den Wannenrand. Die Angst war stärker als der Schmerz. Erneut zog ich mich hoch und wälzte mich über den Rand auf die Bodenfliesen, bevor es schwarz vor meinen Augen wurde.
Als ich wieder zu mir kam, war ich allein. Der Fön lag achtlos auf dem Boden. Joyce war nicht mehr da. Ich tastete an meinem Hinterkopf und fand eine große Beule, jedoch keine Platzwunde. Nachdem ich meinen Bademantel übergestreift hatte, ging ich kurz hinunter,

um Chrystal eine gute Nacht zu wünschen. Ich wollte nur noch ins Bett.
„Das Bad scheint dir aber nicht so gut bekommen zu sein“, sagte meine Schwiegermutter. „Du siehst aus, als hättest du einen Geist gesehen ...“

Ich war schon lange im Bett, als Sarah heimkehrte. Ich täuschte vor, schon eingeschlafen zu sein. Sie kuschelte sich kurz an mich, gab mir dann einen flüchtigen Kuss in den Nacken, drehte sich um und schlief auch recht zügig ein. Ich starrte weiter ins Dunkel und fürchtete mich, Joyce könnte zu mir kommen, um zu beenden, was sie angefangen hatte. Dann schlief ich doch noch ein.
Als ich aufwachte, leuchteten hinter dem Fenster Blitze in der Nacht. Regen prasselte gegen die Glasscheiben. Joyce war wieder da. Leichenblass wirkte das kleine Babygesicht im Aufleuchten der Blitze. Mit der winzigen rechten Hand hielt sie etwas umklammert. Ein Messer. Ich rang nach Luft, glaubte noch immer nicht, was mit mir geschah. Der kleine Arm schoss vor. Ich fing ihn ab, schlug das Messer aus der Hand. Joyce brüllte aus voller Lunge. Ich hechtete nach dem Messer. Sarah saß kerzengerade im Bett. Sie schaltete das Licht ein und begann ebenfalls zu schreien. Ich lag auf dem Boden, das Messer befand sich nun in meiner Hand und Joyce kauerte weinend vor mir. Alarmiert durch das Geschrei stürzte nun auch Chrystal in unser Schlafzimmer. Sie konnte nicht fassen, was sie dort sah ...

Sarah wirft mir einen Handkuss zu. Ich kann ihre Lippen nicht berühren, da das Sicherheitsfenster die Besucher von den Patienten trennt. Ich würde so gerne ihre

Wange streicheln, aber auch das geht nicht, da die Zwangsjacke, die ich trage, die Arme ganz eng an den Körper schnürt. Die Ärzte meinen, dass ich am schnellsten die Paranoia überwinde, wenn ich, trotz meiner Ängste, die kleine Joyce regelmäßig sehe. Sarah kommt täglich zu mir in die Psychiatrie. Die Ärzte kennen jedoch nicht die Wahrheit, haben nicht das gesehen, was ich gesehen habe. Sie schauen mich nur mit hohlen, leeren Augen an, wenn ich ihnen meine Geschichte erzähle. Das macht mich so wütend.

Die Besuchszeit ist zu Ende. Sarah erhebt sich. Joyce fasst meiner Frau an die Nase und zwickt sie – eben wie ein Baby das manchmal macht. Sarah sagt mir noch einmal, dass sie mich liebt, dann wendet sie sich um und verlässt den Besucherraum. Joyce lehnt sich an ihre Schulter und blickt zu mir zurück. Für einen kurzen Moment formen sich zwei Worte auf ihren kleinen Lippen und sie lächelt gehässig: „ICH BESTIMME.“

Mörderische Visionen

New York, Samstag, 16. Oktober 2004, 8:03 Uhr.
Simon saß in seiner Küche vor einer Schale mit Müsli. Die Samstagsausgabe der Times lag vor ihm auf dem Frühstückstisch ausgebreitet. Er war noch im Pyjama und ließ den Tag langsam angehen. Er lebte nun schon seit einigen Jahren im ‚Big-Apple' und man mochte es kaum glauben, aber bis heute hatte er es noch nicht geschafft, die bekannteste Dame der Stadt zu besuchen – die Freiheitsstatue auf Liberty Island. Dies würde er heute nachholen. Auf der Fensterbank der kleinen Küche spielte ein Radio, in dem der Sprecher einer Nachrichtensendung gerade eine Prognose zum Wetter des heutigen Tages gab. Simon legte die Zeitung zusammen, schob sie beiseite und hörte aufmerksam zu.
„... heiter bis wolkig bei Temperaturen um die 16 Grad. Der Wind bläst nur mäßig aus östlicher Richtung". Das Rascheln von Papier war zu hören, dann räusperte sich der Nachrichtensprecher. „Wir bekommen soeben noch eine aktuelle Sondermeldung. Heute Morgen wurde die Leiche einer jungen Frau im Central Park aufgefunden ..."
Es begann mit einem Kribbeln in seinem Nacken, dann ging alles ganz schnell. Die vertrauten Wände seiner Küche klappten einfach nach hinten weg, als wären sie Kulissen im Filmstudio einer Soap-Opera. Es war ein seltsames Gefühl. Keine Geräusche begleiteten das merkwürdige Phänomen. Große Flächen, die im ersten Augenblick mit einer Fototapete beklebt zu sein schienen, erhoben sich aus dem Nichts. Nur bewegten sich die Motive auf den Flächen um ihn herum und konnten

folglich nicht aus Papier und Kleister bestehen. Simon befand sich plötzlich im Freien, an der Hinterseite des *Metropolitan Museum of Art*, jedoch noch immer an seinem Küchentisch sitzend mit der Müslischale vor sich. Neben dem Möbelstück lag auf dem grasbewachsenen Boden ein blutiger Stein. So schnell, wie sich die Umgebung verändert hatte, verwandelte sie sich auch wieder in seine normale Wohnung zurück. Die Geräusche seiner alltäglichen Umgebung drangen wieder an seine Ohren. Er vernahm das endlose Rauschen des Verkehrs von der Straße viele Stockwerke unterhalb seines Apartments, das Ticken der alten Wanduhr, die er sich selbst zur Einweihung seiner Wohnung gegönnt hatte, und auch die Stimme des Nachrichtensprechers, die aus dem kleinen Radio drang.

„... Der Körper wurde unweit des *Metropolitan Museum of Art* von einem Passanten entdeckt. Die New Yorker Polizei nannte als Todesursache eine Schädelfraktur, die durch einen stumpfen Gegenstand, wahrscheinlich ein Stein, den man mit Blutspuren am Tatort fand, hervorgerufen wurde."

Simon glitt der Löffel aus der Hand und fiel ihm in das Müsli. Milch spritzte über seinen Pyjama. Was war passiert? Sein Herz klopfte noch immer wie wild. Er stand auf, ging an die Spüle und nahm sich ein Tuch, mit dem er versuchte, die Milch aus dem Schlafanzug herauszureiben. Dann setzte er sich wieder an den Tisch, griff nach dem Löffel und rührte irritiert in dem Müsli. Das konnte doch wohl nur ein seltsamer Zufall gewesen sein, dass der Nachrichtensprecher genau den Ort erwähnt hatte, an dem er nur wenige Sekunden zuvor in dieser unerklärlichen Vision gewesen war. Was geschah da gerade mit ihm? Er hatte keine Zeit,

sich diese Frage zu beantworten, denn schon wieder passierte etwas, das sich durch ein Jucken im Nacken ankündigte. Diesmal fielen nicht die Wände wie ein Kartenhaus zusammen, es war anders. Er rührte noch immer mit dem Löffel im Müsli und blickte in die Schale vor sich. Ein blutiger, menschlicher Finger, an dem etwas Goldenes blitzte, schwamm dort in der Milch. Simon sprang vom Tisch zurück, warf dabei den Stuhl um und brachte die Hände zu spät vor den Mund. Er erbrach sich in die Schale mit den Cerealien. Erschrocken wollte er sich von der grausamen Szene abwenden, wirbelte herum und stürmte beinahe in eine junge Frau hinein, die eigentlich dort in seiner Küche nicht hätte stehen dürfen. Blut verklebte ihr schwarzes Haar und lief in einem kleinen Rinnsal in ihre offenen, leblosen und mandelförmigen Augen. Die unheimliche Gestalt der toten Asiatin war mit seinem nächsten Augenzwinkern verschwunden, ebenso das abgetrennte Gliedmaß in seinem Müsli. Die Küche wirkte nun wieder vertraut und normal, vom umgestürzten Stuhl und dem Erbrochenen einmal abgesehen ...
„Bei dem Opfer handelt es sich um eine etwa 35-jährige Asiatin. Die Polizei versucht derzeit noch immer, die Frau näher zu identifizieren. Sachdienliche Hinweise richten Sie bitte an die Dienststellen der New Yorker Polizei. Im weiteren Programm hören Sie nun die Sendung ...“
Simon schaltete das Radio aus. Starr vor Entsetzen blieb er einen Moment bewegungslos in der Küche stehen, dann pflügte er mit der Hand durch seinen dunklen Haarschopf, atmete tief ein und blies anschließend mit Druck die Luft aus den Lungen. Das war ja wie in einer Episode aus der *Twilight-Zone*, wo ungewöhnliche Dinge dieser Art an der Tagesordnung

waren. Simon liebte zwar solche Serien und auch Horrorfilme, glaubte aber selbst nicht im Geringsten an so absurde Sachen wie Okkultismus, Präkognition, Seelenwanderung oder Geistererscheinungen. Er las ja nicht einmal das Horoskop in der Tageszeitung. Was war aber dann gerade mit ihm passiert? Hatte ihm sein Verstand einen Streich gespielt? Hatte er diese Dinge wirklich gesehen, *bevor* der Nachrichtensprecher davon erzählte? Ja, da war er sich ganz sicher. Er hatte den blutigen Stein und auch das Museum am Central Park definitiv gesehen, bevor es in den Nachrichten erwähnt wurde. Welche Erklärung gab es aber dann? In seiner Familie wusste Simon von niemandem, der augenscheinlich übersinnliche Fähigkeiten hatte oder sich überhaupt mit derlei Dingen befasste. Der Schock saß tief. Er ging an den Barschrank im Wohnzimmer und genehmigte sich einen doppelten Whisky. Es war gerade erst kurz nach acht, aber das war ihm, salopp gesprochen, scheißegal. War er so etwas wie ein Hellseher, ein Medium? Warum quälte er sich dann jede Woche als Broker an der Wall-Street, anstatt sein Geld im Wahrsagerzelt auf dem Pier zu verdienen? Das war doch absolut lächerlich. Er führte sich noch einmal alles genau vor Augen, was geschehen war, und versuchte dann, eine vernünftige Erklärung zu finden. Vielleicht hatte er aus den Augenwinkeln einen Bericht in der Zeitung gesehen, der ebenfalls von dem Verbrechen berichtete. Als der Nachrichtensprecher dann im Radio die Tat erwähnte, hatte sein Unterbewusstsein die gelesenen Daten wieder blitzschnell aus seinem Gedächtnis abgerufen und sie ihm als eine Vision vorgegaukelt. Natürlich, so musste es gewesen sein. Eine andere logische Erklärung gab es nicht und er war nicht wirklich bereit, ein übernatürliches

Phänomen als Ursache in Betracht zu ziehen. Simon griff nach der *Times* und überflog jede Seite. Als er nichts entdeckte, begann er noch einmal von vorne und las diesmal jede Seite aufmerksam durch, jedoch mit dem gleichen Ergebnis. Es gab keinen Bericht in der Zeitung, der über das Verbrechen im Central Park berichtete. Verzweifelt knüllte er die *Times* zusammen und warf sie in den Müllkorb. Das ergab doch alles keinen Sinn. War er verrückt? Nicht nur das Fehlen einer logischen Erklärung, sondern noch etwas anderes nagte an ihm. Er übersah etwas. Etwas Wichtiges. Es war zum Greifen nah, lag ihm auf der Zunge, und doch konnte er es nicht benennen. Die Erkenntnis kam wie ein befreiender Atemzug. Der blutige Finger! Ja, natürlich. Das war es, was ihn nicht losgelassen hatte. Simon hüpfte wie ein Irrer auf und ab. Er schien wirklich wahnsinnig zu sein, denn welcher normale Mensch würde wohl sonst aufgeregt herumspringen, wenn er an einen abgetrennten, blutigen Finger dachte ... Er beruhigte sich. Hier war tatsächlich etwas, das sich nicht mit normalem Menschenverstand erklären ließ. In den Nachrichten war mit keinem Wort ein fehlender Finger erwähnt worden und doch hatte er einen in seiner Vision gesehen. Er musste sofort zur Polizei gehen. Musste er das wirklich? Was sollte er denn den Officers sagen? *Hallo, ich möchte mich als Zeuge zu dem Mord im Central Park melden ... nein, nein, ich war nicht vor Ort, ich hab alles in meiner Küche in meinem Kopf gesehen ...*

Oh, ja, das würde wirklich fantastisch klingen. Wahrscheinlich würden die Polizisten ihn gleich auf dem Revier behalten und in eine Ausnüchterungszelle sperren oder ihn sofort in die Psychiatrie einweisen. Aber er konnte doch auch nicht einfach nur hier abwarten, sich später die Freiheitsstatue anschauen und so tun, als sei nichts geschehen. Simon schaute auf die Uhr an der Küchenwand. Es war fünf Minuten nach halb zehn. Er fasste einen Entschluss. Er würde zur Polizei gehen, gleich nachdem er die Küche sauber gemacht hatte ...

Simon wohnte in der *21st Street* in Queens und bis zum nächsten Polizeirevier war es nicht weit. In dem Department herrschte reges Treiben an diesem Morgen, trotz oder vielleicht gerade wegen des Wochenendes. Ununterbrochen klingelnde Telefone, laute Rufe von Beamten, das Klacken zahlreicher Computertastaturen und das Rauschen unzähliger Ventilatoren bildeten eine allgegenwärtige, nervtötende Geräuschkulisse. Aus einem kleinen Verhörraum wurde soeben ein heruntergekommener Jugendlicher in Handschellen von einem Beamten weggeführt. Simon stieß versehentlich mit dem Ellenbogen gegen den Kriminellen und erntete dafür einen tödlichen Blick, der ihm mit Nachdruck sagte, diesem kleinen Bastard in naher Zukunft und nach Einbruch der Dunkelheit besser nicht über den Weg zu laufen. Simon wandte sich eingeschüchtert und beklommen an den Tresen, der den Arbeitsbereich des Großraumbüros von dem Besucherbereich trennte. Hinter der Barriere stand ein dunkelhäutiger Polizist.
„Guten Tag, Sir. Kann ich Ihnen helfen?"
Simon sah verunsichert nach rechts und links. Ihm war es peinlich, falls jemand mithörte, was er dem Beamten zu sagen hatte.
„Äh ... ich weiß nicht recht, wie ich es sagen soll ... Nun, äh ...", stammelte er. Der Beamte wartete geduldig.

„Nun ... äh ... ich habe ... Ich ...“
„Vielleicht beginnen Sie zunächst einmal mit Ihrem Namen, Sir“, half der Officer weiter.
„Oh, ja, natürlich. Mein Name ist Simon Hewitt. Ich wohne in der *21st Street* hier in Queens ...“
„Das ist doch schon mal ein Anfang, Mr. Hewitt. Beruhigen Sie sich nun und sagen Sie mir, was wir für Sie tun können, okay?“
Simon atmete tief durch und las dabei das Namensschild auf der Uniform des Beamten. „Nun, Sergeant Ellis ... Ich möchte gerne eine Aussage zu einem Verbrechen machen.“
Dies schien die normalste Sache der Welt für den Polizisten zu sein, denn er machte nicht auch nur ansatzweise den Eindruck, irgendwie überrascht oder beeindruckt zu sein. „Zu welchem Fall möchten Sie eine Aussage machen?“
„Äh ... zu dem Mord im Central Park.“
Dies schien nun doch eine besondere Saite bei dem Beamten angeschlagen zu haben, denn er sah Simon eindringlich an. „Sind Sie ein Augenzeuge?“
„Nun ... äh ... nicht direkt .“
„Nicht direkt?“
„Ich würde lieber mit dem zuständigen Beamten von der Mordkommission darüber sprechen.“
Ellis sah ihn eindringlich an, griff unter den Tresen und holte ein Formular und einen Stift hervor.
„Geben Sie bitte Ihre Personalien an. Vergessen Sie nicht, eine Rufnummer zu nennen, unter der wir Sie in den nächsten Tagen erreichen können und warten Sie hier einen Augenblick ...“
Er wandte sich ab und verschwand durch eine Tür im hinteren Teil des Departments. Kurze Zeit später wurde die Tür wieder geöffnet und ein rothaariger Mann

winkte Simon zu, dass er näherkommen solle. Sergeant Ellis war unterdessen wieder an den Tresen getreten, nahm das ausgefüllte Formular von Simon entgegen und öffnete ihm eine kleine Klapptür in der Abtrennung. Nervös und unbehaglich zumute, näherte sich Simon dem Rotschopf, der noch immer vor dem Büro wartete. Eine Aufschrift auf dem Milchglasfenster der Tür wies den Raum als Büro von Detective Patrick O'Donnell aus. *Na das passt ja wie die Faust aufs Auge*, dachte sich Simon. Die roten Haare, der typisch irische Name – es hätte ihn nicht gewundert, wenn der Leiter der Mordkommission nun auch noch zu steppen begonnen und das Lied „Oh Danny-Boy" gesungen hätte.

„Setzen Sie sich", sagte O'Donnell mit rauchiger Stimme, nachdem er Simon in das Büro geführt und die Tür hinter ihm geschlossen hatte. Mit Mühe zog er seinen beachtlichen Bauch ein, zwängte sich an Simon vorbei und setzte sich dann ebenfalls hinter seinen mit Aktenbergen überfüllten Schreibtisch, der viel zu klobig für das kleine Büro war. Er zog eine Schublade auf, kramte eine Zigarettenpackung und ein Feuerzeug hervor und steckte sich eine Zigarette an.

„Das stört Sie doch nicht, oder?"

Simon schüttelte kurz den Kopf.

„Okay, dann schießen Sie mal los. Sergeant Ellis sagte mir, dass Sie ein Augenzeuge im Fall der ermordeten Asiatin sind."

„Moment mal! Das ist nicht ganz richtig", widersprach Simon und war überrascht, wie schnell einem doch falsche Worte in den Mund gelegt werden konnten. „Ich sagte dem Sergeant lediglich, dass ich eine Aussage zu dem Fall machen möchte."

„In welcher Verbindung steht diese Aussage zu der Tat? Haben Sie etwas gehört? Gesehen? Stehen Sie in einer Beziehung jedweder Art zu dem Opfer oder dem Täter?“
„Nein, nein. Nichts von alledem ...“ *In was bin ich da nur reingerutscht?* „Ich habe von dem Fall heute Morgen das erste Mal im Radio gehört.“
Der Detective verharrte mitten in einem Zug an seiner filterlosen Zigarette und hob fragend die Brauen. Bläulicher Dunst strich an seinem Gesicht entlang.
„Und?“, fragte er durch eine Wolke aus Rauch.
Simon überlegte, wie er es am besten angehen sollte. „Was ich gerade zu Ihnen gesagt habe, ist eigentlich auch nicht ganz richtig – technisch gesehen zumindest.“
Die Stirn des Polizisten kräuselte sich nun intensiver und Simon vermutete, dass sich der Detective sicherlich schon ernsthaft Gedanken darüber machte, ob er es hier eventuell mit einem Geisteskranken zu tun haben könnte. „Technisch gesehen?“
„Also. Ich hatte so eine Art Vision von diesem Mord, nur Sekunden, bevor im Radio davon berichtet wurde.“
O’Donnell nahm die Zigarette aus dem Mund und drückte sie in einem Aschenbecher vor sich aus. „Okay, mein Junge. Du hast deinen Spaß gehabt. Ende der Show ...“ Er stand auf und ging zur Tür.
„Bitte, Detective“, flehte Simon, „hören Sie mich doch erst einmal zu Ende an. Ich kann mir das doch auch nicht erklären. Glauben Sie denn, es ist ein Vergnügen, wenn man bereits zum Frühstück abgetrennte Finger vor sich sieht?“
O’Donnells Hand blieb wie festgefroren auf der Klinke der Tür liegen. „Was haben Sie da gerade gesagt?“

Simon schaute den Iren verdutzt an und spürte, dass es vielleicht doch noch eine winzige Chance gab, den Detective von der Wahrheit seiner Geschichte zu überzeugen.
„Ich habe das *Metropolitan* vor mir gesehen und ...“
„Es wurde bereits in den Nachrichten darüber berichtet, dass die Leiche hinter dem Museum gefunden wurde. Nein, das meine ich nicht. Ich will wissen, was Sie über den abgetrennten Finger gesagt haben. Woher wissen Sie davon? Dieses Detail wurde bewusst nicht an die Presse weitergegeben.“
Simon rutschte unbehaglich auf seinem Stuhl hin und her. „Wie ich Ihnen schon zu erklären versuchte, hatte ich eine Vision und ...“
O’Donnell lehnte sich vor, sodass der Schreibtisch bedrohlich knarrte. „Hören Sie auf mit dem Unsinn. Woher haben Sie diese Information?“
„Detective, ich ...“
„Nun passen Sie genau auf. Ich weiß nicht, was Sie und Ihre Freunde so lustig daran finden, die Arbeit der Polizei zu behindern. Ich teile Ihren Spaß jedoch nicht. Wahrscheinlich haben Sie mit Ihren Kumpels um ein paar Flaschen Bier gewettet, dass Sie hier hereinspazieren und diesen *Stunt* abziehen würden. Vielleicht warten Ihre Freunde gerade jetzt dort draußen vor dem Revier und lachen sich den Arsch ab. Obwohl es noch früher Vormittag ist, rieche ich bereits Whisky in Ihrem Atem. Das scheint ja eine wirkliche Party für Sie zu sein. Ich denke jedoch, Ihnen ist der Ernst der Lage nicht wirklich bewusst, Mr. Hewitt. Ich kann Sie eins, zwei, drei, ohne viel Aufhebens, in Sicherheitsgewahrsam nehmen lassen, verstehen Sie das? Mal schauen, wie viel Freude Sie daran hätten, wenn ich Sie in die Sammelzelle mit ein paar wirklich üblen

Typen stecken würde. Also, ich weiß nicht, wer Ihnen von der Sache mit dem Finger erzählt hat, aber kommen Sie mir verdammt noch mal nicht mit so einer saudummen Geschichte über irgendwelche Visionen. Und jetzt möchte ich wissen, woher Sie diese Information haben oder wer Sie Ihnen gegeben hat."

„Ich schwöre bei Gott, dass ..."

„Und den Herrgott lassen Sie ganz aus dem Spiel!", brüllte der irische Polizist und schlug die Faust auf den Schreibtisch, sodass der Aschenbecher darauf gefährlich zu tanzen begann. Sein Gesicht war nun genauso rot wie sein Haarschopf. Simon hingegen war ganz blass geworden. Langsam stieg Wut in ihm auf. Er presste die Lippen aufeinander. Er hatte der Polizei doch nur helfen wollen und nun dieses demütigende Theater ...

„Ich denke, es ist besser, wenn ich nun gehe. Ich muss mir diesen Ton nicht bieten lassen." Er stand auf.

„Sie setzen sich auf der Stelle wieder hin", sagte der Leiter der Mordkommission mit ruhiger Stimme, die jedoch um ein Vielfaches bedrohlicher wirkte als sein Gebrüll von eben. Simon gehorchte instinktiv. „Ich entscheide, wann dieses Gespräch beendet ist und *nur* ich allein, haben Sie das verstanden, Mr. Hewitt?"

Eine peinliche Stille breitete sich im Raum aus, in der Simon seine Hände anstarrte, die in seinem Schoß lagen, und der Detective bemüht war, seine Fassung zurückzugewinnen.

„Beginnen wir noch einmal ganz von vorn, okay?" Der Stuhl ächzte, als sich der schwergewichtige Ire wieder setzte. „Sie sagen also, Sie hätten eine Vision von dem Mord an der asiatischen Frau gehabt und dabei irgendwelche Details gesehen, habe ich das richtig verstanden?"

Simon spürte den Spott in der Frage und bevorzugte es deshalb, weiterhin schweigend auf seine Hände zu starren.
„Ist das richtig?“, wiederholte der Polizist mit Nachdruck.
„Ja, das ist korrekt“, maulte Simon.
„Hm, dann können Sie mir ja auch sicherlich sagen, um welchen Finger des Opfers es sich genau handelt, nicht wahr?“
Das Herz des New Yorkers setzte für einige Schläge aus. Über dieses Detail hatte Simon überhaupt noch nicht näher nachgedacht. Er versuchte, sich widerwillig an den grausigen Anblick von heute Früh zu erinnern. Unglücklicherweise weigerte sich sein Verstand, das Bild in allen Einzelheiten zu reproduzieren. Er hatte nicht die geringste Ahnung. Nun stand er ziemlich blöde vor O’Donnell da. Der Polizist würde mit Freude die Gelegenheit nutzen, ihn in der Luft zu zerreißen oder um erneut in eine seiner leidenschaftlichen Belehrungen über die Behinderung polizeilicher Ermittlungen zu verfallen. Plötzlich fiel Simon etwas ein. Er hatte etwas Goldenes an dem Finger blinken gesehen. Ja, da war er sich ganz sicher – ein Ring, Vielleicht ein Ehering? Simon setzte alles auf eine Karte.
„Sind Sie noch da, Mr. Hewitt? Oder haben Sie gerade wieder eine Vision?“
Simon überhörte den zynischen Spott. „Es ist der Ringfinger der linken Hand.“
Die Augen des Detectives verengten sich zu schmalen, misstrauischen Schlitzen.
„Wie gesagt, ich weiß nicht, woher Sie diese Information haben, aber sie stimmt. Was wissen Sie sonst noch?“

Simon überlegte, ließ im Geiste noch einmal die seltsamen Ereignisse des Morgens Revue passieren. Er berichtete dem Polizisten von den wesentlichen Bestandteilen der Vision, dem Ort hinter dem Museum, dem blutigen Stein, der getöteten Asiatin und dem abgetrennten Finger. Als Simon nun näher darüber nachdachte, waren das alles Informationen, die die Polizei bereits selbst kannte. *Warum habe ich mich nur dazu hinreißen lassen, eine Aussage machen zu wollen?* O'Donnell machte ein Gesicht wie zehn Tage Regenwetter.
„Nun, Mr. Hewitt, das sind alles nicht wirklich großartige Neuigkeiten für uns. Vielmehr kommen nun Sie als eine weitere, unbekannte Variable ins Spiel, von der ich überhaupt noch nicht weiß, wie sie in das ganze Bild hineinpassen könnte ..." O'Donnell starrte Simon noch einen Augenblick länger durchdringend an. Abrupt stand er auf. Dies war dann wohl das Zeichen, dass der Detective das Gespräch für beendet erachtete.
„Wie dem auch sei, Mr. Hewitt. Wir haben Ihre Adresse und Ihre Telefonnummer. Ich möchte Sie bitten, in den nächsten Tagen erreichbar zu bleiben und auf keinen Fall die Stadt zu verlassen ..."
Simon verließ das Büro. Seine Wangen brannten – sowohl vor Scham als auch vor Wut. *Herzlichen Glückwunsch, jetzt bin ich ein Verdächtiger in einem Mordfall. Das war wirklich eine saublöde Idee*, schalt Simon sich selbst. Als er auf der Straße vor dem Polizeirevier stand und die Luft tief in seine Lungen sog, hatte sich sein Gemüt schon wieder ein wenig beruhigt. Um ehrlich zu sein, wäre er anstelle des Detectives gewesen und jemand hätte ihm eine derart haarsträubende Geschichte erzählt, er wäre genauso skeptisch geblieben. Simon wollte nach Hause. Ein

weiterer Whisky wäre gar nicht mal so eine schlechte Idee. Die Lust auf die Freiheitsstatue war ihm jedenfalls gehörig vergangen.

New York, Samstag, 16. Oktober 2004, 15:25 Uhr
Simon lag auf der Couch in seinem Apartment, als das Telefon klingelte. Seine Gedanken kreisten noch immer um das Gespräch auf dem Revier. *Was habe ich mir dabei nur gedacht? Ich hätte genauso gut die Kaffeetasse von O'Donnells Schreibtisch greifen und ihm anbieten können, die Zukunft aus dem Kaffeesatz zu lesen oder noch besser, den Fall gleich komplett für ihn zu lösen.* Das Telefon blieb hartnäckig. Simon griff nach dem Hörer.
„Hallo?"
„Mr. Hewitt?", erklang eine rauchige Stimme.
„Ja. Wer ist da?"
„Detective O'Donnell. Wir haben heute Morgen auf dem Revier miteinander gesprochen."
„Ach ja, richtig. Ich hatte es beinahe schon vergessen, schließlich werde ich täglich des Mordes verdächtigt." Der Spott hatte seine Zungenspitze verlassen, noch ehe er ihn hätte zurückhalten können. Was sollte es? Er war jetzt so richtig in Fahrt. „Und bevor Sie fragen - nein, ich habe meine Kristallkugel gerade nicht auf Empfang geschaltet."
„Mr. Hewitt, ich wollte nichts dergleichen fragen. Ich verstehe, dass Ihnen unsere Unterredung etwas zugesetzt hat ..." Eine kleine Pause, in der nur das statische Knacken der Verbindung zu hören war. „Um ehrlich zu sein, es ist in der Zwischenzeit etwas sehr Seltsames vorgefallen und ich möchte Sie deshalb bitten, dass wir uns treffen."
„Was? Wo denn? Auf dem Revier?"

„Nein. Wäre es Ihnen möglich, zur Roosevelt Island zu kommen? Sie kennen doch die Seilbahnstation dort, oder?“
„Ja, natürlich, die Roosevelt Island Tram. Was ist denn passiert?“
„Das besprechen wir am besten vor Ort, nicht am Telefon. Wann könnten Sie dort sein?“
„Ich hab’ kein Auto, aber mit dem Taxi müsste ich es in fünfzehn Minuten schaffen.“
„Gut. Dann sehen wir uns um Viertel vor vier an der Station.“
Bevor Simon noch etwas fragen konnte, hatte der Detective schon aufgelegt.

Die Seilbahn führte parallel zur *Queensboro Bridge* über den West Kanal des East River und war eine beliebte Attraktion für Touristen aus aller Welt. Fast unglaublich, aber Simon hatte auch diese Sehenswürdigkeit der Stadt noch niemals zuvor besucht. Normalerweise war die Station mit Touristen überlaufen, heute jedoch war sie für die Öffentlichkeit nicht zugängig. Gelb-schwarzes Sperrband sicherte das Gebäude ab und mehrere Polizisten bewachten die Umgebung. Unterhalb des Eingangsschildes leuchtete bereits auffällig der rote Haarschopf des Detectives in der Sonne des späten Nachmittags. Als O’Donnell Simon erblickte, kam er ihm auf halbem Wege entgegen.
„Vielen Dank, Mr. Hewitt, dass Sie so schnell kommen konnten.“ O’Donnell reichte ihm die Hand, eine Geste, die er heute Morgen auf dem Revier gänzlich vernachlässigt hatte. Dies kam Simon reichlich sonderbar vor.

„Kein Problem“, antwortete er locker. „Sie sagten, etwas Seltsames sei vorgefallen?“
„Ja, ganz Recht. Vielleicht ist es am besten, Sie folgen mir. Es gibt da etwas, das wir nicht verstehen.“
Der Detective redete noch immer in Rätseln und führte Simon in die Seilbahnstation hinein. Die Bahn war stillgelegt. Beide der rotweißen Gondeln, die wie die Kabinen einer Seilbahn in den Alpen aussahen und von denen jede Einzelne mehr als sechzig Passagieren bequem Platz bot, befanden sich gerade in der diesseitigen Station. Die Türen der einen Gondel waren geöffnet, aber ebenfalls mit Absperrband als Tatort gekennzeichnet.
„Leider komme ich nicht umhin, Ihnen den Anblick zu ersparen.“ Mit diesen Worten tauchte der Detective unter die Absperrung hindurch und betrat die Bahn. Simon folgte ihm nach kurzem Zögern. O’Donnell hielt zielstrebig auf die letzte Reihe der Kabine zu. Ein Beamter der Spurensicherung richtete gerade das Objektiv seiner Kamera auf den Boden und machte mit gleißendem Blitzlicht einige Fotos von etwas, das Simon von seiner augenblicklichen Position aus nicht sehen konnte. Als der Officer den Detective und seinen Begleiter bemerkte, machte er Platz, um den beiden nicht im Wege zu stehen. Die Sitzbank war blutverschmiert und auf dem Sitz in der hinteren, rechten Ecke lag ein abgetrennter, menschlicher Finger, der bereits als Beweisstück mit weißer Kreide gekennzeichnet worden war. Simon würgte und wandte sich ab.
„Ich weiß, dass das ein schrecklicher Anblick ist, aber dennoch muss ich Sie bitten, noch einmal genau hinzusehen, Mr. Hewitt“, sagte O’Donnell.

Simon drehte sich langsam wieder um und betrachtete mit einiger Überwindung den schrecklichen Anblick vor sich. Der Finger war weit oberhalb des Fingerknöchels abgetrennt, die Haut am Rand ausgefranst. Der Knochen selbst ragte blutig etwas weiter aus dem Finger hervor. Ein goldener Ehering steckte auf dem Körperteil. Der Fingernagel war lackiert, was auf ein weibliches Opfer schließen ließ.
„Ich weiß noch immer nicht, warum Sie mir das alles zeigen. Ich -" Weiter kam er nicht. Erst jetzt hatte sein geschockter Verstand das Wesentliche wahrgenommen, das, was der Detective ihm eigentlich hatte zeigen wollen. Auf der Rückseite der Lehne zur nächsten Sitzreihe war etwas mit Blut geschrieben. Wahrscheinlich hatte der Täter den Finger wie einen Stift dafür benutzt. In blutigen, verschmierten Buchstaben standen dort sieben Wörter, die dem New Yorker das Blut in den Adern gefrieren ließen. Sieben Wörter, die ihn tiefer in die rätselhaften Ereignisse hineinzogen. Sieben Wörter, die unweigerlich an ihn gerichtet waren.

SIMON, ICH WEISS, DASS DU DA BIST

Die Übelkeit kam wieder, übermannte ihn. Er stürmte zum Ausgang der Gondel, zerriss dabei das Absperrband und erreichte in letzter Sekunde die Brüstung der Seilbahnstation. In hohem Bogen übergab er sich über das Geländer hinweg. Ein schrecklicher Gedanke formte sich mit aller Hartnäckigkeit in seinem Kopf. Das, was er an diesem Morgen erlebt hatte, musste mehr als eine bloße Vision gewesen sein. Auf unheimliche Weise schien er eine Verbindung mit dem Täter hergestellt zu haben. Die schreckliche Wahrheit dabei

war die, dass diese Verbindung nicht nur einseitig existierte. Der Mörder hatte wahrscheinlich ähnliche Visionen. Die blutige Nachricht auf dem Sitz war dafür doch mehr Beweis als genug. Der Täter kannte bereits seinen Namen und war ihm in dieser Beziehung schon weit voraus.
O'Donnell hatte sich taktvoll genähert, lehnte sich neben Simon auf das Geländer und starrte über den East River auf die Skyline von Manhattan.
„Die Fragen in diesem Fall häufen sich, Mr. Hewitt. Wie erklären Sie sich, dass der Täter Ihren Namen an diesem Tatort hinterlassen hat?"
Simon spürte bei dieser Frage schon wieder den Zorn in sich aufsteigen. Er hatte nicht vor, noch einmal das gleiche Schauspiel von heute Morgen durchzustehen. „Ich sagte Ihnen bereits, dass ich nicht erklären kann, was mit mir geschieht. Ebenso wenig habe ich weder eine Erklärung dafür, was hier vor sich geht, noch wie mein Name hierher kommt. Vor ein paar Stunden noch haben Sie mich beschuldigt, ich würde einen bösen Scherz mit Ihnen treiben und nun erwarten Sie, dass ich eine logische Erklärung für all das hier parat habe?" Simon zog ein Taschentuch aus seiner Jackentasche und wischte sich den Mund ab. Er mied weiterhin, den Detective anzublicken. Ärger wallte weiter in ihm hoch, eher jedoch eine unfokussierte Wut darüber, warum gerade er in diese Dinge verwickelt werden musste.
„Unsere Ermittlungen stecken in der Sackgasse", gestand O'Donnell säuerlich. „Die Spuren und Hinweise vom Tatort im Central Park verlaufen im Sande, ergeben keine Ansatzpunkte für weitere Ermittlungen. Als uns dieser Vorfall gemeldet wurde, hofften wir,

weitere Hinweise zu finden. Wir kennen aber nicht einmal die Leiche, zu der dieser Finger gehört ..."
„Und da dachten Sie sich, fragen wir doch mal den Spinner aus Queens, ob er in der Zwischenzeit nicht mal wieder ein paar sonderbare Träume gehabt hat ..."
O'Donnell zuckte mit den Schultern. „Auch ich hab' Vorgesetzte, die mir vorschreiben, was ich zu tun habe, und die wahrscheinlich eher an so einen Hokuspokus glauben, als ich es tue."
Simon lächelte schwach. Immerhin war der Detective ehrlich, was seine Einstellung betraf.
„Und hatten Sie irgendwelche Träume?", fragte der Ire und schaute weiterhin auf das glitzernde Wasser des Flusses.
Simon schüttelte den Kopf und schnaufte verächtlich. „Glauben Sie wirklich, ich habe mir das alles gewünscht? Haben Sie eine Ahnung, wie ich mich fühle? Nein? Ich kann Ihnen jedenfalls sagen, dass es kein schönes Gefühl ist, seinen Namen in Blut auf einer Sitzlehne geschrieben vorzufinden."
Beide Männer schwiegen einen Moment.
„Was müssen Sie denn tun, damit diese Visionen beginnen?", fragte O'Donnell.
„ICH WEISS ES NICHT!", brüllte Simon gereizt, worauf sich einige der Polizisten an der Seilbahn zu ihnen herum drehten. „Ich bin kein verdammter Varieté-Künstler, der seine Finger an die Schläfen hält und dann Dinge errät, die Leute in seinem Publikum in ihren Hosentaschen mit sich führen."
„Vielleicht versuchen Sie es einfach mal, ganz unverbindlich ...", versuchte es der Detective weiter. Simon konnte es nicht glauben. O'Donnell meinte es wirklich ernst.
„Sie meinen wirklich ...?"

„Warum nicht, was haben wir zu verlieren?“
„Nun, für mich gibt es da schon das ein oder andere ... Was ist, wenn der Mörder jedes Mal auch etwas über mich erfährt, wenn ich eine Verbindung zu ihm herstelle? Was, wenn er mehr als meinen Vornamen herausfindet ...?“
„Wer sagt, dass er das noch nicht getan hat?“, sagte O’Donnell lapidar.
Der Detective hatte wirklich ein Talent dafür, Simon Mut zu machen. „Okay. Versuchen wir es.“
Simon atmete tief durch, schloss die Augen und legte die Hände an die Schläfen, weil ihm nichts anderes Sinnvolles in den Kopf kam. Nichts. Nein, so funktionierte das nicht. Simon blickte zurück zu der Kabine der Seilbahn. Als der Täter die Nachricht auf die Lehne geschrieben hatte, musste er dort in der letzten Sitzreihe gesessen haben. Vielleicht half das Simon, den Kontakt herzustellen. Er betrat die Gondel und ging ganz nach hinten durch. O’Donnell folgte ihm wie ein Schatten, ohne auch nur ein Wort zu sagen.
„Darf ich mich dort hinsetzen?“, fragte er den Kriminalbeamten.
O’Donnell vergewisserte sich kurz bei dem Officer von der Spurensicherung, ob alle Beweise erfasst und alle Tatortfotos gemacht waren. Dann nickte er Simon bestätigend zu, der sich auf die Bank hinsetzte, die blutige Schrift vor Augen. Sofort geschah etwas. In seinem Kopf rauschte es wie bei einem ungenau eingestellten Sender im Radio. Ein Kribbeln kletterte an seinem Rückgrat hinauf bis zum Nacken. Sekunden später wurde sein Bewusstsein, wie durch einen Trichter, fortgezogen. Etwas war anders als an diesem Morgen. Bei seiner ersten Vision hatte sich lediglich die Umgebung um ihn herum verändert, sein eigenes

„Ich“ war davon jedoch unberührt geblieben. Diesmal hingegen schien er in den Körper einer anderen Person hineingeschlüpft zu sein, einer Person, über die er jedoch keine Kontrolle zu haben schien. Er sah ein Straßenschild. *Franklin D. Roosevelt Drive*, sah dort die Seilbahnstation und eine Tür zum Maschinenraum an der Rückseite des Gebäudes. Simon/Der Fremde entdeckte das Gesicht einer blonden Frau, die lachte. *Kaminsky*. Ein Wort hallte in seinem Kopf. *Orchidee69*. Wie im Inneren eines schwarzen Lochs, wurde sein Bewusstsein weitergerissen. Simon/Der Fremde sah nun eine hübsche Asiatin, die ebenfalls lächelte. *Cheryl Xiang*. Wieder das brutale Wegreißen seines Geistes. Neue Bilder und Namen. *Linda*. Sie schrie den Fremden/Simon an. Sie war nackt. Ein unbekleideter Mann lag neben ihr im Bett und grinste unverschämt ... Simon sackte auf dem Sitz zusammen. O’Donnell schlug ihm sachte auf die Wange, um ihn aus der Ohnmacht zurückzuholen. Verwirrt blickte sich Simon um, bis er realisierte, dass er wieder im Hier und Jetzt war.

„Oh, Shit! Was war das?“, stieß er hervor und machte sich erst einmal Luft.

„Was haben Sie gesehen?“, drängte der Detective.

„Ich glaube, wir müssen rüber zur Station auf der anderen Flussseite. Dort werden wir die Leiche finden, zu der dieser Finger hier passt. Wenn mich nicht alles täuscht, heißt die Frau mit Nachnamen *Kaminsky*.“

„Das haben Sie alles gesehen?“, fragte O’Donnell.

„Das und noch mehr.“ Simon schaute dem Polizeibeamten unheilvoll in die Augen. Dieser holte seinen Notizblock hervor und schrieb mit.

„Bei dem Opfer im Central Park handelt es sich um eine gewisse Cheryl Xiang. Es tauchte noch ein an-

derer Name auf ..." Simon überlegte. „... Linda. Außerdem habe ich ein Codewort aufgeschnappt – *Orchidee69*. Was das auch immer bedeuten mag?"
O'Donnell rief einen Sergeant zu sich. „Smith, überprüfen Sie die Namen Cheryl Xiang, sowie den Nachnamen Kaminsky. Versuchen Sie auch was über *Orchidee69* rauszufinden, okay?"
„Klingt fast wie ein ‚*Nickname*' im Web", meinte der Officer.
„Wie auch immer. Überprüfen Sie's. Vielleicht bringt uns das weiter." Er wandte sich an Simon. „Kommen Sie mit. Wir fahren auf die andere Seite des East Rivers und sehen nach, ob sich Ihre Vision bestätigen lässt oder ob wir Sie vielleicht doch noch in die Psychiatrie einweisen müssen. " Mit diesen Worten war der rothaarige Ire auch schon zu seinem Dienstfahrzeug unterwegs. Diese Agilität hätte Simon dem Detective niemals zugetraut. Als er noch einen weiteren Moment reglos stehen blieb, drehte sich der Ire ungeduldig zu ihm um .
„Wo zum Teufel bleiben Sie?"

Die Kolonne von Polizeifahrzeugen raste mit eingeschalteten Sirenen über die Queensboro Bridge hinüber zur gegenüberliegenden Station der Roosevelt Island Tram. Die Reifen kreischten und hinterließen eine schwarze Spur verbrannten Gummis auf dem Asphalt der Straße, die nach einem der Präsidenten der Vereinigten Staaten benannt wurde – *Franklin D. Roosevelt Drive*. Patrick O'Donnell sprang aus dem Wagen und wartete, bis auch Simon ausgestiegen war. Mit schnellen Schritten gingen sie auf die Seilbahnstation zu. Natürlich war auch diese Seite der Bahn abgeriegelt worden, nachdem der Fahrbetrieb aufgrund des

schrecklichen Fundes eingestellt worden war. An der Hinterseite des Stationsgebäudes befand sich eine kleine Metalltür mit einem Schild „Betreten verboten. Maschinenraum“. Simon blieb ein Stück zurück und beobachtete, wie sich die Polizisten mit gezogenen Waffen der Tür näherten und sie dann aufzogen. O’Donnell drang mit seinen Leuten in den Maschinenraum vor, kam nach einigen Augenblicken wieder ans Tageslicht und schaute Simon mit düsterem Blick an.
„Sie hatten Recht. Wir haben die Leiche einer Frau gefunden. Ihr fehlt der Ringfinger ...“

New York, Samstag, 16. Oktober 2004, 17:30 Uhr
Der Detective und Simon gingen noch einmal die Fakten durch, als sie zurück auf dem Polizeirevier in Queens waren.
„Die Identität des Opfers aus dem Central Park können wir bestätigen. Es handelt sich tatsächlich um eine gewisse Cheryl Xiang. Sie wohnte in China Town. Bei dem zweiten Opfer – wir gehen zumindest davon aus, dass es erst das zweite ist – handelt es sich um Claudia Kaminsky. Eine polnische Immigrantin, die eine Wohnung in Brooklyn besaß. Sergeant Smith ist unterdessen dem Hinweis nach dem Codewort *Orchidee69* nachgegangen. Wir haben wirklich etwas Interessantes herausgefunden ...“
O’Donnell machte eine dramatische Pause. Simon war überhaupt nicht nach Dramatik zumute. Eigentlich war er schlichtweg ausgelaugt und todmüde. Er wollte nach Hause. Um dem Detective jedoch nicht vor den Kopf zu stoßen und um die Prozedur abzukürzen, zog er interessiert die Brauen in die Höhe. „Und das wäre?“
„*Orchidee69* ist der Benutzername von Claudia Kaminsky auf der Internetseite einer Online-Partner-

vermittlung. Ein weiterer registrierter Benutzer dieses Dienstleisters ist auch Mrs. Xiang."
Nun wurde Simon doch hellhörig.
„Und ihr Benutzername lautet *Linda*?"
„Nein, das nicht. Linda passt irgendwie noch nicht ins Puzzle."
„Moment mal. Sie sagten gerade Mrs. Xiang und nicht Miss Xiang", argwöhnte Simon.
„Das ist richtig. Sowohl Cheryl Xiang als auch Claudia Kaminsky waren beide verheiratet. Nichtsdestotrotz turtelten und flirteten sie auf dieser Verkupplungsseite mit anderen Männern. Interessant, nicht wahr?"
„Das könnte doch bedeuten, dass sie hier vielleicht unbewusst auf ihren Mörder gestoßen waren, ohne es zu ahnen, den Kontakt mit ihm aufgenommen hatten, oder etwa nicht?"
„Wieder goldrichtig. Die Online-Partnervermittlung ist der gemeinsame, verbindende Drehpunkt. Vielleicht handelt es sich bei unserem Mörder um einen Moralapostel, der diejenigen bestraft, die gegen das Zehnte Gebot Gottes verstoßen ..."
„Du sollst nicht begehren Deines Nächsten Weib!", sagte Simon, der es nicht fassen konnte.
„... oder aber auch andersherum", ergänzte O'Donnell sarkastisch.
„Aber warum?"
„Hm? Vielleicht kommt hier Linda ins Spiel ..."
Das war alles zuviel für Simon. Er rieb sich die müden Augen und kratzte die Stirn.
„Nichts für ungut, Detective. Aber die ganze Sache hat mich doch sehr mitgenommen und ausgelaugt. Ich möchte gerne nach Hause und nichts lieber, als mich schlafen legen. Wissen Sie, ich habe mein übersinnliches Potential für heute aufgebraucht und hoffe,

morgen Früh einfach aufzuwachen und festzustellen, dass alles nur ein böser Traum gewesen ist. Sie kennen meine Telefonnummer und wissen, wo Sie mich erreichen können." Mit diesen Worten stand Simon auf, verabschiedete sich von dem Iren und verließ das Polizeirevier. O'Donnell starrte noch lange auf die Tür, die hinter dem jungen Mann zugefallen war. Das war mit Abstand der merkwürdigste Tag, den er in seiner bisherigen Laufbahn als Polizist erlebt hatte. Er beneidete Simon um seine seltsame, neuerworbene Fähigkeit nicht im Geringsten ...

New York, Sonntag, 17. Oktober 2004, 0:25 Uhr
Simon wälzte sich unruhig im Bett umher. Obwohl sein Körper nach Schlaf schrie, fand er keine Ruhe. Er fühlte sich völlig matt, als hätte er an einem Marathonlauf teilgenommen. Er bräuchte nur die Augen zu schließen und schon würde er ins Reich der Träume hinübergleiten, aber genau das war es, was ihm so Angst machte. Sobald er die Augen schloss, kamen die Bilder. Eindrücke, die nicht ihm gehörten, die er durch die Augen eines anderen sah. Nur war dieser Fremde kein Mensch wie jeder andere, sondern ein Psychopath, ein Verrückter, ein Abszess der Gesellschaft. War er das wirklich? Ein Geschwür der Menschheit? Je nachdem, wie man es betrachtete, waren doch die Gesellschaft und die Menschen darin die eigentliche Krankheit für die Welt; vergiftet mit Boshaftigkeit, Untreue, Gewalt und Mord. Der Mann, zu dem er diese sonderbare Verbindung hatte, versuchte doch nur, dieses Geschwür herauszuschneiden, eine Heilung herbeizuführen, oder etwa nicht ...?
Der Gedanke verursachte ihm eine Gänsehaut. Nein, so durfte man das nicht betrachten. Unrecht recht-

fertigte nicht Unrecht. Simons Augenlider wurden immer schwerer, sein Atem immer ruhiger. Er schloss die Augen und unmittelbar kamen neue Bilder – ein dunkles Zimmer – eine Zigarrenkiste – und Worte.
BadGirl.
July Russel.
Dann war es still.

New York, Sonntag, 17. Oktober, 7:58 Uhr.
Der Himmel war grau und wolkenverhangen. Der Schlaf hatte Simon nicht die Erholung gebracht, die er sich erhofft hatte. Im Gegenteil. Er fühlte sich wie durch die Mangel gedreht. Müde und erschöpft saß er in der Küche. Mitten auf dem Tisch stand das Radio – ausgeschaltet. Simon hatte Angst, das Gerät anzustellen und zu hören, was die Nachrichten zur vollen Stunde berichten würden. Aber dadurch, dass er sich weigerte hinzuhören, würde das Geschehene auch nicht ungeschehen bleiben. Er beugte sich zu dem kleinen Radio vor und schaltete es ein. Ein Jingle spielte.
„Guten Morgen New York. Hier ist BFWNY. Es ist acht Uhr. Wir bringen Ihnen die neuesten Nachrichten des Tages. Im Studio – Ryan McFlaherty. Bereits gestern berichteten wir in einigen Sondersendungen über die ungeklärten Verbrechen an Cheryl Xiang und Claudia Kaminsky, die laut aktuellsten Polizeiberichten in direktem Zusammenhang miteinander stehen. In die traurige Liste der Opfer reiht sich nun leider ein weiterer Name. Im Astoria Park, am East River, fanden Passanten am frühen Morgen die Leiche einer jungen Frau, die als July Russel identifiziert werden konnte ...“

Simon schlug mit der flachen Hand auf den Tisch, sodass das Radio bedrohlich schwankte. Warum musste es so kommen? Warum?
„... auch diesem Opfer fehlt – ebenso wie den beiden vorangegangenen – der Ringfinger der linken Hand. Diese bisher geheimgehaltene Information ließ die Polizei vor wenigen Stunden verlautbaren. Man müsse verstärkt die Verbrechen eines Serientäters in Betracht ziehen, äußerte sich Detective Patrick O'Donnell, Leiter der New Yorker Mordkommission, den Medien gegenüber zu den Mordfällen. Nützliche Hinweise können bei jeder Dienststelle des NYPD gegeben werden. BFWNY wird Sie natürlich weiter zu den Ermittlungen auf dem Laufenden halten."
Simon stellte das Radio aus und legte seine Stirn auf die kühle Tischplatte. Zumindest wurde in dem Bericht nichts von einer mysteriösen, mit Blut geschriebenen Botschaft erwähnt. Er stand auf, nahm sich ein Trinkglas aus dem Schrank und füllte es mit kaltem Wasser. Dann legte er den Kopf in den Nacken und nahm einen großen Schluck ...

Er sah die Küchenzeile nicht mehr. Als würden die Konturen seiner Umgebung wie ein japanisches Sandbild von einem unsichtbaren Wind hinweggefegt, befand er sich von einer Sekunde auf die nächste an einem anderen Ort. Er blickte durch die Augen eines anderen auf eine junge Frau, die anzüglich lächelnd zu ihm sprach.
„Hallo, ich bin July ... BadGirl ... Wie auch immer ... Such's dir aus, was dir besser gefällt." Sie grinste und guckte verlegen zu Boden, dann hob sie den Blick wieder und schaute ihm direkt in die Augen. Und wie ist dein richtiger Name?"

Simon lauschte angestrengt, hörte jedoch nicht die Worte der Person, aus dessen Augen er die Szene beobachtete.
„Sebastian?“, wiederholte die Frau und schien den Namen abzuwägen, ob sie ihn mochte oder nicht. „Sebastian ist okay.“ Wieder schaute sie auf ihre Schuhspitzen. Die Nervosität war ihr deutlich anzumerken. „Weißt du, normalerweise mache ich so etwas nicht. Ich meine, mich mit irgendwelchen Typen am frühen Morgen, direkt nach der Arbeit, in einem Park zu treffen. Ich fand dich aber irgendwie interessant und wollte dich unbedingt kennen lernen.“
Der Fremde/Simon erwiderte etwas, worauf July herzlich lachte.
„Frühstück wäre super ...“, sagte sie.
Das Gegenstück des Dialogs blieb aus.
„Nein, es muss natürlich nicht bei *Tiffany* sein. French Toast und schwarzer Kaffee würden mir schon genügen. War eine verdammt lange Nacht in der Klinik.“
Die Frau drehte dem Fremden/Simon den Rücken zu und ging ein paar Schritte voraus. Der Blickwinkel änderte sich für einen kurzen Moment, als würde der Fremde/Simon etwas vom Boden aufheben. Als sich July Russel umdrehte, gefror ihr Lächeln auf dem Gesicht. Eine behandschuhte Hand, die einen schweren Stein fasste, erschien im Sichtfeld. Mit voller Wucht prallte der Stein gegen die Schläfe der jungen Frau. Blut spritzte über ihr Gesicht, begleitet von einem Übelkeit erregenden Knirschen des Schädels. Ihr Körper taumelte zu Boden. Simon beobachtete mit Schrecken und Hilflosigkeit, was der Täter nun tat. Er sah sich verstohlen um. Keine Menschenseele war in der Nähe. Der Blick des Mörders glitt an sich selbst

hinunter und Simon erkannte kurz eine schwarze Hose, dunkle Lederschuhe und einen schwarzen Mantel, aus dessen Tasche der Täter nun eine Kneifzange hervorholte. Damit beugte er sich über die Frau, schnitt ihr den Finger ab und steckte ihn samt Zange wieder in die Manteltasche. Unter der Hand und dem Kopf des Opfers breiteten sich dunkelrote Blutlachen aus. Der Killer steckte einen Zettel in die Bluse der jungen, toten Frau ...

Das Wasserglas fiel wie in Zeitlupe zu Boden, wo es mit einem lauten Knall in tausend Stücke zerbarst. Simon übergab sich in das Spülbecken der Küchenzeile. Das Entleeren seines Magens in diesem Raum seiner Wohnung wurde allmählich zu einer unangenehmen Angewohnheit ... Er wollte das alles nicht. Die ganze Geschichte machte ihm eine verfluchte Angst. Er hatte das unbestimmte Gefühl, dass die übersinnliche Verbindung zu dem Täter von Mal zu Mal immer intensiver wurde. Dies wiederum bedeutete aber auch unweigerlich, dass sein Gegenspieler immer mehr von ihm erfuhr. Womöglich war sein Leben bereits in größter Gefahr. Simon machte erneut die Küche sauber, zog sich rasch an und pfiff auf der Straße vor dem Haus ein Taxi zu sich heran. Der indische Fahrer sah ihn gelangweilt an. Simon zog die Wagentür hinter sich zu. „Zum Polizeirevier. Bitte beeilen Sie sich."

New York, Sonntag, 17. Oktober 2004, 10:48 Uhr.
Auf dem Revier herrschte der übliche Wahnsinn. Sergeant Ellis war ebenfalls bereits im Dienst. Als er Simon zur Tür hereinkommen sah, winkte er ihm zu, gleich durchzukommen. Er teilte Simon mit, dass Detective O'Donnell in seinem Büro bereits auf ihn

warten würde. Simon streifte seinen Mantel ab, legte ihn über den angewinkelten Unterarm und betrat das kleine Büro des Leiters der Mordkommission.
„Ah, Mr. Hewitt. Ich hatte bereits versucht, Sie telefonisch zu Hause zu erreichen, jedoch ohne Erfolg. Wie dem auch sei ..."
„Hören Sie, Detective. Ich weiß von dem Mord an July Russel."
„Ja, natürlich. Warum sollten Sie das auch nicht? Es läuft ja schließlich auf allen Sendern."
„Lassen Sie endlich diese kindischen Spielchen. Sie wissen doch genau, was ich meine ..."
„Was haben Sie denn ... äh ... gesehen?", fragte der Beamte und Simon spürte deutlich, dass dem Iren die Vorstellung eines hellsehenden Mediums noch immer nicht gefiel.
„Ich war dabei ..."
„Wie meinen Sie das?"
„So, wie ich es sage. Ich sah, wie er es tat. Ich habe gesehen, wie er der Frau den Stein an den Kopf schlug, ich habe miterlebt, wie er ihr den Finger mit einer Zange abgetrennt hat ..." Simon schluckte. Bei dem Gedanken wurde ihm schon wieder schlecht.
„Hm ... Sonst noch etwas?
„SONST NOCH ETWAS?" fuhr Simon aus der Haut. „Was meinen Sie mit *sonst noch etwas?* Das mag für Sie ja alles ganz normal sein, für mich ist es das aber nicht, verstehen Sie?" Simon ging wütend in dem kleinen Büro auf und ab. „Aber um Ihre Frage zu beantworten, ja, ich habe noch etwas gesehen, was ich sehr merkwürdig fand."
O'Donnell wurde nun hellhörig. Es schien fast so, als kannte er bereits ein weiteres Detail, das er aber

zunächst aus dem Mund seines Gegenübers hören wollte.
Simon unterbrach seinen Marathonlauf. „Ich sah, wie der Täter dem Opfer etwas in die Bluse steckte."
Der Detective seufzte, gab sich geschlagen. „Wir haben einen Zettel gefunden. Er enthält eine kurze Botschaft." O'Donnell holte das Papier hervor und reichte es Simon über den Schreibtisch hinweg. Der kleine, zerknitterte Fetzen Papier enthielt nur vier Wörter.

SIMON, ICH KENNE DICH.

Simon sprang auf und ging erneut wie ein gefangenes Raubtier im Raum auf und ab.
„Shit. Was mache ich jetzt bloß? Der Kerl hat es doch höchstwahrscheinlich auf mich abgesehen. Oh, mein Gott."
„Beruhigen Sie sich. Wir haben noch mehr herausgefunden. Als wir einen Serientäter nicht mehr ausschließen konnten, haben wir einen Abgleich der internationalen Straftaten-Datenbanken veranlasst. Die Spur des Täters lässt sich nach Kanada zurückverfolgen. Cheryl Xiang war also nicht, wie ursprünglich von uns angenommen, das erste Opfer des Straftäters. Mindestens neun weitere Fälle mit identischem MO – dem abgetrennten Ringfinger – sind in unserem Nachbarland bereits aktenkundig."
„Diese Information soll mich beruhigen, ja?", brauste der junge New Yorker auf.
„Alle Todesopfer waren verheiratete Frauen."
„O'Donnell, hören Sie." Simons Verzweiflung brodelte ganz dicht unter der Oberfläche. „Falls der Täter hinter mir her ist, dann nicht aus dem Grund, weil ich

ein fremdgehender Bastard sein könnte und gegen seine moralischen Werte verstoße, sondern weil ich in seinem verdammten Kopf herumspuke, verstehen Sie das denn nicht?“
O’Donnell sagte nichts. Was hätte er darauf auch erwidern sollen?
„Ich bin erst dann wieder in Sicherheit, wenn der Killer geschnappt ist ...“
Simon verharrte plötzlich, wie vom Blitz getroffen. „Moment mal. Da war noch etwas. July Russel hat mit dem Kerl gesprochen. Ich konnte zwar nur ihren Teil des Dialogs verstehen, aber dennoch habe ich den Vornamen des Täters erfahren.“ Jetzt fiel ihm alles wieder ein. „Ja, natürlich. Sie hat ihn mit ‚Sebastian’ angesprochen. Und sie hat auch was von einem *BadGirl* gesagt.“
O’Donnell beugte sich vor.
„*BadGirl* ist July Russels Benutzername auf der besagten Internetseite der Online-Partnervermittlung, über die wir bereits gestern sprachen.“ Der Detective dachte nach. Die Puzzleteile fielen allmählich an ihre vorbestimmten Plätze. „Ja, natürlich ... Wenn alle Frauen den Kontakt mit dem Täter über diese Internetseite hergestellt haben, so muss unser Mann ...“
„... ebenfalls registrierter Benutzer bei diesem Dienstleister sein“, sagten Simon und O’Donnell gemeinsam.
„Eine Überprüfung aller registrierten Benutzer in der Kundendatei des Unternehmens müsste dann logischerweise alle Personen mit dem Vornamen Sebastian hervorbringen“, sagte der Polizist.
„Vorausgesetzt, das ist wirklich sein richtiger Vorname“, warf Simon skeptisch ein.

„Lassen Sie uns mal für einen Moment optimistisch sein." Er klopfte Simon ermutigend auf die Schulter und zeigte zum ersten Mal ein wenig Anteilnahme. Wahrscheinlich war es einfach nur seine Art, Freude darüber zu zeigen, dass sie endlich einen Durchbruch gemacht hatten, endlich einen Anhaltspunkt für weitere Ermittlungen hatten.
„Ich werde sofort alles in die Wege leiten und die nötigen Genehmigungen für eine Überprüfung des Internet-Unternehmens besorgen. Sie gehen erst einmal nach Hause und ruhen sich aus. Um ehrlich zu sein, Sie sehen nicht gerade gut aus."
Simon lächelte schwach. „Wie würde es Ihnen an meiner Stelle gehen?" Er stand auf, ging zur Tür und drehte sich noch einmal um. „Könnten Sie eventuell einen Ihrer Männer entbehren, der ein Auge auf mich behält?"
„Ich werde Sergeant Ellis damit beauftragen. Er wird vor Ihrem Haus einen Posten beziehen. Sie müssen sich keine Sorgen mehr machen, okay?"
„Ich danke Ihnen, Detective."
„Keine Ursache."

New York, Sonntag, 17. Oktober 2004, 15:18 Uhr.
Der Vorhang aus Regen wurde immer dichter. Simon war von Kopf bis Fuß durchnässt. Fünfzig Meter vor dem Eingang zu dem Mietshaus, in dem sich sein Apartment befand, blieb er stehen. Auf der gegenüberliegenden Straßenseite, in Höhe des Eingangs, parkte ein Polizeiauto. Sergeant Ellis war tatsächlich auf seinem Posten. Dies beruhigte Simon ungemein. Bevor er in seine Wohnung gehen würde, wollte er noch schnell Ellis befragen, ob er etwas Ungewöhnliches bemerkt habe. Simon zog den Kragen seines Mantels

noch etwas höher und überquerte die Straße. Ellis saß hinter dem Steuer. Er bemerkte nicht einmal, dass sich Simon genähert hatte. *Na, der Mann nimmt seinen Job aber nicht sehr ernst,* ärgerte sich Simon. Er klopfte an das Fenster der Fahrertür, der Polizist reagierte jedoch noch immer nicht. Das war seltsam. Simon überlegte, ob der Sergeant wohl eingeschlafen sein könnte. In dem Falle würde er ein ernstes Wort mit O'Donnell wechseln müssen. Er griff nach der Tür-klinke und riss die Tür auf. Der Körper des Sergeants fiel ihm in diesem Augenblick bereits entgegen. Die Vorderseite seiner Uniform war blutdurchtränkt und in seiner Kehle klaffte ein tiefer Schnitt, der ihn wie ein zweiter Mund angrinste. Simons Beine gaben nach und er sank zu Boden. Kurze, gekeuchte Schreie entwichen seiner Kehle, dabei robbte er immer weiter von dem Polizeiwagen weg. Ein Lincoln, der auf der Straße unterwegs war, konnte gerade noch rechtzeitig bremsen, um Simon nicht zu überrollen. Der Fahrer des Wagens sprang erschrocken heraus.
„Kann ich Ihnen helfen, Sir ...?" Der Blick des Mannes wanderte zu dem Polizeiauto. „Oh, Bullshit!" Mit zittrigen Händen fummelte er nach seinem Handy, das in der Westentasche seines Anzugs steckte.
„Verlangen Sie Detective O'Donnell vom Revier in Queens", stammelte Simon zu dem Mann.
Es dauerte einen Augenblick, bis der Fahrer des Lincolns den Leiter der Mordkommission am anderen Ende der Leitung hatte.
„Sir, ich bin auf der *21st Street* in Queens. Ich stehe gerade neben einem Polizeiwagen, in dem sich die Leiche eines Beamten befindet. Ein junger Mann ist hier bei mir. Er hatte mich gebeten, Sie anzurufen ... Ja, natürlich, Sir."

Der Fahrer reichte Simon das Mobiltelefon.
„O'Donnell? Sergeant Ellis ist tot ... Ja, schicken Sie eine Streife vorbei ... Was? Sie haben die Internetfirma bereits überprüft? Wie viele Benutzer gibt es in der Datenbank mit dem Vornamen Sebastian?"
Eine Pause, in der der Detective die Information weitergab.
„Drei? Dann muss es einer von denen sein. Sagen Sie mir die Namen!"
Simon lauschte.
„Nein."
Pause.
„Nein, auch nicht."
Pause.
„Ja! Der ist es! Ich bin mir sicher. Es ist Sebastian Hassler! Ich weiß es einfach!"

***

New York, Samstag, 16. Oktober 2004, 12:30 Uhr.
Die Wohnung war dunkel. Sebastian Hassler liebte die Dunkelheit, er liebte mit ihr zu verschmelzen. Die einzige Lichtquelle im Raum war ein Computerbildschirm. Hassler starrte auf den Monitor. Dies war sein Fenster in die Welt der Sünder. Sein Zugang zu Sodom und Gomorra. Hier fand er die verruchten Frauen, die sämtliche Tugenden und Moralvorstellungen hinter sich gelassen hatten. Ein Sündenpfuhl sondergleichen. Und doch war dieses sündige Tor zur Hölle gleichermaßen auch sein göttliches Werkzeug. Er war die Hand Gottes, er war es, der die Menschheit wieder zurück auf den Pfad der Aufrichtigkeit führen würde. Er würde ein Mahnmal errichten. Für Linda, Cheryl und die anderen war es bereits zu spät und auch für

Claudia würde es in Kürze zu spät sein. Dennoch waren alle ein Teil des großen Ganzen. Ein Pinselstrich im Gemälde, das er erschuf.
Als er den Kontakt mit Cheryl Xiang – oder *Viper*, wie sie sich selbst nannte – aufgenommen hatte, war sie so selbstsicher, so anzüglich gewesen, hatte ihn schon am Computer im Chat verführen wollen. Er hatte die Farce mitgespielt, hatte sie in die Falle gelockt. Sie interessierte sich für Kunst, darum auch das Treffen am *Metropolitan Museum of Art*. Es war so einfach gewesen. Natürlich war sie erschienen. Er hatte ihr ja auch entsprechend zugespielt, ihr vorgegaukelt, dass sie all das haben könne, wonach sie lechzte. Wie lasziv sie erschienen war. So offensichtlich auf Verführung eingestellt. Falsche Schlange. Viper. Oh, wie sie diesen Namen doch zu Recht trug, diese Hure. Als jedoch der Moment der Wahrheit für sie gekommen war, der Stein ihren Kopf zertrümmert hatte, da hatte sie für den Bruchteil einer Sekunde die Wahrheit gesehen, dass es falsch gewesen war, sich hier mit ihm zu treffen, hatte ihr wahres „Ich" erkannt, hatte begriffen, was sie ihrem Mann mit dem Betrug antat. Für Vergebung war es aber zu spät gewesen. Vergebung konnte nur Gott ihr geben. Das Symbol der ewigen Treue hatte er abgeschnitten. Sie verdiente es nicht, diesen Ring zu tragen, wenn sie vor Gott trat.
Hassler tippte etwas in die Tastatur. Es erschien ein hässliches Lächeln auf seinem Gesicht. Da war sie. Claudia Kaminsky. Ihr Benutzername – *Orchidee69* – klang so harmlos. Ein paar Sitzungen im *Chat-Room* hatten bereits ausgereicht, dass er wusste, woran er bei ihr war. Er hatte nur eine knappe Woche gebraucht, sie zu ihrem ersten Treffen zu überreden. Selbstverständlich war sie verheiratet und doch wollte sie sich mit

ihm verabreden. Ihre Absichten gingen sogar noch weiter. Diese Hure. Hassler spie auf den Boden. Gleich würde er sie an der Roosevelt Island Tram treffen, würde ihr die Augen öffnen ...

SIMON, SIMON...

Was war das? Hassler stand vom Computer auf, ging zur Wohnungstür und lauschte. Hatte da nicht gerade jemand einen Namen gerufen? Es war ihm so nahe vorgekommen, fast als hätte der Sprecher hinter ihm gesessen und das Wort in sein Ohr geflüstert. Hatte vielleicht Gott zu ihm gesprochen? Wollte Gott ihm sagen, dass er den richtigen Weg gewählt hatte? Wollte Gott ihn zu einem seiner Jünger machen und hatte Er ihn deshalb bei diesem Namen gerufen?

Hassler band seine braunen Lederschuhe zu, zog den schwarzen Mantel zu seiner ebenso schwarzen Hose an und vergewisserte sich, dass die Zange in der Manteltasche steckte ...

Von seiner Wohnung war es nicht sehr weit bis zur Seilbahnstation der Roosevelt Island Tram am *Franklin D. Roosevelt Drive*. Claudia Kaminsky hatte ihm ein Foto per E-Mail zugesendet und es dauerte nicht lange, bis er ihren blonden Haarschopf in der Menge ausmachte.

„Hallo, *Orchidee69*“, sagte Hassler ganz charmant.

„Hallo, *Angel*“, erwiderte sie lächelnd und war überrascht, wie attraktiv er aussah. Claudia hatte sich schon etwas Sorgen gemacht, wie sie ihn wohl erkennen würde, da er nie ein Foto von sich zurückgesendet hatte. Vielleicht lag es daran, dass er nicht über ausreichend Selbstbewusstsein verfügte oder sich selbst für nicht gutaussehend genug erachtete. In letzterer Hinsicht brauchte er sich jedenfalls keine Gedanken zu machen. Sie fühlte sich augenblicklich zu ihm hingezogen. Er war so anders als ihr Mann. Jetzt bloß keine Gewissensbisse. Ihr Mann betrog sie bereits seit Monaten und glaubte dabei auch noch so außerordentlich raffiniert zu sein, dass sie es nicht bemerken würde. Sollte er ruhig spüren, wie es war, hintergangen zu werden.

Sebastian führte Claudia zu einem Eisstand, wo er für sie beide je eine Eiswaffel kaufte. Sie gingen hinunter zum Flussufer, seitlich des Gebäudes der diesseitigen Seilbahnstation, lehnten sich lässig mit den Ellenbogen auf ein Geländer und schauten über die Wasserfläche des East Rivers, während sie das Eis aßen. Claudia lächelte ihn immer wieder von der Seite an. Sebastian beobachtete sie aus den Augenwinkeln. Sie genoss das Treffen mit ihm, machte sich keine Gedanken über ihren Mann, den sie hinterging. Alles drehte sich nur um sie. Brodelnde Wut stieg in Hassler auf. Dieses verdorbene Miststück, dachte er. Hassler warf den Rest seiner Eiswaffel in einen Müllkorb, der an dem Geländer befestigt war, lehnte sich mit dem Rücken gegen die Brüstung, während sie weiter über das Wasser zur Roosevelt Island schaute. Als sie ihm von der Seite erneut einen Blick zuwarf, stutzte sie einen Moment. Er hatte sich Handschuhe übergezogen und sah sich kurz nach rechts und links um. Noch bevor sie ihn fragen konnte, was er vorhabe, hatte er sie schon brutal am Genick gefasst und schlug zweimal heftig hintereinander ihren Kopf auf das Eisengeländer. Die Eiswaffel fiel auf den Boden. Claudia sackte zusammen und das Blond ihrer Haare wurde von Blut durchzogen. Schnell packte Hassler sie bei den Armen und zerrte sie zu einer kleinen Eisentür an der Hinterseite der Station, die zum Maschinenraum der Bahn führte.

Er betrat den kleinen, dahinterliegenden Raum. In der nach Schmieröl riechenden Dunkelheit griff er in seine Manteltasche und holte die Zange hervor. Als er den Griff zusammendrückte, schrie Claudia auf. Sie hatte ihr Bewusstsein wiedererlangt. Das gab ihr wenigstens einen Vorgeschmack auf die Qualen der Hölle, die sie bis zum Jüngsten Tag zu erdulden hatte, gab ihr ein Gefühl der Pein, die ihr betrogener Ehemann durchmachen musste. Erbarmungslos beendete Hassler sein Werk. Die Trophäe seiner Arbeit steckte er in einen kleinen Plastikbeutel in seine Manteltasche. Claudia Kaminsky stammelte unzusammenhängend unter Schmerzen und rollte sich in einer fötalen Stellung zusammen. Da sah Hassler den großen Schraubenschlüssel, der an einem Werkzeugbrett an der Wand hing, nahm ihn in seine Hand und ging auf Claudia zu ...

Als Hassler aus der Enge des Raums heraustrat, brach die Sonne durch die Wolken, gerade so, als wolle Gott ihm zulächeln und das gutheißen, was er gerade getan hatte. Hassler zog die Handschuhe aus und atmete die - zumindest für New Yorker Verhältnisse - frische Luft ein. Mit einem kurzen Blick vergewisserte er sich, dass sein Mantel keine Blutspuren aufwies, begab sich zum Eingang der Seilbahn und kaufte sich ein Ticket. Die Gondel schwebte langsam an dem Drahtseil heran. Die Touristen, die von der Insel kamen, stiegen aus, erst dann gingen die Passagiere für die nächste Fahrt an Bord. Hassler suchte sich einen Platz in der hintersten Reihe, die außer ihm unbesetzt blieb. Gerade als er sich setzen wollte, geschah etwas mit ihm. Als würde sein Bewusstsein von einem gigantischen Magneten angezogen, wurde er im Geiste fortgerissen. Er sah ein Radio auf einer Fensterbank. Vor ihm stand eine

Schüssel mit Müsli. Es war jemand im Raum, den er jedoch nicht sehen konnte, da er aus dessen Augen die Szene zu betrachten schien. SIMON. Ja, natürlich er war in Simons Kopf. Der Erzengel war auf die Erde gekommen und Hassler hatte eine wundersame Verbindung zu ihm aufgenommen. Es war Zeit, dem Engel mitzuteilen, dass er von seinem Kommen, seinem Dasein wusste, dass er ihn gefunden hatte. Hassler griff in seine Manteltasche und schüttelte den Finger aus der Tüte, sodass er auf den Sitz neben ihm viel. Blut spritzte umher und lief über das Leder der Sitzbank. Dann griff Hassler nach dem Finger und schrieb eine Botschaft auf die Lehne vor sich.

New York, Samstag, 16. Oktober 2004, 20:17 Uhr.
Der Abend war mondlos, dunkel und finster, so, wie Hassler es am liebsten mochte. Wieder saß er vor dem Computer und bereitete den nächsten Schritt des großen Plans vor. Er war das auserwählte Schwert Gottes, wurde geführt durch den Erzengel Simon. Wieder rasten unerwartet Bilder durch seinen Kopf. Er sah einen rothaarigen Polizisten vor sich, ein Detective, wie er unerklärlicherweise wusste, ein ganzes Polizeirevier. Des Weiteren fing er auch Bruchstücke von Emotionen auf, die er nicht einzuordnen wusste. Manchmal spürte er Wut, manchmal fühlte er Angst. Dies waren eigentlich nicht Gefühle, die er von einem Engel erwartet hätte. Aber was wusste er schon? Er war schließlich nur ein Mensch, von dem man nicht erwarten konnte, dass er den göttlichen Plan verstand. Die Wege des Herrn waren eben unergründlich.
Hassler klickte mit der Maus und begab sich in den virtuellen Chat-Room. In der Auflistung der Benutzer, die gerade online waren, suchte er nach ihr. Da war sie

ja. *BadGirl.* Ihr Benutzername verriet eigentlich schon alles über sie. Ihr Wesen war verdorben und sie trug es auch noch wie ein Banner zur Schau. In den letzten Wochen hatte er regelmäßig Kontakt mit ihr aufgenommen. Schon nach kurzer Zeit hatte sie ihm ihren richtigen Namen verraten, July Russel. Sie war Krankenschwester im Eastside-Hospital, das am Rande des Astoria-Parks gelegen war. Sie war so anfällig für seine Schmeicheleien, liebte es mit dem Feuer zu spielen. Dieses eine Mal war sie aber zu weit gegangen, würde sich die Finger verbrennen. Hassler hatte recherchiert. Natürlich war July verheiratet, führte nach außen hin ein augenscheinlich intaktes Eheleben. Sie hatte sogar ein Kind. Das machte es für Hassler umso schlimmer, verabscheuungswürdiger ...
Sie plauderten noch eine Weile im Chat, dann wollte sie die Unterhaltung beenden, da sie gleich zur Arbeit gehen musste. Sie übernahm heute die Nachtschicht im Krankenhaus. Bevor sie sich ausklinkte, sagte sie ihm noch einmal, wie sehr sie sich freue, ihn am Morgen von Angesicht zu Angesicht kennen zu lernen. Sie würden sich am kleinen Brunnen im Astoria-Park treffen.
Hassler loggte sich ebenfalls aus. Er war zufrieden mit seinen Fortschritten. Bald würde er alles Übel aus der Welt getilgt haben, ein Unrecht, das mit Linda begonnen hatte.
Hassler stand auf und ging durch die Dunkelheit seiner Wohnung auf und ab, dann setzte er sich wieder an den Schreibtisch, zog die oberste Schublade auf und brachte eine hölzerne Zigarrenkiste zum Vorschein, die auf einer vergilbten Aktenmappe gelegen hatte.
Langsam hob er den Deckel. Im fahlen Licht des Monitors war nicht gleich zu erkennen, was im Inneren

lag. Dies war Hasslers Schatztruhe. Einige der Finger waren schon fleischlos, nur noch bleiche Knochen, andere, wie der von Cheryl, sahen noch lebendig und blutig aus. Eigentlich hätte seine Sammlung schon elf Trophäen umfasst, doch die letzte Errungenschaft hatte er für Simon, den Engel, zurückgelassen. Die Ringe, die noch auf den Gliedmaßen steckten, waren so verschieden und doch bedeuteten sie alle das Gleiche – ewige Treue. Das ungeschriebene Gesetz war von den Bestraften gebrochen worden und darum hatte Hassler ihnen dieses Symbol genommen.
Er ging zu seinem Bett, legte sich hin und schmiegte, beinahe ehrfürchtig, den Kopf an die Zigarrenkiste, als wäre sie ein Glücksbringer. Dann starrte er, voll freudiger Erwartung auf den nächsten Morgen, in die Finsternis.

New York, Sonntag, 17. Oktober 2004, 5:35 Uhr.
Hassler war schon sehr früh aufgestanden. Er machte sich ein üppiges Frühstück und aß mit großem Appetit. In einer knappen Stunde würde er sich mit July Russel treffen, würde ihr die verdiente Strafe bringen. Er bückte sich, um seine Schuhe zuzuschnüren, fiel plötzlich hintenüber, als er von einer seltsamen und heftigen Vision heimgesucht wurde.

Ein Straßenschild tauchte aus dem Nichts auf und er las *21st Street*. Da war auch noch eine Hausnummer. Ohne Zusammenhang tauchten Gesichter in seinem Geiste auf. Der rothaarige Polizist und ein dunkelhäutiger Beamter. Schließlich hallte wieder der Name Simon durch seinen Kopf ...

So plötzlich, wie die Vision begonnen hatte, endete sie auch wieder. Er saß auf dem Boden und überlegte.

Eine unbegründete Wut stieg in ihm auf. Noch begriff er nicht ganz, was sein Unterbewusstsein bereits verstanden hatte. Er wurde betrogen! Wurde verraten! Simon war kein Engel. Simon war ein Mensch, schwach, mit Ängsten und Sorgen. Er war ein Mensch, der aus irgendeinem Grund in seinen Kopf eindrang. Natürlich! Deswegen auch die Polizei. Simon wollte seine Pläne vereiteln. Das konnte Hassler nicht zulassen. Er würde sich um diesen Simon kümmern müssen. Er grinste, als ihm eine Idee kam. Sollte dieser Simon doch noch mehr Angst ausstehen. Hassler würde ihn wissen lassen, dass er ihn kannte, von ihm wusste. Er riss einen kleinen Zettel von einem Block und schrieb eine kurze Nachricht darauf: SIMON, ICH KENNE DICH.

Nachdem er sein Werk an July Russel beendet haben würde, bliebe noch genug Zeit für einen kleinen Spaziergang in die *21st Street*, schließlich hatte er ja eine Adresse ...

Wieder zog er seinen dunklen Mantel zur schwarzen Hose an. Das Werkzeug war sicher in der Manteltasche verstaut.

New York, Sonntag, 17. Oktober 2004, 13:31 Uhr.

Der Regen fiel nun stärker. Der Asphalt der Straße glänzte in der Nässe. Hassler beobachtete das Haus aus sicherer Entfernung. Das hatte er beinahe vermutet. Auf der gegenüberliegenden Straßenseite parkte ein Polizeiauto – Personenschutz. Demzufolge hatte Simon wohl seine kleine Botschaft erhalten. Hassler lachte hämisch in sich hinein. Langsam näherte er sich schräg von hinten dem Streifenwagen. In Höhe des Polizeiautos blieb er kurz auf dem Gehweg stehen und zündete sich eine Zigarette an. Als er das Feuerzeug in seine Manteltasche zurückgleiten ließ, griff seine Hand im Inneren ein anderes Objekt. Schnell sah sich Hassler noch einmal auf dem Gehweg um. Der Augenblick war günstig. Kein anderer Passant war in der Nähe. Er zog die Beifahrertür auf und rutschte blitzschnell auf den Sitz. Hinter dem Steuer saß der farbige Beamte, den Sebastian bereits in einer der Visionen gesehen hatte. Ellis sah ihn erstaunt an und hob die Brauen, tat sonst aber nichts weiter. Blitzschnell führte Hassler das Messer über dessen Kehle und sofort ergoss sich ein Schwall Blut über die Uniform. Der Schnitt war tief, der Beamte zu geschockt, um noch etwas tun zu können. Sein Kopf sackte vornüber und Hassler stieg aus dem Wagen in den strömenden Regen. Das Opfer war notwendig. *Du sollst nicht töten*, hieß es in einem anderen Gebot und Hassler war sich dessen wohl bewusst. Aber Gott hatte es so gewollt. Er musste es tun, um nicht den göttlichen Plan zu gefährden, das Übel der Welt zu vernichten. Als er so durch die regnerischen Straßen lief, erinnerte er sich, wie alles begonnen hatte, wie Gott ihm seine Mission anvertraut hatte. Hassler reiste im Geiste die vielen Jahre zurück in seine Vergangenheit ...

Er kam früher aus dem Büro zurück. Eine Sitzung war in letzter Sekunde abgesagt worden. Es regnete an diesem Tag in Montreal. Als er die Wohnungstür öffnete, fiel ihm bereits die seltsame Stille im Haus auf. Normalerweise lief ein Radio in der Küche und er hörte seine Frau mit Geschirr hantieren. Diesmal war es jedoch anders. Leise stellte er seine Aktentasche ab und ging durch die Wohnung. Ungewöhnlicherweise war die Schlafzimmertür geschlossen. Sebastian näherte sich und lauschte. Was er hörte, gefiel ihm ganz und gar nicht. Die unterdrückten Schreie der Lust, das schwere Keuchen und Atmen. Er stieß die Tür auf. Der Mann sprang, überrascht und geschockt zugleich, von seiner Frau herunter und eine peinliche Stille machte sich im Zimmer breit. Sebastian wusste nicht, was er sagen sollte. Wie lange war das schon gegangen? Warum hatte sie ihm das angetan? Ein unbeschreiblicher Schmerz breitete sich in seiner Brust aus und anstatt ihn um Vergebung anzuflehen, begann Linda, ihn auch noch anzuschreien, ihm lächerliche Vorwürfe zu machen. Der nackte Mann im Bett grinste unverschämt. Es wurde schwarz und nebelig in seinem Verstand. Er floh und wusste genau, was er als nächstes zu tun hatte ...

Mühsam riss Hassler sich von den Geistern der Vergangenheit los. Er erreichte seine Wohnung. Ohne zu zögern, trat er an den Schreibtisch, öffnete die Schublade und zog die Zigarrenkiste hervor. Er suchte nur kurz in dem Inhalt, dann pickte er einen blanken Knochen heraus und streifte den Ring herunter. An der Innenseite befand sich eine filigrane Gravur „Für immer und ewig – Linda und Sebastian".
Vorsichtig drehte Hassler den Ring zwischen Daumen und Zeigfinger und betrachtete ihn aus allen Richtungen. Er war nun ein Kreuzritter Gottes. Er brauchte ein Symbol. Dies würde genau das Richtige sein. Hiermit hatte alles begonnen. Mit einem geistesabwesenden Grinsen schob er sich den Ring über den kleinen Finger seiner linken Hand.
Er würde sich jetzt um Simon kümmern. Gewiss, das würde er tun ...

***

New York, Sonntag, 17. Oktober 2004, 15:38 Uhr.
Simon stand im Regen. Die blinkenden Lichter der Polizeifahrzeuge reflektierten sich tausendfach in den fallenden Tropfen des Niederschlags. O'Donnell gab kurze und präzise Anweisungen an die Beamten in seiner Nähe. Dann wandte er sich an Simon.
„Mr. Hewitt, die Einsatzzentrale meldet, dass wir nun eine genaue Anschrift des Täters haben. Der Spuk wird bald ein Ende haben. Über die Online-Partnervermittlung konnten wir eine Rechnungsanschrift in Erfahrung bringen, über die das Unternehmen die Nutzungsgebühren abrechnet. Ein Sonderkommando bricht sofort auf und wird den Killer unschädlich machen."
„Ich will dabei sein", sagte Simon entschlossen. „Ich will diesem Scheißkerl in die Augen sehen".
O'Donnell überlegte einen Moment. „Meinetwegen. Folgen Sie mir. Sie fahren bei mir mit."
Sie sprangen in den mit laufendem Motor wartenden Dienstwagen und fuhren los. Die Fahrt dauerte nicht lange und endete in der *Jackson Avenue*. Das Haus, vor dem die Autos mit heulenden Sirenen hielten, kam Simon seltsam vertraut vor. Er hatte es schon zuvor einmal gesehen, wahrscheinlich in einem seiner Träume. Das Sondereinsatzkommando, speziell ausgebildete Polizisten mit schusssicheren Westen und schwerkalibrigen Waffen, formierte sich vor der Tür und stürmte dann das Gebäude. O'Donnell und Simon warteten währenddessen im Wagen, bis der gefährlichste Teil der Aktion vorbei sein würde. Nach wenigen Minuten erschien der Einsatzleiter in der Tür des Hauses und winkte den beiden zu, herüberzukommen. Der Täter war ausgeflogen.
O'Donnell und Simon stiegen die Treppen zum zweiten Stock hinauf. Das Sonderkommando wartete

auf dem oberen Treppenabsatz. Die Tür zu einem Apartment dieser Etage war eingetreten und klaffte offen wie das Tor zur Hölle. Sie betraten die Wohnung. Eigentlich war es nur ein kleines Zimmer mit Kochecke und separatem Badezimmer. Die Vorhänge waren alle zugezogen, sodass es unangenehm dunkel in dem Zimmer war. Die Luft stank abgestanden und faulig. Ein einzelner Schreibtisch mit Computer und Bildschirm, sowie eine vergammelte Liege, stellten das einzige Mobiliar dar. Simon fühlte sich, als habe er einen Albtraum betreten. Ihm kam das alles, durch die stetige Verbindung mit dem Killer, seltsam vertraut vor. Hier hatte der Täter seine Opfer ausgewählt und in die Falle gelockt. Ihm schauderte. Wie sollte das alles enden? Auf der Innenseite der Tür war ein länglicher Spiegel angebracht und in dem gesprungenen Glas wirkten die Abbilder der Polizisten wie entstellte Dämonen. Simon ging zu dem Schreibtisch und zog die oberste Schublade auf. Zuoberst lag eine hölzerne Zigarrenschachtel. Er nahm sie heraus und öffnete den Deckel. Augenblicklich rang er nach Luft und ließ die Kiste auf den Boden fallen, wo sich der schaurige Inhalt auf dem fleckigen Teppich verteilte. O'Donnell gab sofort Anweisungen, dass die Beweise sichergestellt wurden. Simon stand noch immer ganz starr und unbeweglich. Unter der Zigarrenkiste lag eine gelbe, verblichene Akte. Er griff erneut in die Schublade und holte die Mappe hervor. Auf dem Einband befand sich eine Beschriftung: „Krankenakte, S.H. – Sebastian Hassler. Heilanstalt für Psychiatrie, Montreal". Neugierig öffnete Simon die Akte und fand unter dem Deckel zunächst eine Reihe von verblichenen, ausgeschnittenen Zeitungsartikeln.

„SCHWER GESTÖRTER PATIENT AUS HEILANSTALT ENTFLOHEN“

„ERNEUTES OPFER DES ‚CUTTERS‘ GEFUNDEN“

„FRAU TOT IM STADTPARK“

„SPUR DES ‚CUTTERS‘ VERLIERT SICH IM NICHTS“

Mit angehaltenem Atem blätterte Simon weiter, sog alle Informationen in sich auf, bis er auf das Krankenblatt stieß.

Dort, auf einer brüchigen, ebenso verblichenen Seite der Akte, war die Diagnose des Patienten zusammengefasst:

„Fortgeschrittene Schizophrenie mit einhergehender multipler Persönlichkeitsspaltung durch traumatisches Erlebnis. Neigung zur Gewaltanwendung, insbesondere bei Dominanz der Hassler-Identität. Empfehlung zur Einweisung in die gesicherte, geschlossene Abteilung der Institution. Der Patient wird durch Verabreichung von Medikamenten ruhig gestellt und therapiert.“

Weiter unten auf der Seite befand sich ein Foto des Patienten. Simon ließ die Akte aus den Händen gleiten. Sie fiel auf den Boden und deckte die dort verstreut liegenden Finger zu. Sein Blick richtete sich auf seine eigenen Hände und das wenige Licht, das durch die geöffnete Tür aus dem Flur hineinfiel, spiegelte sich auf Lindas Ring, den er am kleinen Finger seiner linken Hand trug.

Danksagung

An der Fertigstellung dieser Anthologie sind, neben dem Autor, viele Personen beteiligt, ohne deren Mithilfe und Unterstützung dieses Buch nicht in der jetzigen Form vorläge. Diesen Menschen gebührt mein außerordentlicher Dank.
Erwähnen möchte ich Herrn Dr. Matthias Hennemann für das hervorragende Cover-Foto und die freundliche Genehmigung zur Nutzung. Für das unermüdliche Probelesen und das Lektorat danke ich insbesondere Sonja Moll, Ilona Frank, Stefanie und Michael Störmer, Christine und Thomas Loose. Mein weiterer Dank geht an das Team und allen Mitgliedern des Internet-Forums www.verlorene-werke.de für die hilfreichen Tipps, zahlreichen Ideen und Verbesserungsvorschläge. Herrn Tino Hemmann und allen Mitarbeitern des Engelsdorfer Verlages für die willkommenen und nützlichen Hinweise zur Veröffentlichung. In tiefster Schuld stehe ich jedoch bei meiner Frau für die konstruktive Kritik, für alle Korrekturen und die stete Ermutigung zum Weitermachen. Erst sie brachte den Stein ins Rollen ...

Der Autor,
Lünen, im August 2005.